咖啡館
·推理事件簿3·
令人心慌的咖啡香

珈琲店タレーランの事件簿3
心を乱すブレンドは

岡崎琢磨／著
林玟伶／譯

目次

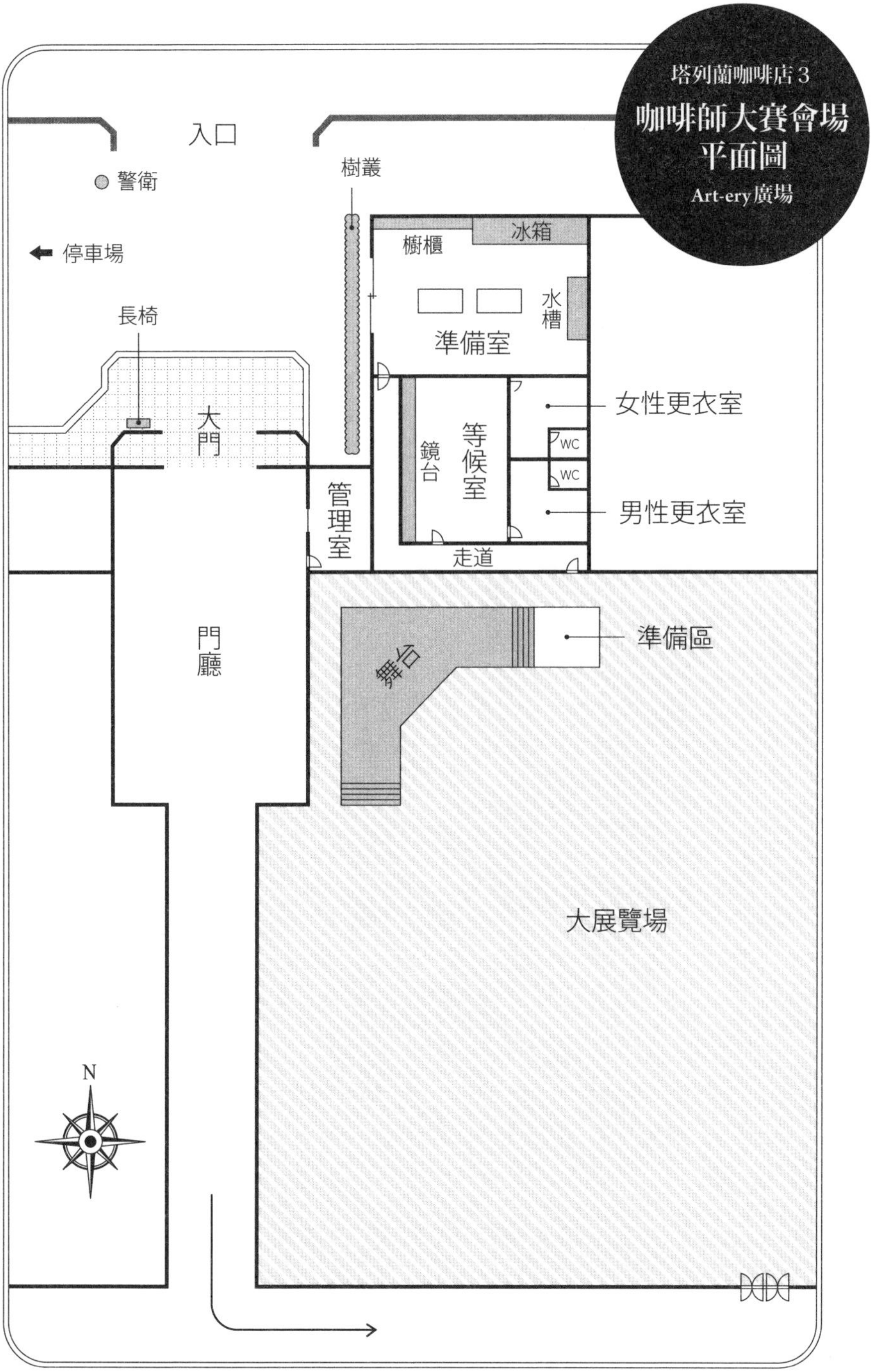
塔列蘭咖啡店3
咖啡師大賽會場
平面圖
Art-ery廣場
入口
警衛
樹叢
停車場
長椅
櫥櫃
冰箱
水槽
準備室
大門
女性更衣室
鏡台
等候室
WC
WC
男性更衣室
管理室
走道
門廳
準備區
舞台
大展覽場
N

咖啡館

·推理事件簿3·

啊，這樣我的手就沒辦法拿咖啡杯了。

——讓·雅各·盧梭

序章

五年前

一道開門聲響起。

千家諒停下手上的工作，抬起頭來，微笑著歡迎新來的客人。他正把烘焙好的咖啡豆平鋪在吧台上的淺盤裡，以手工挑揀的方式除去瑕疵豆。

「歡迎光臨。」

站在店門口的是一位外表年輕甚至可以稱之為少女的嬌小女性。長及肩胛骨的直髮富有光澤，穿著菱格紋的針織外套和卡其短褲，完全就是秋裝的打扮。現在已接近十月下旬，隔著少女的頭望向遠方，可以感覺到在包圍城市的群山上，樹木開始有些褪色了。

他不認得少女的長相。因為工作性質的關係，只要是曾來過店裡的客人，他多少會有些印象。明明應該是第一次來到這間店，她的態度卻像是熟客一般，看也不看擺在店裡的桌子和放著週刊雜誌及時尚雜誌的書報架，大步往前走，並特地選了位於吧台旁、略高的椅子坐下來，而且還是在千家正對面。

「您是前陣子在咖啡師大賽中獲得冠軍的千家諒先生對吧？」

她把雙臂靠在吧台上，探出臉後說道。聲音帶著令耳朵發癢的恭敬感，與她的外貌不太相稱。因為不是自然地脫口而出，而是事先想好的台詞，所以才會給人不協調的印象嗎？千家沒來由地心想。

「是，沒錯，我就是千家諒。」

千家開玩笑地單手按住腹部，以誇張的動作行了一禮。

位於京都市區外圍的這間咖啡店，是年僅二十幾歲的千家在數年前獨自開設的店鋪。雖然擁有自己的店是他的目標，但要以有限的資金維持經營並不容易，必須提昇知名度，增加回客率，盡早讓經營上軌道。因此，在累積了許多經營上的努力後，參加了這個月初舉辦的「第一屆關西咖啡師大賽」，並順利地獲得了極為光榮的第一屆冠軍。

近年隨著咖啡店受到民眾歡迎，「咖啡師」也逐漸廣為人知。在這種環境下第一次舉辦的關西咖啡師大賽不僅受到高度注目，各家媒體也紛紛刊載了專題報導。千家在大賽中獲得冠軍，而且展現了讓其他人望塵莫及的精湛技巧，比賽結束後，他便被譽為關西首屈一指的天才咖啡師而聲名大噪。很多客人因為知道這是他經營的咖啡店而前來光顧，才過了一個月，來客數就比以往增加了三倍之多。

像少女這種為了千家而來的客人並不稀奇，前幾天也發生過同樣的事情。千家盡可能以有禮和誠懇的態度對待每一位類似的客人。雖然在大賽中獲得冠軍為他帶來了榮譽，但他現在所關注的並非眼前的成就，而是把目光放在業界的未來。如果自己的存在能讓更多人對咖啡師感興趣，就長遠的觀點來看，大家開始認識此行業的自己展現出專業咖啡師應有的態度，也能夠帶動整個業界的成長——打從千家開始在專業咖啡店工作時，就一直希望咖啡師在日本的地位能夠提昇。

「我在雜誌上看到介紹這次大賽的專題報導，才知道千家先生您的。其實我目前也在京都市內的咖啡店工作，一知道這麼厲害的人就在附近，就忍不住跑來了。」

少女突然滔滔不絕地解釋了起來。知道對方是同行後，千家便以比較輕鬆的口氣回答她：

「真是我的光榮呢。如果妳對比賽有興趣的話，明年也可以報名。有明確的目標再努力精進，學到的東西應該會比漫無目的地工作多很多喔。」

「不，我只是個工讀生而已。」

少女閉上雙眼揮了揮手。千家一邊沖煮咖啡一邊想：真是個可愛的女孩。

「不過，我開始打工之後才知道，客人因為喝了自己努力沖煮的咖啡而露出笑容，是一件多麼開心的事。雖然我現在每天都有很多事要學，但我真的打從心底希望自己能夠煮出更好喝的咖啡。」

少女說到這裡，便往前伸直背脊，把額頭靠在吧台上。

「所以，拜託您——請教我如何煮出好喝的咖啡！」

店裡的幾組客人全都轉頭看向少女。千家慌張地說：

「等一下，妳先抬起頭來吧！」

「您願意教我嗎？謝謝您！」

千家不記得自己答應了她，但看到少女閃閃發亮的雙眼，也不好意思斷然拒絕。他下意識地伸手摸額頭。平常因為考慮到衛生問題，他不會在客人面前這麼做。

「妳希望我教妳煮出好喝的咖啡，這其中其實還包括了與咖啡豆有關的知識、濾沖的技術和讓香味穩定的方法等等，學習的範圍很廣喔。雖然沒有那麼誇張，但也不是只需要幾個小時或短時間內就可以說完的事情。」

千家解釋後，少女便露出了為難的表情。

「說得也是呢。」

「妳要固定到我這裡學習嗎？可能要花上很多天喔。」

「嗯……這也行不通呢……我必須去自己的店裡工作才行。」

這次她把下巴靠在吧台上，露出了意志消沉的樣子。只抽象地說想知道煮出好喝咖啡的祕訣，其實會得到這樣的回答也是正常的，但她在來到這裡之前根本沒想到吧。

千家不自覺笑了起來。少女大膽又魯莽的行徑反而讓他產生了好感。她從事這份工作的日子還不長吧。

「妳叫什麼名字？」

千家把替少女煮好的咖啡送到她面前，開口問道。她喝了一口咖啡，露出看起來不像是在演戲的陶醉神情後說：

「我的名字是——」

一 參加比賽

我有一件不有趣的事情想告訴你。她這麼說道。

塔列蘭咖啡店隱身在從京都市內的二条通和富小路通的十字路口稍微往上——往北走之處。穿過位於兩間面對馬路並排的老房子之間、由屋頂和外牆形成的隧道後，可以看到坐落在庭院最深處的一棟充滿歲月痕跡的西式木造建築，那就是塔列蘭咖啡店。

我在一年多前就已經是這裡的常客，而且還因為和這裡的人擁有超越普通常客的交情而感到自負。在剛邁入十月的今天，隨著店門口的鈴鐺清脆地響起，我一如往常來到塔列蘭，結果彷彿已經等候多時的她——這間店的咖啡師切間美星便跟我說，有一件不怎麼有趣的事想告訴我。

「竟然和妳說要告訴我的事不一樣，這不是和妳之前說的不一樣嗎？」

我下意識地脫口而出後，也覺得自己這句話很莫名其妙。認真說起來，我現在之所以會在這裡，其實是因為美星咖啡師昨天特地打電話找我出來。

——我有一件有趣的事想告訴你，請你最近務必到店裡來一趟。

而我休假的日子正好是在我答應了她的隔天，也就是今天，所以我才會出現在這裡，沒想到她口中有趣的事，竟在不知不覺間調包成不有趣的事了。她原本要告訴我的內容變得完全不一樣，這不是和她之前說的不一樣嗎？我剛才抗議的時候應該是想這麼說吧。

「這也是沒辦法的事嘛。我也很想以雀躍的心情歡迎青山先生啊。」

美星咖啡師好像正在生氣。黑色鮑伯頭下的臉龐原本就很圓潤了，現在因為鼓起臉頰的關係，看起來隨時都會撐裂。雖然擁有一張幾乎沒辦法不帶身分證去買酒的娃娃臉，年紀卻是大我一歲的二十四歲。她說自己的身高是一百五十三公分，但我懷疑她在數字上稍微灌水，故意說得比實際還高一點。

她平常總是表現得成熟穩重，不太符合這個年紀女性的形象，但有時候卻像現在這樣心情欠佳。在這種情況下，她的怒火多半是針對某一個人。於是我維持坐在吧台旁的姿勢，目光忍不住看向那個人。

在只擺得下四張小桌子、面積不是很大的店內角落有一張木製的椅子。而把這張到處都有油漆剝落痕跡的舊椅子當成專屬座位的，便是一位名叫藻川又次的老人，他今天也戴著針織帽，正專心地閱讀著體育新聞。他是這間店的店長兼主廚，和美星小姐是舅公和外甥孫女的關係。嘴邊的銀色鬍鬚和銳利的眼神讓他乍看之下充滿了老男人特有的沉著氣質，實際上卻是個只要看到美女客人就會上前搭話，一看就知道別有用心的老爺爺。他這種讓人看不下去的輕浮言行，三番兩次惹得美星小姐勃然大怒。

知道我的目光正看向誰，美星小姐忍不住笑了出來。

「不，這次並不是叔叔害的。真要說的話，叔叔其實算是受害者呢。」

「對呀，如果認為每次都是我惹她生氣的話，可就大錯特錯了。你這樣子實在是很沒禮貌耶。」

藻川先生像是終於逮到機會似地責怪我。順便一提，他的假京都腔似乎是受到大約四年前過世的太太的影響。雖然長年居住在京都，但他並不是土生土長的京都人。

美星咖啡師把咖啡豆放進手搖式磨豆機，然後水平轉動握把，開始喀啦喀啦地磨起豆子。就算什麼也沒有說，但只要我來到店裡，她一定會替我煮一杯熱騰騰的咖啡。

我們一同經歷了在去年底和今年夏季發生的幾起「事件」，現在彼此的交情已經超越單純的客人與店員的關係了，至少我自己是這麼認為的。而我之所以和美星咖啡師相遇，全都要歸因於偶然跑進店裡的我向她點的一杯咖啡。比一般人還要熱愛咖啡的我，長久以來一直在追尋理想的味道，而她所煮的咖啡正好將我的理想化為現實。

「到底是發生了什麼事呢？」

咖啡豆在研磨的時候散發的香氣最棒了。我聞著從吧台內飄來的香味，找了個話題問道。我隱約覺得如果不從不有趣的事情問起，她一定連有趣的事情都不會告訴我。

「我被客人罵了。」

美星小姐的手臂停止轉動，沮喪地垂下雙肩說道。

「有一位男客人在窗邊的桌旁坐下來，點了咖啡。幾分鐘後我送上咖啡，他就從擺在桌子上的糖罐裡舀起砂糖，加進咖啡喝了下去。他一喝下咖啡就立刻把我叫過去，怒氣衝天地說：為什麼裡面放的是鹽？」

我扭腰轉身看向她說的那張桌子。桌邊放著白瓷糖罐，從中露出一截湯匙的匙柄。除此之外還放著菜單和紙巾等物品，但沒有看到可以裝鹽的容器。

「我取得客人的同意後檢查了糖罐裡裝的東西。正如他所說的，裡面裝的是鹽。不過呈現下半部是砂糖，上面有一層鹽的情況。我急急忙忙地向客人道歉，但他似乎非常不高興，連錢也沒付就離開了。在那之後我就跑去質問了叔叔。」

「質問藻川先生嗎？」

「其實叔叔以前也有一次不小心把鹽裝進了糖罐。當時我及早發現，所以沒有闖出大禍，我懷疑他這次是不是又做了同樣的事情。」

我從吧台上拿起了長得和放在那張桌子上的一模一樣的糖罐。

「這個糖罐還滿小的耶。感覺只要客人稍微加一下砂糖，很快就會用光了。」

「沒錯，這是為了避免裡面的砂糖放太久，相對地就必須經常補充才行。這項工作平常都是交給叔叔處理的，所以我就問他最後一次補充砂糖是什麼時候。結果他跟我說是在昨天晚上打烊後補充的。」

美星小姐剛才說藻川先生是受害者。既然如此，就表示美星小姐發現自己其實冤枉了他。

「為什麼妳聽到是在昨晚補充的，就知道那不是藻川先生的錯呢？」

「因為在今天那位客人坐到座位上之前，還有一位客人曾坐在那裡。」

我再次轉頭往後看。查爾斯正蜷縮在最靠近窗戶的椅子上，享受著照進室內的陽光。查爾斯是隻公暹羅貓，因為去年夏天發生的某件事而飼養在塔列蘭，可說是這間店的吉祥物。一開始還是隻很親近我的可愛小貓，但是過了一年之後，已經具備成貓的氣質，變得相當目中無人。最近牠似乎對不會給牠飼料的我有些不屑一顧，但是我呼喚牠的時候，牠還是會心不甘情不願地走過來，讓我摸摸牠的後背。

「那位客人點了濃縮咖啡之後，就把糖罐裡的砂糖加進咖啡裡喝了起來。如果那時就有鹽的話，他不可能沒發現味道有異狀。」

「會不會是其實發現了，但不敢說出口呢？例如在餐廳用餐的時候發現送上來的餐點有頭髮，但是因為怕被當成奧客而不敢投訴，有這種想法的人好像還挺多的。」

「我想應該不是吧。」

美星小姐一聽完我說的話就開口否定，並開始用磨好的咖啡粉濾沖咖啡。

「那位客人曾和我有些交情。他不會做出明知道糖罐裡放了鹽卻保持沉默這樣沒有意義的客氣舉動。如果發現裡面放的是鹽，一定會告訴我，我可以確定。」

嗯？我對與這件事重點沒什麼關係的地方產生了些許異樣感。既然是足以掌握對方個性的熟人，為什麼不一開始就和我說明白呢？如果是朋友或親人來到店裡的話，應該不會拐彎抹角的說「有一位客人曾坐在靠窗的座位」吧？

……難不成是男人？我的心臟彷彿摔了一跤般不規則地跳了一下。

基於某種原因，我知道美星小姐目前幾乎沒有異性的朋友，不過，以前的美星小姐其實比現在更外向，如果她是在以前認識那個人的話，就能夠解釋她為何以過去式「曾是和我有些交情的人」來說明——不僅如此，她不在一開始就告訴我自己認識對方也說得通了。

我們的交情不只是一般的客人與店員，但離情侶其實也還遠得很。我們之間並非完全沒有出現過那種感覺的對談，不過最後還是保持目前這種曖昧的距離感，彼此都刻意不去確認對方真正的心思。雖然偶爾會趁兩人都休假的時候約出來見面，但是到目前為止還是停留在平常都用敬語對話的階段。換句話說，我對我們之間的關係不安到連出現新的異性也會讓我擔心害怕，這只能說是我自作自受。

「如果是這樣的話，確實不是藻川先生的錯呢。」我不再專注於負面思考，開口說道。「不過，既然如此，究竟是誰呢？」

「青山先生認為這會是誰動的手腳呢？」

美星小姐反過來詢問我。我從她的口氣確定了一件事：她早已想到什麼線索了。

能煮出我理想中的咖啡就不用說了，平凡但可愛的外表、恭敬拘謹卻莫名地有魅力，讓人忍不住想捉弄她的個性，這些毫無疑問都是她的優點。不過，如果問我她最厲害的特點是什麼，我一定會說是聰明的頭腦。

和她相處超過一年，我已經好幾次目擊到她利用敏銳的思考幫助別人、勸戒別人，或是安慰別人的情景。當她挺身面對並試圖解決發生在她周遭或不請自來的奇怪現象時，我覺得除了單純出自好奇之外，還能夠隱約窺見屬於她風格的體貼和正義感。我認為這是她最可貴的優點。

如此聰明的她今天卻想讓我來推測謎題的答案。

「妳的意思是，聽完剛才討論的內容，連我也能推測出犯人是誰嗎？」

美星小姐並未明確表示肯定或否定。她一邊沉著地進行濾沖，一邊害羞地低垂著雙眼——害羞地？

仔細想想，為什麼她已經主動說起「不有趣的事情」，卻在關鍵時刻把話題拋給我呢？順便一提，我的思考能力和美星小姐不同，不太中用，在這種情況下幾乎只會說出前後矛盾的答案。我的意見不僅可能妨礙她思考，派上用場的程度更是屈指可數。但她現在卻希望我開口說出誰是犯人。

我的腦中閃過一個想法。換句話說，她不想親口說出接下來的推論內容。

「難道暴怒的客人並不是第一次來？」

美星小姐含蓄地點了點頭。

「哈哈，這下子我明白了。」我摸著下巴說道。「那位客人上次來的時候，因為某些理由而對美星小姐心生怨恨，所以他裝作若無其事地再次來到塔列蘭，趁機把鹽放進糖罐裡，再自己把它加進咖啡裡，故意引起騷動，以自導自演的方式怒罵美星小姐，藉此達到羞辱妳的目的。」

雖然也可以解釋成是對這間店不滿，不過看到美星小姐的表情，讓我忍不住猜想客人找麻煩的目標是不是就是她自己，因為她似乎心裡有底。而理由我也大致上看出來了。

「我也有同樣的想法。」

美星小姐雙頰微微泛紅，告訴了我理由。

「大約是在一個月之前吧，那名男性到我們店裡，離去時把自己的名片塞給我。我一開始還以為他是不是從事和咖啡店有關的工作，但是一把名片翻過來看，發現他特地用潦草的筆跡在背面寫下了手機號碼。我嚇得把名片退還給他，並告訴他這樣我很困擾。」

總覺得好像在哪裡聽過類似的敘述。回想起來，我冷汗直冒。如果她以現在所說的方式對待去年的我的話，就算不會懷恨在心，我也絕對不想再來了吧。

「當時店裡除了那名男性之外還有好幾組客人。看到我們交談的情況後，大家都偷笑了起來。這對他來說應該是一件很不堪的事吧。就算被怨恨，也沒什麼好奇怪的。」

她所坦白的事情大致上都和我預料的吻合。不過，這件事和我無關，所以我也不敢隨便發表感想，只能夠說一些不痛不癢的話。

「……完全就是一場災難呢。」

「真的是一場災難。就因為那種無聊的小事，害我也被懷疑，真是受夠了。」藻川先生突然插嘴說道。雖然他無時無刻都在搭訕別人，我卻從沒看過他因為被女性冷淡對待而消沉沮喪，或是反過來怨恨對方。他毫不猶豫地說這是無聊的小事，此時聽來感覺很有男子氣概。

美星小姐繞過吧台，把剛煮好的咖啡放在我面前。緩緩飄起的熱氣代表這是一杯以適當溫度沖煮的咖啡，充滿鼻腔的香味熱情地刺激我的嗅覺。當杯中的液體流進口中時，訓練得相當敏銳的舌頭便會感受到彷彿能溫柔融化內心的甘甜，伴隨著恰到好處的苦味和酸味擴散開來。每次品嘗都能帶來驚喜和新奇的感動，簡直就是最能讓人幸福的咖啡。

「話說回來，有趣的事情是什麼呢？」

我滿足地嘆了一口氣後說道，美星小姐便拿出一本宣傳手冊，神氣地抬起胸膛。

「你看！我決定去參加比賽了。」

「第五屆關西咖啡師大賽……？」

我唸著印在手冊封面的文字，聲音自然而然地出現遲疑。美星小姐露出了有些驚訝的表情。

「我還以為青山先生你一定知道這個比賽呢。」

在這間店遇到心目中的理想咖啡之後，我就很少這麼做了，但美星小姐知道我曾經為了尋找好喝的咖啡而走訪各地的咖啡店。她似乎理所當然地認為我也聽說過這個比賽，而我自然是知道的。聲音之所以會出現遲疑，並不是因為第一次聽到的關係。

「比賽不是已經停辦了嗎？」

美星小姐聽到我的話後，似乎明白是怎麼一回事了。

「啊，好像只有去年停辦。雖然沒有公布理由，但我聽到的傳聞說是因為第四屆比賽發生了一些紛爭。」

我對觀賞咖啡師互相較勁沒什麼興趣，所以不太清楚與這個比賽有關的事，但還記得五年前第一屆比賽的情形。

因為配合日本咖啡協會訂定的「咖啡日」，那次比賽的日期是十月一日。最後比賽隨著一名天才咖啡師的誕生而順利落幕，關西的咖啡行業應該也在短時間內發展得頗為興盛才對。

不過，當時我還沒搬到關西定居，幾乎不知道在那次比賽發生了什麼事。既然沒有半點消息傳進我耳裡，就可以推測出比賽帶來的興盛只是暫時的。就在此時，我聽到了比賽停辦的消息，所以就擅自推測比賽大概已經徹底停辦了。五年前舉辦第一屆，今年是第五屆的話，確實符合只有停辦一次的情況。

「比賽的日期是咖啡日對吧？」

今年的十月一日已經過了。美星小姐告訴我，只有第一屆比賽是在咖啡日舉辦。

「因為要是隨著年份不同，一下子是平日，一下子是假日的話會很麻煩，所以從第二屆開始，比賽就變成了每年十一月初的週末，是京都市食品展覽會的重點活動。今年因為遇到文化日放假，正好是三連休，所以星期六是會場布置和彩排，星期天和星期一才會比賽。」

我接過宣傳手冊，隨手翻了起來。我低頭看著手冊，忍不住說出了自己的想法。

「我一直以為美星小姐和我一樣，對和人較勁沒有興趣。」

我並不是批評她。只是單純地覺得和自己的印象不一樣。無論自己抱持著何種觀點，我都沒有強迫他人接受我的價值觀的意思，反而打從心底覺得她想朝更高的境界繼續鑽研的態度令人敬佩。

不過，美星小姐的回答聽起來卻像在找藉口，使我對自己所說的話害她必須這麼回答感到有些抱歉。

「畢竟我曾經對你說過，我只是忠實地遵從過世的太太教我的方法在煮咖啡而已嘛。不過，只有ＫＢＣ關西咖啡師大賽是例外。比賽是讓我學到一項對咖啡師而言很重要的事的契機。」

塔列蘭咖啡店是由藻川先生過世的太太所創立，原本是夫妻兩人一起經營的店。美星小姐是在五年前的春天，為了唸短大搬到京都定居後才開始在這裡工作的。她以工讀的形式一邊在店裡幫忙，一邊接受太太的親自教導，學習與咖啡相關的知識。所以她完全是因為尊敬故人才會一直守護對方留下的咖啡味道。

話雖如此，她也相當熱中於吸收新知。再加上她的咖啡師頭銜並不是繼承自太太，而是因為喜歡才自稱的關係，所以會覺得應該可以在咖啡師比賽中學習到什麼，這也很正常。

「我一直很嚮往這個比賽，從還在當工讀生的第二屆比賽開始，我每年都會報名參賽。不過前三年都因為實力不足，預賽就落選了，去年好不容易有信心能通過預賽，卻碰上比賽停辦，一直到第四次參賽的今年，我終於贏得了決賽的參賽資格。」

「原來已經舉辦過預賽了啊，妳大可以老實告訴我嘛，何必那麼見外呢？」

「要是我接受了你的加油，結果又不小心在預賽就落選的話，那不是非常丟臉嗎？我也要顧及自己的面子和尊嚴啊。」

我知道。應該說，從我們的相處過程來看，我覺得美星小姐其實還挺重視這些的。

預賽好像是根據書面審查，以及濾沖咖啡和萃取濃縮咖啡等基本實用技巧來評分的。不過，根據美星小姐的補充說明，比起參賽者的技術，其實比賽更重視參賽者工作的店家和實際經歷。她認為塔列蘭由於這半年來改善經營方針的關係，造訪的客人增加，又受到夏天某起事件的影響，意外地變得比以前有名，才讓她今年終於通過預賽，這樣的想法其實也有一番道理。除此之外，由於比賽停辦一年，導致報名人數減少，似乎也是一項對她有利的條件。

「距離比賽只剩下大約一個月的昨天，我收到了主辦單位的宣傳手冊，才想到我必須快點向青山先生報告才行。」

「原來是這麼一回事啊。妳有勝算嗎？」

我故意用會讓她感到壓力的說法問道。

「這個嘛，我當然是打算以萬全的準備來迎接比賽，但光憑這一點很難說有十足的把握。不過，既然都要出賽了，當然是以獲得冠軍為目標囉。」

「哦，沒想到妳還挺有幹勁的嘛。」

「那是當然的，冠軍不僅可以獲得獎金五十萬圓，好像還能夠以進修旅行的名義跟著主辦單位一起去義大利喔。」

「義大利……」

不僅是濃縮咖啡的發源地，也是促使咖啡師文化誕生的國家。只要是喜歡咖啡的人……不，就算不是喜歡咖啡的人，義大利的眾多世界遺產和頂級料理也會讓任何人都心生嚮往吧。

我一口氣喝光咖啡後，一本正經地對她微笑道：

「哎呀，美星小姐，妳的咖啡真的是特別好喝呢。話說回來，妳曾經出國旅行過嗎？義大利是距離這裡很遙遠的異國之地，就算主辦單位會替妳打點好一切，妳一個人出國難道不會覺得不安嗎？」

「咦？這個嘛，我確實是很少出國，所以說不會不安是騙人的……」

「既然如此……」

我伸手按住胸口，微微地行了一禮。

「如果美星小姐妳獲得冠軍，敝人青山就陪妳一同前往義大利吧。」

「……哦……這就是所謂的『還沒捉到狸貓，就已經在想狸皮可以賣多少錢』吧？」

美星小姐如狸貓般可愛的圓眼像狐狸一樣瞇了起來。

「不好意思，請問我帶青山先生去義大利能得到什麼好處呢？你在國外生活的經驗很豐富嗎？或者是你的外語說得很好？」

「很可惜的，關於這兩個問題，我的回答都是NO。啊，應該說義大利語NON才對吧？」

「…………」

「不過，我自認為對外國文化有一定的了解喔。畢竟我有親戚是在美國長大的歸國子女嘛。」

「這應該是毫無關係的兩件事吧？而且，你的旅費該怎麼辦呢？就算主辦單位願意讓你同行，我想他們也不可能連旅費都替你出。」

「到義大利進修啊……我想應該不會超過五十萬圓吧。」

「五、五十——」

她頓時啞口無言。用「揉成一團的報紙」來形容不知道夠不夠貼切，總之，她露出了我從來沒看過的表情。

「妳放心，我當然不會叫妳白白替我出這筆錢。在剩下的一個月裡，我會傳授所有我知道的東西，陪妳練習和擬定作戰計畫，從各方面全力支援。我們兩個人一起朝冠軍努力吧，這就是我要表達的意思。」

我豎起大拇指，對她眨了兩三次眼。美星小姐無奈地翹起下脣，一邊嘆氣一邊說道：

「總覺得有點難以接受，不過，算了，就這樣吧。」

「哦？真的嗎？妳這句話我可是聽得一清二楚喔。」

「因為，要不是為了這種事，青山先生根本不會想努力嘛。」

唔呃。我的喉嚨深處發出了奇怪的聲音。

她這句帶刺的話並不是單純地指責我是個懶惰的人，而是暗暗責怪我沒有試圖拉近和她之間的距離，也不努力讓我們的關係有更進一步的發展。

她有時候會以酸溜溜的語氣說出這種話。她難道不知道這樣子反而會讓我更裹足不前嗎……不，其實只是我不願面對自己的窩囊罷了。

我自暴自棄地胡亂抓了抓頭髮，對她宣告：

「好啦，我知道了，總而言之，在獲得冠軍之前我雖然也會幫忙，但還是只能請妳自己多多加油。如果真的獲得冠軍，接下來就輪到我要加油了。都跟著跑去義大利了，總不能空手而歸吧。」

「這句話我可是聽得一清二楚，不能反悔喔。」

美星小姐說完後便露出了溫柔的微笑。待在窗邊的查爾斯則像是自願當見證人似地「喵」了一聲。

接下來的一個月，我比以往更常待在塔列蘭，協助美星小姐進行練習。原本就已經擁有高超技巧的她，經過練習之後變得更加厲害，隨著比賽的日子一天天接近，我開始覺得她說不定真的能獲得冠軍。這並不是和其他競爭者比較後所得到的相對評價，也不是針對她煮出的咖啡味道的客觀判斷。換句話說就是毫無根據的自信。她所具備的與其說是氣勢，更像是天賦才能的東西，讓我產生了這種感覺。

於是，我們真的照先前所說的，以充分的準備迎接決賽的到來。

不過，就在這個時候，我們又再次碰上奇怪的騷動了。

四年前

「唉，結果根本是完全失敗了嘛。」

少女把下巴靠在吧台上，露出彷彿面臨世界末日的神情。千家諒替她送上熱騰騰的咖啡後，溫柔地對她說：

「沒這回事喔，能夠參加那種規模的比賽，就是最有意義的事情了。而且妳不是第一次參賽就通過預賽，晉級到決賽了嗎？」

他們正在討論前陣子剛落幕的第二屆ＫＢＣ。因為千家在第一屆比賽中的活躍表現被各家媒體報導的關係，想參賽的咖啡師人數增加到前一年的兩倍以上，參賽者的水準也隨之提高，甚至有獲得去年決賽資格的咖啡師在今年的預賽落選。

在這種情況下，眼前的少女在咖啡店工作的時間才剛滿一年，卻能夠取得決賽的資格，可說是一件相當驚人的事。但或許是因為決賽時壓力太大，結果在所有參賽者中排名最後，不過，與其歸咎於她實力不足，更應該說是敗在經驗的差距上。

千家一直深信少女是有天分的。

「我也好想像千家先生那樣讓整個會場為了自己而瘋狂喔。」

少女終於抬起上半身，但還是把手肘靠在吧台上，喃喃發著牢騷。明明沒有必要這麼在意，卻表現出一看就知道她很沮喪的樣子。

因為第一屆ＫＢＣ的冠軍是千家，他所經營的咖啡店因而聚集了愛好咖啡的客人，也有許多咖啡師和未來想成為咖啡師的人慕名而來。有的人貪婪地想從他口中套出提昇技巧的方法，有的人則只是不好意思地偷看著他，還有人是開始頻繁地上門光顧，每個人的情況都各不相同。

少女也是其中之一，大概是在一年前第一次來到這裡，千家當時建議她可以去參加ＫＢＣ。從那之後，她就自稱是千家的徒弟，基於咖啡師修行的理由，利用自己的休假日，以每個月一、兩次的頻率前來。

「比賽明年也會舉辦嘛。看到妳這一年來的成長速度，我覺得如果哪天出現了威脅我冠軍寶座的人，那個人說不定就是妳喔。」

千家直視她的雙眼，說出毫無誇大之意的真心話。在強敵應該比去年還多的第二屆ＫＢＣ中輕而易舉達成二連霸的天才咖啡師，似乎讓她更加醉心了。嚮往的心情有時可以激發一個人的動力。她一定還會繼續成長下去。

「又來了，千家先生您真會說話。」

她似乎把這番話當成了客套話，但又好像不完全是這麼一回事。千家因為她心情好轉而鬆了口氣，又補充說道：

「為了不在下次比賽時留下遺憾，再努力一年吧。」

「好！請您看著吧，我明年一定會擠進爭奪冠軍的行列。畢竟我可是千家先生的徒弟呢。」

少女——山村明日香這麼說著，臉上浮現了無憂無慮的笑容。

二 前夕

1

三連休的第一天，星期六下午，當車子停下，我打開車門，下車站在空曠的停車場時，無聲落下的雨點正不斷地打在柏油路面上。

「我們抵達Art-ery廣場了呢。」

我把傘遞過去，對站在身旁的美星小姐說道。她抬頭看向眼前這棟像是由兩個前後錯開且相連的立方體組成的、粗糙又巨大的建築物，回答：

「是啊，我們終於抵達了。」

她的話中帶有一絲感慨。因為從她第一次報名的第二屆大賽以來，一直是在這裡舉行比賽，可以說她終於來到了夢想已久的地方。總覺得現在開口說話很不識趣，所以在她主動說些什麼之前，我想自己也保持沉默比較好。

這棟叫作Art-ery廣場的建築物距離最近的近鐵伏見車站往西大約一點五公里，是舉行第五屆關西咖啡師大賽的會場。它同時也擁有京都規模最大的大展覽場，除了這次以ＫＢＣ為重點活動的食品展覽會之外，整年都會有各式各樣的活動在這個場地舉行。順便一提，「Art-ery」這個名字同時具有artery（動脈）和art（藝術）兩個單字的意思，似乎是希望這裡可以成為京都在文化藝術方面的動脈。

「真是了不起呀，我在京都住了幾十年，還是第一次來到這裡呢。」

比我們晚一點離開駕駛座的藻川先生也若無其事地鑽進我的傘下，並感嘆地說道。身體有一半被擠到傘外的美星小姐把掌心朝向天空，說道：

「和天氣預報說的一樣，要是得在這種天氣從車站走過來，我們應該會很累吧。多虧叔叔的幫忙，我們省了不少麻煩。」

「這種小事沒什麼好在意的啦。店是我們兩個一起經營的，妳都說要努力了，我當然也要稍微加油一下呀。」

藻川先生害羞地伸出食指搔了搔臉頰。

昨天晚上，好不容易把連假的時間都空下來，以便讓自己整整三天都能支援美星小姐的我，因為要進行比賽前最後的討論，就在塔列蘭打烊後過去了一趟。

「……如果連用具或材料也是各自準備的話，要帶的東西感覺會很多耶，妳打算怎麼去會場呢？」

「這個嘛，既然青山先生願意幫我拿一些，車站到會場之間的距離也不是不能用走的，應該先搭電車再步行過去吧。」

「可是，氣象預報說明天可能會下雨喔。有些東西弄濕了不太好吧？」

「啊，我忘了考慮天氣條件了。如果下雨的話，可能就搭計程車吧……」

當我們正在討論的時候，一直盯著ＫＢＣ宣傳手冊的藻川先生突然插嘴對我們說：

「我送你們去吧，開車的話好像馬上就到了。」

因為對他的好心有些意外，我和美星小姐互看了一眼。這確實是個幫了大忙的建議，但她一開始還是先表示了婉拒之意。

「不用麻煩了，真的。如果是決賽也就算了，連彩排都讓叔叔陪同的話，總覺得怪不好意思的。」

「我無所謂唷，要是少了妳，這間店也沒辦法開門營業嘛。而且自己的親人難得有可以大顯身手的機會，我幫點小忙也是應該的。」

「叔叔！」

藻川先生的口氣一反常態地誠懇，美星小姐看起來相當感動。我也沒資格發表什麼意見，便坦率地接受了他的好意。所以明明只是大賽前一天，我們卻決定三人一起進入比賽會場。

——話又說回來了。美星小姐現在仍舊一直以感激的眼神看著藻川先生，她會不會有點太過天真了啊？她和藻川先生相處的時間比我長多了，應該知道他是個依照什麼原則行動的人物才對。

「的確，對藻川先生來說，這比賽也是個值得努力表現的機會呢。」

我回想起藻川先生昨晚一直盯著宣傳手冊裡附有參賽者照片的介紹頁面，裝作若無其事地說道：

「因為參賽的女性咖啡師全都是美女嘛。」

藻川先生一聽到我的話，肩膀便突然朝我靠了過來。

「沒錯，特別是那個叫冴子還什麼的女生……」

「原來如此，原來是這麼一回事啊。」

剎那間，我感覺到了一股彷彿從地底湧上的驚人怨念。

那是從美星小姐身上散發出來的。因為藻川先生的動作推擠到我的身體，她現在全身都被擠到了傘外，雨水不斷地沿著劉海往下滴。她的頭垂得低低的，眼睛附近蒙上一層陰影，看起來就像出現在日本電影或連續劇的孩童冤魂一樣。

藻川先生倒抽一口氣。「我、我開玩笑的——」

「開什麼玩笑！」

美星小姐從我手中奪過雨傘，一個人踩著大步走向建築物。我兩手扠腰，斜睨著老爺爺：

「都是你，害我也被連累了，真是傷腦筋。」

「明明就是你點的火好不好，笨蛋。」

「為什麼她會變成個性那麼火爆的女孩子啊？」

「總覺得她每長一歲，就和我死去的老婆愈來愈像呢。」

我們小跑步地追在她身後。十一月的雨天比我想的還要寒冷，「真虧她能在這種雨下發那麼大的火」，我心裡浮現了這個可能又會惹她生氣的想法。

2

我穿過自動門，進入Art-ery廣場內，拿出手帕輕輕擦去全身上下的水滴。門廳正面有個朝我所在方向突出的拱形接待櫃台，卻沒有人站在那裡。而左手邊則可以看到一個小房間，牆壁高於腰部的部分改用薄薄的玻璃窗隔開來。旁邊有個寫著「管理室」的牌子，管理員或警衛都會常駐在這裡吧。

「我們要去的大展覽場好像就在這裡面呢。」

終於追上美星小姐後，我對著她的背影喚道。她看著標示在建築物內各處的方向指示，點了點頭。

今天因為正在準備展覽會的關係，有很多人忙碌地進出大展覽場。我們向穿著工作人員外套站在入口的大姊姊表明ＫＢＣ參賽者的身分後，她們便按照人數給了我們掛在脖子上的名牌。只要在空白欄位內填上姓名，就能當作是比賽相關人士的證明。我和藻川先生都沒有被詢問身分，主辦單位在這方面的規定意外地寬鬆。

「哇，這還真是壯觀啊。」

一踏進會場，我就被展覽場那超乎想像的寬廣面積嚇到了。即使只是大略環視一眼，也可以看出這裡的攤位數量不是只有一兩百個而已。各個廠商都費盡心思地陳列展示自己的商品，工作人員則在攤位之間穿梭奔走著。

會場裡非比尋常的熱烈氣氛好像讓美星小姐也跟著興奮了起來。

「這邊是飲料、那邊是廚房用具，比較遠的則是沖泡食品吧？我聽說咖啡師大賽是食品展覽會的重點活動，不過，就算沒有比賽，在展場裡逛攤位就是件非常有趣的事呢。」

KBC的比賽舞台位於大展覽場最內側西北方的角落。我們沿著通道，在展場內林立的攤位所形成的巨大迷宮裡往前走了一段，看到了幾個製造濃縮咖啡機或奶精粉等咖啡相關商品的廠商攤位。當我一邊想著之後要再過來好好參觀，一邊走過那些強烈吸引我的攤位前時，我們就像穿過森林後來到遼闊的草原般，突然走進了一塊空曠的區域。

像是要環抱整座展場般斜向設置的舞台，有些地方露出了架設用的鐵管，一看就知道是為了大賽而暫時設置的，不過它寬廣的面積讓我幾乎忘了這件事，並聯想到清水的舞台[1]。舞台上方有許多梯子形狀的金屬架，上面吊著照明器具，前方張掛著白色的布條，上面以黑體字型印著「第五屆關西咖啡師大賽」等字樣。沒有裝飾的樸素文字反而像是在強調大賽的正式性。

舞台中央擺了一張比賽使用的ㄈ字形吧台桌，一位抱著電動研磨機的工作人員正一邊仔細確認位置，一邊左右移動機器。一位年約四十幾歲的女性站在距離舞台稍遠的觀眾席，抱著胳臂監督那位工作人員的動作，並不時下達指示。她應該是比賽的相關人士吧。

美星小姐好像覺得不該打擾到對方，在猶豫了好幾次之後，等到那位女性不再對工作人員下達指示，才從後方小心翼翼地呼喚她。

「那個，主辦單位叫我今天要來這裡……」

在她話說完之前，那位女性就轉過身來面對我們了。她看到美星小姐的臉後，便親切地微笑了一下。

「妳是切間美星咖啡師對吧？我們一直在等妳呢，歡迎來到ＫＢＣ。」

她在笑的時候眉梢還是往上豎起，露出嚴肅正經的表情。穿著長袖的黑色Ｔ恤以及長及腳踝的碎花裙。深黑色的頭髮讓人懷疑她是否有染髮，往上梳起的劉海很像她這個年紀的女性會做的打扮。

「我是比賽的執行委員長上岡和美，還請多多指教。」

美星小姐以雙手握住了她伸出來的手。

「我是切間美星，也麻煩您多多指教了。」

如果這兩個人在預賽的時候曾見過面的話，應該不會有這番舉動才對。上岡大概是以宣傳手冊上的照片認出美星小姐的長相吧。

上岡鬆開手時順勢看了看手表。

「啊，已經這麼晚了啊，不知道所有人都到齊了沒？」

距離規定集合的下午三點還有一些時間。因為不先架設好舞台的話就無法彩排，主辦單位應該是打算在這之前完成架設吧。

1 清水寺本堂大殿前的露台名為清水舞台，是以一百三十三根木柱搭建在斷崖上，只靠著交錯的木柱取得支撐力。

「你們先坐著等一下吧。等到可以彩排的時候，我再來叫你們。」

上岡指著觀眾席說完後，就又開始對著舞台下達指示了。

觀眾席內大概擺了兩百張鐵製的折疊椅。中間則像摩西曾走過的紅海般隔出一條走道。我們沿著走道往前，並環顧四周，發現已經有零星的幾個人坐在位子上了。

和那些人是第一次見面，卻都曾在宣傳手冊上看過。他們擺出了根本不知道我們是誰的態度，卻又可以明顯感覺到正不著痕跡地注意著美星小姐。不用說也知道，他們是在觀察新出現的敵手是何許人物。

怎麼能認輸呢！我朝眉間施力，看向觀眾席的邊緣。那裡有一位臀部只坐了椅子的一小部分，正抱著胳臂、雙腿交疊的女性——

「我的名字是藻川又次，我沒參加比賽，但美星咖啡師等於是我一手栽培出來的……」

我的天啊，藻川先生竟然已經端坐在那名女性隔壁的椅子上，大膽向對方攀談了？他好像是趁我們走向上岡小姐，沒有注意時迅速展開行動的。話說回來，那位女性不就是藻川先生方才不小心說溜嘴的「叫冴子還什麼的女生」嗎？

我推了推美星小姐的手臂，告訴她這件事後，她先是困擾地抱住頭，然後走向藻川先生。接下來，她就像母貓叼住自己孩子的後頸一樣，拉住老人後腦杓的頭髮，讓他從椅子上站起來，自己再坐到椅子上，帶著笑容對那名女性說道：

「妳好，我是切間美星，目前在京都市內一間叫塔列蘭的咖啡店工作，還請多多指教。」

「妳、妳好……」

女性的臉頰顯得有些僵硬，但還是回應了美星小姐的問候。燙成大波浪的茶髮，以及從頭髮之間隱約看見、鑲嵌著寶石的耳環，突顯出她的豔麗，卻也讓人感覺有些強勢。看起來比我們還要年長，不過應該還不滿三十歲吧。

美星小姐沒有等她報上名字，就接著說道：

「妳是黛冴子小姐對吧？上一屆ＫＢＣ的冠軍。」

女性的雙眼因為化了濃妝，看起來本來就很大了，在聽到她的話之後，更是睜得又圓又大。

「哎呀，原來妳知道我是誰。幾乎所有媒體都沒有報導上一屆大賽的結果啊。」

「我當然知道，因為ＫＢＣ是我一直夢想參加的比賽。」

我在美星小姐後方的椅子坐下來，帶著新奇又驚訝的心情聽著她們交談。直到這時我才知道上一屆的冠軍也參加了這次大賽。宣傳手冊的參賽者介紹裡應該完全沒有提到這件事才對。

「這樣啊。切間小姐在這一屆大賽是第一次參加決賽對吧？」

「是的。對黛小姐而言，這次算是防禦戰吧。我想第一屆的冠軍應該也是如此，不過像這樣獲勝之後還會繼續參賽，算是一種傳統嗎？」

「叫我冴子就行了。這個嘛……因為第四屆時發生了一些事，最後演變成比賽草草結束的局面，這樣一來，就算贏了也完全沒有獲勝的感覺吧？所以我才會選擇再參加一次比賽。而且上岡小姐也邀請我參加嘛。」

之所以用「發生了一些事」來形容，顯然是為了避免提及當時的情況。這和去年比賽停辦有什麼關係嗎？雖然我很想問個清楚，但美星小姐似乎決定尊重對方的意願，沒有繼續追問。

「是上岡小姐親自邀請冴子小姐妳參加比賽嗎？」

「嗯。因為比賽今年開始重新舉辦，如果有知道以前比賽情況的咖啡師在場，也能夠讓身為主辦方的上岡小姐比較放心吧。實際上，這次參加決賽的六個人之中，就有四個人曾取得決賽的資格。」

「四個人？像我這樣的生面孔反而是少數呢。」

「是這樣沒錯。現在聚集在這裡的四個人——」黛朝觀眾席看了一眼。「石井春夫、苅田俊行和山村明日香都是曾經打進決賽的人喔。」

我照著黛唸出名字的順序一一看向參賽者。

我們四個人所在的位置，是在被分成左右兩區的折疊椅之中，面向舞台左手邊那一區的最外側。坐在和我們同一區最後一排的人就是石井春夫。他留著剪成香菇頭的清爽黑髮、細小的雙眼和粗眉形成對比，還戴著銀框眼鏡，擁有一副只要看過一次就忘不了、讓人留下強烈印象的長相。宣傳手冊上提到他的年紀是參賽者中最年長的三十五歲，但舉止不是很沉穩，一直頻繁地轉頭張望場內各處。

面向舞台右手邊的那一區，同樣坐在靠近後方椅子上的人是苅田俊行。我看到他閒得發慌地盯著天花板的側臉，五官很深邃，就算說他是混血兒也不會覺得奇怪，長得相當英俊。燙得很捲的茶色頭髮與下巴同長，留有鬍鬚。他的年紀應該也已經超過三十歲，但是總覺得他看起來好像要再年長一些，又好像要再年輕一點。

山村明日香則是坐在右區的最前排。她彷彿在閃避周圍的視線似地，頭垂得低低的，還縮著肩膀。大概是在緊張吧，不過那副畏縮膽小的樣子，讓旁觀的人也不禁感到憐惜。雖然黑色的長髮給人有些呆板的印象，但正如我在宣傳手冊的照片上所感覺到的，她擁有一張相當可愛的臉龐。

而且，當我看到山村明日香本人時，忍不住把她和坐在我眼前的人拿來比較了。實在很像。山村明日香和以前的美星小姐長得幾乎一模一樣。

雖然我只有看過照片，但是美星小姐高中畢業後剛來到京都時，頭髮比現在還長，正好和山村差不多，並不是說她們的五官相像，但無論是那雙眼白面積較少的黑眼、不太化妝的習慣，還是纖細嬌小的體型，只要把特徵一一列出，就會發現兩人有許多共通點。

山村的年紀比美星小姐小了兩歲。如果她的年紀再大一點，會變得跟現在的美星小姐一樣嗎？當我正在思考這種蠢事時，突然聽到了清脆的拍手聲，上岡對著觀眾席呼喚道：

「各位，讓你們久等了，真是抱歉！好了，大家不要坐得那麼分散，都過來這裡吧。」

美星小姐和黛暫時停止交談，站起來朝前方移動。我和藻川先生跟在她們身後，石井和苅田也各自拿著自己的東西依照上岡的指示移動。山村已經坐在最前排了，所以並未起身。

「一、二、三、四……很好，六個人都到齊了。」

上岡伸出手指數了數在場的咖啡師人數，滿意地點點頭。不過，她其實數錯了。

「那個……」我不好意思地舉起手。「不好意思，害妳搞錯了，我並不是參賽者喔。」

「哎呀，真的耶，仔細一看才發現我不認識你。你是誰啊？」

「不好意思，他是幫我拿東西的人。」

上岡以懷疑的眼神看向我，美星小姐趕忙開口解釋。上岡眼珠一轉，說道：

「真是的，因為這裡正好有三個年紀差不多的年輕男女，害我以為他也是參賽者了。不過，這就代表還有咖啡師沒到場。」

「上岡小姐，會不會是那個人？」

黛伸手指向觀眾席旁邊的攤位。有位戴著大耳機的男人正高興地伸長脖子，從各個角度觀察著最新型的營業用烘豆機。他背著一個下垂設計的後背包，側臉的長相確實和我在宣傳手冊上看到的照片人物一樣。

「天啊，誰幫我叫他一下！」

對上岡的話有所反應的是距離那個人最近的茆田。發現有人拍他肩膀的男人拿下耳機掛在脖子上，茆田便伸出大拇指朝後方比了比。就算不用解釋，男人也知道是怎麼回事了，他踩著敏捷的腳步，朝我們這裡跑了過來。

「集合時間早就過了喔。」

上岡以低沉的嗓音責備他，男人卻傻笑著辯解起來。

「不是這樣的，我其實在集合時間前就到了，只是看到彩排好像還沒開始，為了打發時間，才跑去參觀攤位。我說的是真的。」

寬鬆的休閒風服裝和用髮膠抓得到處亂翹的髮型，讓他的外表看起來就像個大學生。而他的確也才二十一歲，是今年的比賽中年紀最輕的咖啡師。感覺不到任何誠意的口氣突顯出他的不成熟，卻又長了一張讓人無法怪罪他、會忍不住原諒他的臉。

他的名字是丸底芳人，和美星小姐一樣，都是第一次參加決賽。

「好吧，算了。總而言之，各位先找椅子坐下吧。」

一聽到上岡這麼說，丸底就率先把附近的折疊椅拉過來坐下，其他人也紛紛仿效他。上岡等到所有人都坐定後，便開始致詞了。

「那個，在此正式向大家問好，我是第五屆關西咖啡師大賽執行委員長上岡和美。因為我任職於KBC的主要贊助商上岡咖啡，所以今年的比賽也和前幾屆一樣，是由我來負責主持。」

上岡咖啡在國內的咖啡相關企業中算是規模最大的公司。除了批發販賣咖啡豆和咖啡用具之外，還跨足各種非酒精飲料的製造業務，就算不是愛喝咖啡的人，平時應該也經常能看到他們的產品才對。

從姓氏來推測，上岡和美應該是上岡咖啡經營者的親人吧？所以才會把主持規模這麼大的比賽的重要任務交給她負責嗎？我忍不住擅自想像了一下。

「在此代表敝公司感謝擁有優秀技巧的咖啡師願意參加本次比賽……好了，我想客套話就到此為止吧，因為有些人可能已經聽得很膩了。」

「畢竟來參加的幾乎都是熟面孔嘛。」

石井笑了起來，黛也跟著說道：

「我們其實算是被上岡小姐找來的啊。」

「找來的？這個比賽有種子制度嗎？」丸底插嘴問道。

「不是這個意思啦。」上岡搖了搖手。

「五年前開始舉辦的KBC，去年因為某件事而停辦了。在比賽很有可能就此永遠消失的時候，我努力說服了公司，讓比賽可以在今年順利舉辦。我無論如何都必須讓第五屆KBC成功。因此才會請有比賽經驗、而我也熟知他們實力的咖啡師參加這次的預賽。」

「不過其中應該也有人不想再參加第二次吧。」

苅田一臉滿不在乎地說出這句話時，我感覺到現場的氣氛突然緊張了起來。上岡裝作沒聽到他說的話，急忙繼續說道：

「總而言之，請各位在明後兩天努力角逐關西第一咖啡師的名號吧。我很期待能在比賽時看到各位展現精湛的技巧。」

大家不約而同地拍起手來。接著上岡開始說明KBC的比賽概要。

「決賽的規則和之前幾屆一樣，一共有四種比賽項目。明天，也就是第一天早上比的是濃縮咖啡，下午則是調酒咖啡。第二天早上是拿鐵拉花，下午比的最後一個項目是濾沖。由各項目獲得的分數總和來決定最終成績。」

獲得的分數會在每個比賽項目結束時由評審公布。換句話說，所有人的排名和分數一直都是公開的。對於參賽者而言，這是個挺殘酷的制度。

「呃，比賽的出發點是要比較咖啡師在實際工作時所需的技術，因而包含準備在內，各個項目都有時間限制，不止得滿足正確度和完成度，還必須兼顧速度。也就是說，無論是多麼華麗的拿鐵拉花，如果讓客人等太久的話就本末倒置了。每個項目的內容和限制時間都寫在宣傳手冊的注意事項了，請大家務必詳讀。」

「上岡小姐，就算妳不說，大家也早就把那些事情牢牢記在腦子啦。我們還是快點去準備室吧？我今天不小心把沒辦法常溫保存的東西帶過來了。」

石井有些不耐煩地舉起了自己提著的紙袋給上岡看。我心想：明明現場還有第一次參賽的人，也未免太自私了吧。但美星小姐和丸底好像都沒什麼意見的樣子。「你說得也對。」上岡聳聳肩，低聲說道。

「那麼，我想今天大家應該都各自攜帶了用具和材料，我現在就帶你們去後台。」

可能是已經有很多人已經熟悉流程了，大家以缺乏緊張感又慢吞吞的動作站了起來，拿起自己的東西。有人帶了像是以硬鋁製造的堅固手提箱，也有人只是簡單地提了個紙袋，不過裡面應該都裝了他們自己常用的用具吧。當然了，濃縮咖啡機或磨豆機這類大型機器是無法攜帶的，所以參賽者只能使用設置在舞台上，贊助商提供的機器。機器會因為製造商不同而有不同的特性，所以美星小姐也事先研究了比賽所使用的機器。

舞台右側有個被很高的屏風圍起來的準備區，裡面有兩張長桌，桌子四周擺放了八張折疊椅，大概是為了讓參賽者把用具移到這裡，並等待上場。

我們繞到準備區後面，看見了一扇長得像防火門的金屬門。當所有人都跟著上岡聚集到這裡之後，上岡突然露出了為難的表情。

「接下來要去的地方我希望只有參賽者能進去……」

她顯然是看著我和藻川先生說的。

如果參賽者會把自己的東西放在裡面的話，這是很合理的判斷吧。於是我決定順從地接受這項規定，不過……

「什麼？妳的意思是在懷疑我們兩個人嗎？」

看到藻川先生不肯罷休，我頓時嚇得臉色發白。

「不，我絕對沒有那個意思……」上岡也慌了起來。

「那讓我們進去也不會怎麼樣吧？妳放心，我們不會妨礙你們的啦，只是覺得被排擠在外感覺不太好而已。妳明白的話就快點讓大家進去吧。」

老爺爺，你到底在說什麼啊？你早就在妨礙大家了好嗎？當美星小姐以及和他處於同樣立場的我正要出手制止他時，卻聽到了一句意想不到的話。

「——應該不會怎麼樣吧？反正就算今天他們進去了也不能做什麼。」

所有人的視線都集中在說話的苅田俊行身上。與其說是想袒護藻川先生，更像是覺得有人爭吵很麻煩的他，一邊伸手撩起劉海一邊繼續說道：

「我們今天只是要把用具放在準備室而已。那裡一定都會上鎖，他們沒辦法動手腳。反正裡面也沒有什麼重要的東西，就讓他們一次看個夠，明天再請他們不要進去吧。妳覺得呢，上岡小姐？」

上岡一臉不太情願的樣子，但還是點了點頭。

「既然每一屆比賽都參加的苅田咖啡師這麼說，今天就破例讓兩位進去吧。」

對於這項決定，有些人露出了不滿的表情，但是並沒有公開反對。

「真的很抱歉……」

美星小姐向其他參賽者深深一鞠躬，我也在一旁做出同樣的動作。但不耐煩的情緒早已在眾人之間蔓延開來。

「好，我們快進去吧。」

藻川先生一臉若無其事地擠到最前面，想打開那扇門。美星小姐再次抓住他後腦杓的頭髮往後拉，退到隊伍的最後面。我因為不太想被牽連，所以一直面對著前方，但是當我跟著隊伍踏出步伐時，卻聽到背後傳來奇怪的聲音。轉頭一看，只見美星小姐摘下了藻川先生的針織帽，正用手拍打著他毛髮稀疏的頭。

3

穿過門之後出現了一條由深色牆壁、天花板和地板構成的狹窄走道。途中除了一扇門，和一個往右的轉角之外，既沒有窗戶也沒有任何出入口。白色的日光燈發出蟲子拍翅般的聲音照亮走道，這副冷冰冰的情景讓我想到自己以前住院時的醫院走廊。

彎過轉角，準備室就在前方。當那扇感覺特別堅固的門出現在眼前時，我在隊伍後段出聲說道：

「這道門是設計成自動上鎖的吧？」

L型的門把上方有個手掌大小的黑色裝置，我以前曾經在學校看到過。那是一種要用鑰匙卡感應來解鎖的鎖，上面設有用來顯示狀態的紅燈和綠燈。

「是的，在這次舉辦的展覽會上也展出尚未公開的新產品，為了不讓消息走漏，很注重安全防護。不僅鑰匙卡的數量有限制，借用的時候也必須經過管理者的許可，如果不小心把東西忘在準備室裡，就會遇到沒辦法隨意進去拿東西的問題，所以要特別注意喔。」

上岡從掛在脖子上的透明證件夾裡拿出鑰匙卡，靠到那個黑色的裝置，也就是感應器上。綠色的燈亮了起來，門鎖「喀鏘」一聲打開了。如果要從室內開門的話，只要按一個按鈕就能解鎖。

和我對走道的感覺一樣，準備室也是個很單調的房間。雖然面積寬廣，卻讓人覺得有股寒意。房間中央擺了兩張不鏽鋼製、兩層式的桌子。內側牆壁的左邊有六個很高的置物櫃，右邊則被營業用的巨大冰箱占據，冰箱前方的牆邊還有一座設了兩個水龍頭的水槽。我往下一看，發現裡面豎立著清洗餐具的中性清潔劑和一罐用來刷洗水槽的粉狀清潔劑。

上岡稍微觀察了一下室內後，像是猛然想起似地按下門旁的開關，點亮了燈。之所以沒有立刻感覺到開燈的必要性，是因為左邊牆壁上有一面使用霧面玻璃的大型橫拉窗。不過，因為天候不佳的關係，從那裡照進來的陽光有點灰暗。

「我們在桌子的下層按照參賽人數準備了平底盤。盤子上面已經貼好寫著名字的紙片，請各位在保管用具或把用具帶到舞台的時候使用這些盤子。」

苅田那些已經有參賽經驗的人，不等上岡解釋完，就熟練地打開自己的包包，開始把用具放到鋁製的盤子裡。這應該是往年的慣例吧。我、美星小姐和丸底也一邊觀察著周圍，一邊模仿他們的動作。

接著，黛走向冰箱，打開冰箱門，從裡面拿出了一樣的盤子。她把上面同樣貼有名牌的盤子拿到桌上，開始把包包裡的東西也放到那個盤子裡。

「如果你們今天帶來的材料裡有咖啡豆或調製調酒的飲料等必須保存在冰箱裡的東西，請像黛咖啡師這樣使用冰箱裡的平底盤。還有，各位使用的牛奶由贊助商提供，比賽的這兩天都會在早上送來紙盒裝的牛奶，所以不需要自行攜帶。」

上岡只是說給美星小姐和丸底兩個人聽的。我和美星小姐互相檢查，一邊把帶來的東西分成要放進冰箱的和不用放進冰箱的。

接下來的時間裡，參賽者專心地進行著手上的工作。我們對面的石井正在跟他旁邊的苅田交談。

「喂，你看這個。」

他從橫倒在桌上的紙袋裡拿出了大小和罐裝咖啡一樣的全黑易開罐罐子，罐子側面等距地刻著四道環繞罐子一圈的溝紋，第二道和第三道中間印有銀色的「ＩＳＩ」標誌，或許和他的名字有關係[2]。

苅田瞇起眼睛看了看：

「這個罐子是特別訂製嗎？你那間店應該是叫『ISI COFFEE』對吧？」

---

2 日文「石井」的「石」寫成羅馬拼音即是「ＩＳＩ」。

「對，是為了比賽特別製作的。感覺充滿了幹勁對吧？不過啊，裡面裝的東西也大有來頭喔。」

罐子的蓋子已經被拿下來，墊在石井手掌上的罐子底下。苅田在石井催促下從罐口往內瞧了瞧，然後讚嘆地「哦」了一聲。

「全都是圓豆嗎？」

一般來說，咖啡樹所結的一個紅色果實會有兩顆種子，也就是兩顆豆子，而豆子互相接觸的那一面會變得比較平坦。除了這種名叫「平豆（Flat Beans）」的咖啡豆之外，還有一種與其相反、形狀接近圓形的咖啡豆，名叫「圓豆（Peaberry）」。如果紅色果實裡只有一顆豆子，就會變成這種形狀，雖然沒有確切的成因，但是據說這種果實多半是長在樹枝末端，占整體咖啡豆收成量的百分之三到百分之五左右。

圓豆和平豆在成分上並無不同，但是圓豆在烘焙的時候加熱比較均勻，有人說風味比平豆更出色，而且因為收成量少，買賣時常出現物以稀為貴的情況。

「很棒吧？我用手工挑揀的方式挑出所有的平豆，只留下百分之百的圓豆。明天我要用它來煮濃縮咖啡。煮出來的咖啡味道會溫潤又香醇喔。」

石井充滿自信地說道，苅田卻冷笑著回答他。

「哼，或許依賴那種東西真的對你比較有利吧。」

石井面露不悅地說：「什麼？你這句話是什麼意思啊？」

「你真的聽不懂嗎？我的意思就是你只有材料能贏人——」

「哇，好漂亮的圓豆喔。」

美星小姐在氣氛一觸即發時迅速地插入他們的談話。這不可能只是單純地對圓豆表示讚嘆。她的體貼入微讓我佩服不已。

「妳能夠明白圓豆的美嗎？如果不介意的話，也可以再靠近一點看喔。」

石井頓時轉怒為喜，並主動隔著桌子向前探出身體，把罐子湊到美星小姐面前。我也順便瞧了一眼，看到罐子裡裝著九成滿的咖啡豆。確實如他所言，全都是圓豆，連一顆平豆都看不到。

「要收集到這麼多圓豆，一定費了不少工夫吧？」

「真的很辛苦呢。決賽之前，我試了很多種咖啡豆，最後還是覺得圓豆的風味特別好。我請供應商能給我多少咖啡豆就給多少，挑掉平豆之後，再依照烘焙的程度篩選一次，最後只留下大小最適合研磨的咖啡豆。在不斷重複單調的步驟之後，才收集到這麼多圓豆的。」

石井彷彿收藏受到稱讚的收藏家般愉快地訴說著自己的辛勞。苅田則是早已失去興趣，完全不理會兩人聊了什麼，只默默地處理自己該做的事。

「——上岡小姐！」

就在此時，黛突然大喊了一聲，我下意識地朝聲音的方向看去。

「兩年前有人說很不方便，所以就讓房間的門一直開著對吧？今年妳打算怎麼處理呢？該不會還是維持慣例吧？」

她的聲音在安靜的室內響起之後，我感覺到現場的氣氛又僵住了。

我在學校也曾經看過這種門，因為自動上鎖的功能一定要關上門才有作用，如果想讓所有人都不使用鑰匙卡就能自由進出，只要使用門擋之類的東西把門固定住就好。儘管給人一種缺乏警覺心的感覺，但兩年前似乎就是這麼做的。

「不過，你們也有可能遇到必須進去準備室的情況，所以也不能真的完全鎖起來啊。」

上岡尷尬地笑著緩頰，黛的情緒卻沒有因此而冷靜下來，反而更激動了。

「如果又因為妳這句話而發生像上次的事情該怎麼辦？這次可能沒辦法再用『只是自導自演』來解釋了喔。」

「——自導自演？究竟是什麼事啊？」

丸底楞了一愣，插嘴問道。

那些知道過去發生什麼事的人反應都很明顯，都刻意不看丸底，也不回答他的問題。丸底疑惑地看了看四周，便抓住身旁山村的手臂問道：

「喂，妳知道那些人在說什麼嗎？」

「我、我……」山村露出膽怯的表情，想逃避他的追問。

「什麼事也沒有，丸底咖啡師。」

明明不可能什麼事也沒有，上岡卻強硬地阻止丸底繼續問下去。

「黛咖啡師說的也有道理，大家帶來的用具裡應該有價值比較昂貴的東西，謹慎一點是對的。還是鎖上房間的門吧。」

據她所言，今天Art-ery廣場會在下午六點的時候關閉，彩排結束之後，包括比賽相關人士在內的所有人都必須立刻離開這裡。準備室前方的走道也會啟動防盜系統，在明天早上防盜系統解除以前，這裡的安全防護應該可以說是相當完善吧。

「那個，我有些東西想要明天一大早就放進冰箱耶……」

山村以微弱到幾乎聽不見的聲音問道。丸底的手仍舊抓著她的手臂。

上岡考慮片刻後說道：

「明天會場的開放時間是早上八點，開幕典禮是早上九點半開始，所以會請大家在九點之前集合。等所有人都到齊之後我再給需要的人鑰匙卡，這樣可以嗎？」

「呃，可是……如果有人遲到的話，第一個到場的人的材料說不定會放到壞掉啊。」

「既然如此，這個方法怎麼樣？」

已經在不知不覺間把罐子放在平底盤上的石井豎起食指提議道。

「開放進場之後最早進入會場的參賽者，可以向上岡小姐索取鑰匙卡。」

「你是笨蛋嗎？這麼做根本無法解決任何問題吧？」

黛強烈反對，但石井卻毫不在乎。

「至少可以防止閒雜人等闖進來吧？」

「如果是我們之中有人想做壞事的話該怎麼辦？」

「——要是妳這麼擔心，明天第一個到準備室來守著不就好了？」

石井臉上的表情突然消失了。他變臉的速度之快，甚至讓人感到背後傳來一陣寒意。

「還是說，冴子妳知道誰可能會對妳做什麼壞事嗎？看妳害怕成這樣。」

「我、我哪知道誰會做壞事啊。哼，那就隨便你們吧，不過，要是發生了什麼事，可不是我害的喔。」

「就這麼決定囉。上岡小姐，就請妳明天按照這個方法處理吧。」

「我是沒有意見啦，不知道其他咖啡師怎麼想……」

上岡環視眾人，但誰也沒有開口說話。要是在這時候反對的話，不知道石井又會說出什麼。我感覺到有股相當可疑的警戒氣氛籠罩在眾人之間。

「那麼，明天早上我會按照石井咖啡師的建議處理，也請大家稍微注意一下。大家應該已經完成準備工作了吧？我們去等候室吧。」

所有人都離開準備室後，上岡便關上房門，並確認門鎖是否已經自動鎖上。接著我們便沿著走道折返，在方才前往準備室的途中看見的門前再次停下來。

「請大家把這個房間當成等候室使用。」

上岡一邊說著一邊打開了門。這扇門和準備室的門不同，是一扇附有彈簧鎖、極其普通的門，而且也沒有上鎖。

「正如我剛才所說的，請大家在明天九點前來這裡。在中午的休息時間或除了比賽中的任何時間都可以自由進出。不過，因為這個房間不會上鎖，貴重物品請自己保管好喔。」

接著上岡又伸手指向等候室右側牆壁上的兩扇門。

「兩扇門後面分別是男性和女性的更衣室。門上面貼有標示牌，應該一看就知道是哪一邊了。裡面有可以上鎖的置物櫃和廁所，請隨意使用。」

一聽到上岡說的話，藻川先生就若無其事地走進房間，打開了女性更衣室的門。裡面當然沒有半個人，從更衣室內一片漆黑的情況來看，好像也沒有窗戶。看到藻川先生感覺很失望地關上了門，我不禁打從心底鄙視他。

和其他地方比起來，等候室的環境較為乾淨整齊，雖然沒有窗戶，卻比較明亮。扣除更衣室的部分，面積大概是準備室的一半吧。房間中央有一張向內延伸的細長形橢圓白桌，周圍擺放著十把可以互相堆疊的椅子。左邊的牆壁則是整面牆都設置了鏡台，跟後台休息室挺相似的。實際上這裡應該也是舉辦各種活動時提供給表演者當後台休息室的地方吧。我還看到房間裡擺放了垃圾桶。

「後台的介紹到此結束，好了，我們離開吧。」

在上岡的帶領下回到大展覽場時，舞台設置工作也總算告一段落了，接下來要開始進行簡單的彩排。

參賽者全都聚集到舞台上的ㄈ字形吧台桌旁邊，而我因為莫名疲倦，便在觀眾席的折疊椅坐了下來。藻川先生也安分地坐在距離我稍遠的座位上。

他們好像正在舞台聽上岡說明各項目共通的比賽流程和機器的使用方法。等到說明結束後，才會輪到個人彩排的部分。話雖如此，因為不可能實際沖煮咖啡，或許應該稱為模擬演練，或是假想練習會比較正確吧。他們按照參賽編號輪流彩排，還沒輪到的人就在舞台左側等待。

第一個上場的是苅田，他的態度彷彿是說事到如今根本沒什麼好確認的一樣，只輕輕地摸了摸濃縮咖啡機和磨豆機就走下舞台，然後立刻回到觀眾席坐下。我猜他大概沒有什麼特別的意思，但他所坐的椅子正好只和我隔了一個座位。

「那個，請問苅田先生經營的店是在哪裡呢？」

因為如果繼續無視他的話反而怪不自在的，我小聲地向他攀談了起來。他好像也在等人和他說話的樣子，以閒談般慢條斯理的速度回答我：

「我在奈良町的老舊民宅開了間自家烘焙的店。」

他口中的奈良町，是指位於奈良市區南側一角，保存了許多江戶時代的商店建築和街道的區域。那裡的街景別具風格，是個迷人的好地方。

「上岡小姐剛才好像稍微提到，說你每一屆ＫＢＣ都參加了對吧？」

聽到這句話，苅田突然笑了起來。數秒鐘之後，我才知道那是自嘲的笑容。

「是啊，結果每次成績都不算太差，卻也不能說是最好。想當然也沒有拿過冠軍。說到底，我大概是缺少了身為咖啡師應有的才能吧。」

「才能啊……」

「前幾屆的比賽有個很適合天才這個稱呼的傢伙。但是他沒有參加這次的比賽。話雖如此，我也不認為勝利的女神就會因此而眷顧我。」

目前站在舞台上的是順序第三的美星小姐，她伸出手臂，正在確認機器的操作距離等細節。黛和苅田一樣只用了很短的時間就結束彩排，早已在觀眾席找了個距離有點遠、聽不到我們兩人說話的位子坐了下來。

「那位天才咖啡師今年也沒有參賽啊。難道是因為去年比賽時發生了什麼事嗎？」

我大膽地往前邁出了一步。心裡懷抱著說不定能順勢聽到答案的期待。

莳田給我的回答卻是極為冷淡的一句話。

「你沒有必要知道這件事。」

美星小姐也下台走向觀眾席，在我和莳田之間坐了下來。接著上台的人是石井。他也是曾經參加過決賽的人，一定很快就會結束彩排——但他卻出乎我的預料之外，相當認真地確認吧台桌上器具的位置，而且不斷進行細微的調整。

他會不會太過神經質了啊？就在我冒出想法的下一個瞬間。

「哦哦，好厲害……！」

我的口中不自覺地發出了讚嘆聲。

因為石井把用來比賽的器具一下子從手肘滾到指尖，又一下子讓它們從眼前消失，然後又立刻從別的地方拿出來，或是像雜耍一樣拋接，表演起華麗的特技。那些器具形狀各不相同，就算只是輕輕往上拋，動作也完全不一樣，但是到了他的手裡之後，卻都像寵物般順從地任由擺弄。

「聽說石井會在父親創立的咖啡店裡表演一些特技，那傢伙好像本來是想當魔術師。」

聽完莳田的解釋後，我點頭表示佩服。

「真的是值得一看的表演呢，這下子可不好對付了。」

「你真的這麼覺得嗎？」

他又突然輕笑了一下，這次像是在嘲笑他人。

「的確，ＫＢＣ不只是比較參賽者準備的飲品的味道，參賽者的手法技巧也會列入評分考量。就帶給觀眾視覺娛樂這點來看，對石井的表演也會有一定的考量的吧。不過，那只不過是用來加分的，如果煮不出品質好的咖啡，表演得再好也沒用。」

「換句話說──他做不到這一點？」

「那傢伙煮的咖啡啊，太普通了啦。舌頭的味覺不夠敏銳，又看不到他想努力改善缺點的決心。他只是個因為沒辦法靠魔術謀生、只好幫忙父親工作的傢伙，之所以來參加ＫＢＣ，應該也只是被ＫＢＣ那種類似表演活動的大排場吸引吧。因為很適合拿來表演，又或者是可以彌補咖啡的味道，他在調酒項目總是拿到很前面的名次，但其他方面就表現得差強人意。」

我想起茆田剛才在準備室對石川說過這句話：「或許依賴那種東西真的對你比較有利」。他的意思應該是指石川沒辦法靠自己的能力煮出好喝的咖啡，所以只能依靠咖啡豆。這句批評還真是辛辣。

不過，石井也是以前曾經通過預賽、參加過ＫＢＣ決賽的人。我在想，茆田之所以批評他，除了瞧不起他的實力外，會不會是對他擁有參加決賽的經歷感到厭惡呢？

「石井先生是第幾次參加決賽呢？」

「他參加了第一屆和第四屆，今年是第三次了吧。我記得他在過去兩屆比賽中的總成績幾乎都是最後一名。預賽在審查實用技巧的時候，對於咖啡味道的要求並不嚴格。所以只要能以特技表演吸引評審的注意，也會讓評審覺得讓這樣的咖啡師進入決賽炒熱氣氛也不錯。」

原來如此。聽完整件事之後，好像也不能全怪苅田的態度太過嚴厲。

石井結束彩排後就在苅田附近的座位坐了下來，我們的交談便到此結束。接下來丸底也相當迅速簡潔地結束彩排，根本不像是第一次參賽的人。他在後方的折疊椅坐下後，就戴上方才不知道藏在何處的耳機，聽起音樂來了。明明彩排還沒有完全結束，這個人也未免太冷靜了吧。

而現在站在台上的是第六個人，山村明日香。

她和丸底完全相反，明明不是第一次參賽，卻以感覺有點困惑和遲疑的動作檢查著吧台桌的各個地方。看到她那實在不像是決賽參賽者的軟弱模樣，我忍不住脫口而出這麼一句話：

「那個女生沒問題嗎？」

雖然就算被當成自言自語也無所謂，不過真要說的話，我其實是在向旁邊的美星小姐搭話。結果回答我的人卻是坐在美星小姐另一側的苅田。

「你覺得她看起來像是個很好對付的敵人嗎？」

「咦？嗯，算是吧……」

「她從第二屆開始就一直都有參加決賽，而且第三屆和第四屆還拿下第二名。」

對這句話感到驚訝的人並非只有我。美星小姐也轉頭看向苅田，好像因為得知還有更強的敵人而有些膽怯不安的樣子。

「山村小姐有特別擅長的項目嗎？」

「她算是全能型的吧。每個項目的表現都在平均以上，所以很強。不過，好像很容易怯場，第一次參賽的時候，連旁觀的人都看得出來她的緊張和不安，結果成績慘不忍睹。上一屆和上上屆也都是只差一步就能獲勝，卻在最後一個項目失常了。」

「上一屆的冠軍和蟬聯兩屆第二名的人……看來即使之前那位天才咖啡師缺席了，仍會是一場高水準的比賽呢。」

「應該說那個人參賽的時候，其他人反而會出現放棄角逐冠軍的想法。雖然程度各不相同，但是大家應該都覺得不能錯過今年的機會吧。」

天才咖啡師指的是第一屆ＫＢＣ的冠軍吧。這麼說來，美星小姐和黛交談時也用「傳統」來形容冠軍連續參賽的情況。

那個在第一屆比賽中獲得冠軍、被稱為天才的人，之後又繼續參加ＫＢＣ，而且從苅田的口吻來推斷，還連續贏得了冠軍嗎？既然如此，上一屆黛獲得冠軍，應該是前所未有的創舉才對。但她卻說「沒有獲勝的感覺」。兩年前的第四屆ＫＢＣ究竟發生了什麼事呢……

我輕輕地搖了搖頭。雖然知道天才咖啡師的存在，但對我來說已經是一段相當模糊的記憶，不管怎麼想像，都像是在回憶遙遠的外國故事一樣，一點真實感也沒有。

最後，山村離開吧台桌，逕自低下頭說了句「謝謝」。看到這一幕的苅田則自言自語地低喃起來。

「那傢伙是不是變了啊？她兩年前好像不是這樣子的。」

——又是兩年前？我和美星小姐只能互相看著彼此，疑惑地歪了歪頭。

三年前

「真是令人驚訝，我的冠軍寶座差點就被妳抱走了呢。」

聽到千家這句話，山村明日香咧嘴笑道：

「好可惜喔，差那麼一點點就能贏過千家先生了。」

自從第三屆ＫＢＣ以千家獲得三連霸的結果落幕後，已經過了一星期。今年山村也以檢討缺點為理由來到了千家的咖啡店。和千家隔著吧台面對面的她，現在仍尚未脫離興奮的情緒而雙頰泛紅。

她在今年的比賽中輕易地連續兩年通過預賽，而且和去年截然不同，決賽時也充分發揮實力，最後總成績竟然在所有參賽者中排名第二，不僅如此，在某些賽項目上還超越了千家，使比賽出現了直到最後一個項目都還難分勝負的戲劇性發展。比賽的相關人士對她的活躍表示歡迎，報導比賽的媒體也以「天才咖啡師千家諒的勁敵終於出現」來讚揚她的活躍表現。

——如果哪天出現了威脅我冠軍寶座的人，那個人說不定就是妳喔。

一年前千家心中浮現的預感，已經快要實現了。

「唉，如果拿鐵拉花的部分沒有失誤就好了。一想到這個項目攸關勝負，手就不小心抖了一下。」

山村懊悔地把下巴靠在吧台上，嘆了口氣。因為她在最後一個比賽項目的拿鐵拉花，在途中不小心犯下了讓一部分圖案糊掉的大失誤。結果和前兩屆一樣，又是由千家獲得冠軍。

千家什麼也沒說，只對她微笑了一下。她似乎相信自己在各方面的實力總和已經和千家相差無幾了。不過，只有千家一個人知道事實並非如此。

去年千家再次奪得冠軍時，他感覺到關注ＫＢＣ的人們的熱情有一點冷卻了。當冠軍誕生時，那名咖啡師工作的店家自然會生意興隆。在某些情況下，它周遭的店家或是氣氛很類似的店家也會因此受益吧。換句話說，為了達到比賽的真正目的，也就是讓這個行業更加蓬勃發展，大家想看到的是一名新星的誕生，而不是擁有絕對實力的王者稱霸比賽。

但在第二屆比賽中，千家不僅違背大家的期望，還展現了讓其他咖啡師難以超越的實力，會讓人掃興並不奇怪。實際上，和前一年相比，報名第三屆ＫＢＣ的咖啡師人數不僅減少，水準也比之前差，所以也出現了第一屆的決賽參賽者又打進決賽的情況。

身為衛冕冠軍，千家原本就擁有參加第三屆ＫＢＣ決賽的資格，但他卻認為時候差不多了，甚至曾考慮是否該棄權。不過上岡卻提醒他，如果獲勝之後就逃避比賽的話，更會讓觀眾掃興，所以最後他還是決定參加，並打算在決賽的時候以不會被周遭的人看穿的程度稍微放水，把冠軍的位子讓給其他優秀的咖啡師——但是……

「……那個，千家先生，我的臉上有什麼東西嗎？」

他大概是不知不覺就一直盯著看了吧。聽到山村訝異地詢問，千家才回過神來，移開了視線。

「不，妳臉上沒有東西。」

第一次見面時長相和服裝還帶著一絲稚氣的她，兩年間突然變得成熟了。或許和她的專業素養逐漸成形也有關係吧。隨著時間經過，原本自稱千家的弟子、極度崇拜千家的她，也自然而然地改以平等的態度和千家說話了。

千家完全沒料到在第三屆KBC決賽時，一直緊追在他之後、最為難纏的對手正是山村明日香。兩人固定碰面時，總是由山村主動去千家的店裡找他，他沒有發現她的技巧竟然進步了這麼多。山村的才能比千家所預料的更令人驚豔。

如果一切順利的話，其實應該是她獲得冠軍的。與其心不甘情不願地把冠軍寶座讓給不值得自己佩服的咖啡師，這種結果應該更能讓自己接受才對。但是在最後的比賽項目中，千家卻在他原本要畫的拿鐵拉花圖案上又隨機加了一些精細的裝飾，使出全力阻止山村獲得冠軍，創下了三連霸的紀錄。

他很難解釋當時充斥他內心的情緒是什麼。連他自己也無法完全理解那是何種心態。山村對自己的崇拜所產生的驕傲和堅持、放水讓她贏了之後可能會出現的內疚感，還有和她相處時萌生的各種不想明確定義的感情——這些無法完全掌握的因子在他的體內蠢蠢欲動。

「不過，我果然還是比不上千家先生，因為你可以在關鍵時刻充分發揮實力嘛，和只是湊巧在決賽時運氣好的我感覺是不同水準的呢。」

山村露出笑容的時候看起來好像鬆了一口氣的樣子。打敗她這個判斷一定沒有錯。但是千家卻沒有明確承認，而是謙虛地說：「才沒那回事呢。」

「那個，我有一件事情一直想問你。」

山村突然在吧台上撐起雙臂，把臉探向千家。

「什麼事？」

「千家先生你為什麼可以這麼專心一志地磨練咖啡師應該具備的技巧呢？」

這大概只是個隨著話題順便提起、沒有什麼重要意義的問題吧。但是千家卻有種被戳中痛處的感覺。

他只猶豫了一瞬間。他和山村已經認識兩年了。這成了驅使千家回答的動力。

「因為我無論何時都必須考慮現實問題啊。」

或許是察覺到接下來要談的並不是什麼愉快的話題，山村隨即換上了嚴肅的表情。

「我的父母在我很小的時候就意外過世了。我從還在唸國小時就一直是由親戚撫養。雖然不是什麼特別富裕的家庭，但他們不僅讓我唸到高中畢業，也相當疼愛我。不過，我還是覺得他們是外人。我一心只想著要盡量避免給他們添麻煩，所以決定高中畢業後就找工作，自己養活自己。

後來我開始在某間咖啡專賣店工作。店長是一位老爺爺，個性相當和善。他知道我的身世後不僅願意僱用我，還比養育我長大的親戚更疼愛我，視我如自己的親孫子。我也認為自己必須快點獨當一面，幫忙分攤店裡的工作，所以從接待客人到經營方法，拚命地學了很多事情呢。但是……」

在闡述當時的心境時，千家忍不住重重地嘆了一口氣。

「不久之後，我開始感覺喘不過氣來。因為店長對我實在太好了。」

山村露出了不是很明白的表情。這也難怪，因為連千家在回顧往事時，也知道自己的想法很不合理。

「或許是當時父母過世已久，我不習慣這種不求回報的愛。我對店長的溫柔感到愈來愈困惑，後來實在是無法忍受了，便興起了用辛苦工作的積蓄開一間屬於自己的店的想法。店長雖然覺得很寂寞，但還是支持我，甚至說要幫我出資，但我態度堅決地拒絕了他。」

這名店長也在數年前突然因病辭世了。千家說到這裡時，各種後悔的想法如泡沫般在他心中浮現又消失。

「咖啡店的文化已經在這個城市深深紮根，所以我原本很堅持，如果要開業的話，一定要選擇京都，不過我的資金畢竟有限。最後只能選擇在這種一般人沒事不會特地跑來的市區外圍開店。如此一來，為了吸引客人，就只能以服務內容作為賣點了。為了煮出美味的咖啡，我比以前更加拚命地努力提昇自己的技術。」

幸好他的努力在不久後就看到了成果。他的店受到雜誌記者的青睞，經報導為「不為人知的名店」，上門的顧客族群也愈來愈廣泛了，再加上ＫＢＣ的宣傳效果，目前除了記者之外，還有律師、大學教授和綜合醫院的院長等等，各個行業都有千家的常客。

「不過，我剛開業的時候，因為收益不足，向人借了一些錢。如果把必須償還的債務考慮進去，目前店裡的收支算是勉強打平吧。在還清債務之前，這種咬牙苦撐的日子大概還要持續一陣子。因為如果想提供品質好的咖啡給客人，到頭來只能選擇幾乎沒辦法賺到錢的方法嘛。」

千家簡單地解釋完後，山村嘆了一口氣。

「也就是說，為了活下去，所以不得不努力對吧。我突然有點羞愧，自己竟然隨口說出『我或許可以贏過千家先生』這種話。因為我的父母都還健在，也沒有自己的店要管理。」

千家搖了搖頭。無論她是否面臨現實壓力，她在第三屆ＫＢＣ時確實逼得千家必須使出全力。應該說，在沒有迫切的需求之下仍舊繼續成長的她，反而才是真正的專心一志、真正有素質的人。

「我明年一定要正面迎戰千家先生。我想要充滿自信地和千家先生競爭。為了讓自己問心無愧，接下來的這一年我會更加努力的。」

「不——我不會再參加下次比賽了。」

山村似乎花了一些時間才聽懂這句話的意思。她驚訝地瞪大了雙眼。

「這……為什麼？」

「從第一屆算起，我已經獨占冠軍三屆，差不多該識相地退場了。我已經向上岡小姐表達我的意思了，不過她說還有一年時間，要我再好好想想。」

他早就知道每年比賽結束後山村都會來到這間店。所以他打算趁機告訴她自己不再參加ＫＢＣ的事情。

他自己也很清楚，以被其他咖啡師打敗的形式退場是最好的結果。但是，他在今年的比賽中原本打算這麼做，卻在最後一刻被自己的感情擾亂了。他無法確定在下一屆比賽中自己的心境會不會又突然產生變化，再次犯下同樣的錯誤。當第三屆ＫＢＣ的比賽結果出爐時——不對，應該是在最後一個比賽項目結束的瞬間，千家就已經下定決心不再參賽了。

「千家先生。」

山村好像有話想說似地瞪著千家。他能夠理解她因為突然失去目標而憤怒的心情。但是，無論她說什麼，都不會改變他的決心。

當千家正這麼想的時候，她卻說出了他完全沒想到的話。

「那個，可以請你煮咖啡給我了嗎？」

他嚇了一跳。平常只要她一來店裡，他總會馬上端出溫熱的咖啡。這還是他第一次徹底把這件事拋到了腦後。千家一邊對似乎沒有想像中冷靜的自己露出苦笑，一邊煮好咖啡並送到她面前。

「真是可惜啊。好不容易有一點咖啡師的樣子了，卻沒辦法再和千家先生站在同一個舞台上。」

她的口氣與其說像是在博取千家的同情，勸他再次考慮，更像單純感到可惜。

這時，坐在店內餐桌旁的熟客呼喚千家，他便暫時離開了吧台。結果他和客人閒聊得比想像中久，等到返回吧台時，山村已經喝完咖啡，準備離開店裡了。千家收下咖啡的錢，目送她離開時，心中沒來由地浮現了她或許再也不會到這裡來的預感。

三 第一天

1

和前一天的陰雨截然不同，第五屆KBC第一天早上的天氣相當晴朗。

我們搭著藻川先生開的車，在早上八點又過幾分的時候抵達Art-ery廣場。因為美星小姐很在意發生在準備室一連串令人不安的對話，她昨天便表示想盡早進入會場。因此我現在有些睡眠不足，提議早到的美星小姐也因為緊張的關係幾乎沒睡，只有藻川先生和一般的老人一樣，就算早起也若無其事。

我們走進了建築物內。食品展覽會要到九點才正式開始，但是已經可以看到疑似工作人員的人們正忙碌地四處走動了。

我們朝大展覽場的方向走了一會兒，在數公尺的前方發現了昨天也看過的臉孔。

「早安，山村小姐。」

美星小姐立刻露出親切的笑容靠了過去。山村明日香雖然有些不知所措，還是笑著回應美星小姐的問候。

「早安，切間小姐。妳來得真早呢。」

「山村小姐妳才早呢，妳每次參加比賽都這麼早到場嗎？我聽說妳從第二屆比賽開始就一直參賽。」

「呃，這個嘛……因為我容易緊張，總是擔心把比賽要用的東西拿進準備室的時間不夠充裕。我住的地方和工作的店也在伏見，離比賽會場很近，或許是因為這樣，我每年都是會場開放的八點就來了。」

一問之下才知道，山村工作的店叫作「Café du Renard」，Renard在法語中好像是狐狸的意思。因為境內有無數白狐雕像的伏見稻荷大社就在附近，才會取這個店名吧。

話說回來，我站在距離兩人幾步遠的地方看著她們交談的樣子，愈來愈覺得她們長得很像。兩人的髮型不同，體型卻是一模一樣；說話方式多少有些差異，不過對和她們不熟的人而言，嗓音聽起來就和一人分飾兩角一樣相似。

我覺得我可以理解藻川先生為什麼選擇黛冴子為目標了。若以他的角度來看，身為親人的美星小姐就不用說了，恐怕連氣質相似的山村也不能算是異性吧。

我們四個人把昨天拿到的名牌別在胸前，通過了穿著工作人員外套的大姊的檢查，一個接一個地進入大展覽場，朝舞台走去。上岡正在和工作人員討論開幕典禮的流程細節，美星小姐開口呼喚她之後，她看了看手表。她穿著合身的灰色西褲套裝，很適合她。

「你們來得真早，是來跟我拿準備室的鑰匙卡對吧？」

「是的，我有東西想先放進冰箱。」山村答道。

「你們等我一下，我現在就去管理室拿鑰匙卡。」

上岡說完這句話後便暫時離開，前往門廳了。看樣子她也才進場沒多久，還來不及處理鑰匙卡的事情。我們等了不到三分鐘，上岡就回來了。

「來，給妳。只能借一張，千萬別弄丟了喔。」

我們和收下鑰匙卡的山村一起走向準備區後方的門。這時正巧有個穿著藍色衣服、抱著大垃圾袋的女性清潔工開門從走道走出來，山村和美星小姐停下了腳步。我對著美星小姐的背影喚道：

「我還是留在觀眾席吧。你們比賽前在等候室集合的時候我也不方便跑去打擾。」

「說得也是喔。」美星小姐有些抱歉地說道。

「我們在開幕典禮前都會待在等候室。待會見了。」

「加油喔，山村小姐也是。」

「……謝謝。」

「很好，你就在觀眾席那邊等我們吧。」

我向站在我對面的人們揮了揮手。從左到右分別是山村明日香、美星小姐——還有藻川老爺爺。

「不對吧？叔叔應該要跟青山先生一起去觀眾席。」

美星小姐從後方戳了一下笑嘻嘻地對我揮手的老爺爺。老爺爺看著走進門裡的兩位妙齡女性的背影，小聲地嘖了一聲。

「……真是太可惜啦，她們接下來應該是要去換衣服的說。」

我必須修正剛才的感慨。他才不是那種因為長得和親人很像就興趣缺缺的傢伙。只要是年輕女孩，他根本來者不拒。

我微微瞇起雙眼，輕蔑地看著藻川先生。他注意到我的視線後，卻會錯意地問我：「你怎麼還是一副很想睡的樣子啊？」

距離開幕典禮開始還有大約一個半小時的空檔，無聊的藻川先生只好隨機找附近攤位上的促銷小姐攀談來打發時間。而我則是想先占個好位子，於是就在舞台附近的折疊椅坐了下來，漫不經心地望著一直有人來來去去的舞台。

隨著時間經過，其他參賽者也一個個進入會場了。首先是一直很擔心準備室門鎖的黛冴子，她和隨後抵達的石井春夫走進了舞台後方，當苅田俊行出現時，已經是八點半了。在那之後我一度看到山村小跑步離開大展覽場，但她過不到十分鐘之後就回來了，所以應該不是什麼重要的事吧。最後到場的丸底芳人是在距離九點只剩下幾分鐘時正好趕上，仍然戴著耳機，步伐相當從容，讓人對他的膽量深感佩服。

拿著大照相機的媒體工作者、看起來像是參賽者親人，以及所謂的一般觀眾也漸漸地聚集到觀眾席。我不知道多達兩百張椅子的觀眾席在這麼早的時間就坐滿了三分之一的情況到底算是好還是不好，但是至少感覺得出來這場比賽比我所想的更受到關注。

不久之後，時間到了九點半，開幕典禮終於要開始了。擔任主持人的女性說話聲音很清晰，據說是本地廣播公司的ＤＪ，她站到設置於舞台左側的直立式麥克風前，以輕快的語氣呼喚參賽者登場。

「我們馬上就請即將在這兩天展開激鬥的咖啡師上台吧！」

接著參賽者便配合主持人的唱名，按照參賽編號一個個從與準備區相連的舞台右側走上舞台。首先登場的是一號的苅田，他走到舞台中央，把手放在胸前深深地鞠躬。緊接著上台的黛則像時尚模特兒般轉了一圈。當她走到往後退一步的苅田身旁和他並排時，兩人還笑著擊了一下掌。他們都換過了衣服，和今天抵達比賽會場時身上穿的服裝不一樣。身為男性的苅田穿著白色的襯衫搭配黑色背心，繫著黑色領帶，連長褲也是黑色的。黛則穿著白色襯衫，搭配脖子上的茶色緞帶，黑色長褲上圍著同樣是黑色的半身圍裙。

「第三號參賽者，切間美星咖啡師，塔列蘭咖啡店。」

主持人以不帶情感的語氣唸出姓名和任職的店家名稱後，美星小姐終於出現在舞台上了。她把雙手交疊放在胸前，輕輕地歪了歪頭，對大家露出微笑。她身上的衣服和在塔列蘭穿的差不多，今天看起來卻特別引人注目。平常只會上淡妝的她，今天腮紅好像也塗得比較深。

——這、這實在是太棒了！

我忍不住拿起智慧型手機，拍下美星小姐的英姿。只不過隔了一座大約五十公分高的舞台，就讓我覺得她好像變成了偶像或名人之類遙不可及的人物，真是神奇。一想到我和她是熟人，就不由得感到一絲驕傲。

石井表演了從咖啡杯裡變出花朵的魔術，炒熱現場的氣氛。丸底則刻意開玩笑地彎起手臂，擺出了炫耀肌肉的姿勢。新的參賽者上台後一定會先和已經在台上排成一列的參賽者擊掌，然後自己也加入行列。這應該是為了讓比賽氣氛更熱烈而表現出來的樣子，不過昨天目睹他們在準備室爭論的我只覺得很假。在這種情況下還能維持笑容，也可以說是展現了他們的職業素養啦。

最後上台的山村在舞台中央打招呼時雖然表現得很含蓄，但還是很有精神地和其餘五人擊掌。當所有人都在舞台上排成一列時，觀眾席響起了盛大的拍手聲。

「第五屆ＫＢＣ將由以上六名參賽者來角逐冠軍寶座。不知道今年可以看到多激烈的比賽情況呢？——那麼，接下來，就請這次比賽的執行委員長上岡和美小姐來發表開幕演說。」

主持人話聲剛落，工作人員便迅速地把直立式麥克風放到了舞台中央。上岡走到麥克風前，對著麥克風「啊、啊」兩聲，確定麥克風接上電源之後，便以相當興奮的聲音開口說道：

「呃，今年關西咖啡師大賽ＫＢＣ也順利舉辦了。自從第一屆比賽在五年前開始以來，很快地已經邁入第五屆，由於去年因故停辦，所以能看到比賽再次舉辦，讓我格外感動。」

有一部分的參賽者和工作人員聽到這段話後不停地點頭。看來覺得ＫＢＣ去年停辦很可惜的人還挺多的。

「這次的比賽網羅了熟知ＫＢＣ、經驗豐富的咖啡師和第一次參賽的新人咖啡師，全都是擁有一定實力的參賽者。我想他們一定能讓大家見識到與之前比賽不同的精采對決。也請各位咖啡師為了獲得ＫＢＣ冠軍的榮耀而努力吧。」

「雖然冠軍頭銜根本沒什麼用，但能拿到五十萬圓獎金倒是挺不錯的哪。」

不知何時坐到我後方的藻川先生如此低語道。

的確，在這類比賽當中，五十萬圓獎金可以算是非常吸引人的獎品。雖然只以金額來比較有些隨便，但是在其他團體主辦的咖啡師競賽等類似的例子中，即使獲得全國冠軍也只能拿到十萬圓獎金。

不過，ＫＢＣ的獎金之所以那麼豐厚，應該是為了要在已經有更大規模的咖啡師競賽的情況下得到關注吧。為了不讓自己比那些有公司贊助、而且權威性逐漸受到肯定的其他比賽遜色，能夠吸引有才華的咖啡師，最簡單又有效的辦法就是祭出高額獎金——不過，換個角度來看，這種方法也等於是ＫＢＣ主動替參賽者貼上以獎金為目的的標籤，我想也不是每個人都能夠認同。

話說回來，對藻川先生而言，五十萬肯定只是一筆小錢。因為過世的太太是地主的女兒，使他手中握有龐大的資產——他在夏天時立刻籌出一千萬，讓我嚇了一跳——而且塔列蘭直到現在仍是以滿足興趣的方式來經營。所以對於以賺取微薄的收入來維持生計的我而言，這句話讓我覺得有些刺耳。

後來還有一些贊助商的高層之類的人上台發言，開幕典禮結束時已經超過早上十點了。參賽者暫時退到舞台下，舞台兩旁的揚聲器立刻傳出了氣派華麗的音效，讓人聯想到賽馬的開場音樂。

「我們就開始進行第一個項目的比賽吧，主題是濃縮咖啡！」

女主持人以興奮的語氣宣布。上岡則站在她的身旁，看來她的任務就是以解說人的身分炒熱比賽的氣氛。

「比賽終於要正式開始了呢。上岡小姐對於濃縮咖啡有什麼看法嗎？」

「對咖啡師而言，濃縮咖啡可以說是基礎中的基礎，也是最重要的技術。這次我們請所有參賽者都使用同一台濃縮咖啡機，但即使機器性能沒有差異，咖啡豆的種類、研磨的粗細程度，或者是填壓的密度等因素，都會讓煮出來的濃縮咖啡呈現截然不同的風味。」

當舞台旁的兩人正在交談時，第一位上台比賽的黛冴子從容地在吧台桌前準備。因為要是所有項目都以同樣順序比賽的話有失公平，所以上台順序似乎不是按照參賽編號，而是以抽籤的方式分別決定每個項目的順序。吧台桌後方有個很大的電子計時器，上面標示著時間。主持人指著正在倒數的黃色數字說道：

「參賽者好像正在舞台上準備，準備時間也有限制，對吧？」

「是的。提供高品質的飲品和細心周到的待客態度，對從事咖啡師工作的人而言是理所當然的要求，但是不讓客人久等也是很重要的。我們不僅限制了各個項目的比賽時間，連準備時間也有規定，以濃縮咖啡來舉例的話，分別只有十二分鐘和八分鐘的準備及比賽時間，要是超過時間就會扣分。濃縮咖啡項目的比賽內容是必須沖煮三杯咖啡，分別是濃縮咖啡、卡布奇諾咖啡和瑪奇朵咖啡，所以為了有效運用八分鐘的限制時間，必須在準備的時候就把吧台桌整理成最佳狀態。」

黛以手指檢查吧台桌各處之後舉起了右手。這代表她已經準備好了。沒想到時間竟已過了十一分鐘，讓我深切地體認到即使是準備工作也沒辦法悠哉看待。

「黛咖啡師好像已經準備好了。那麼，比賽正式開始！」

喇叭的聲音響起後，揚聲器便傳出了黛的說話聲。

「這次我準備的咖啡豆原產於巴西，在去年的卓越杯（COE）[1]中被讚譽為『如巧克力般的風味』，榮獲第二名的肯定……」

黛一邊將大量的咖啡豆一口氣倒進大型磨豆機，一邊以頭戴式麥克風說明自己使用的咖啡豆。就像侍酒師在開瓶前會對客人講解酒的身世一樣，她也對喝咖啡的人說明了接下來要煮的濃縮咖啡會呈現什麼樣的風味。因為解說也會列入審查標準，美星小姐為了讓自己能在操作時流暢地背誦事先擬好的文章，也反覆練習了好幾次。

黛不愧是上一屆比賽的冠軍，表現得完美無缺。她一邊說明自己準備的咖啡豆種類和烘焙程度有多麼適合這場比賽，一邊不斷地煮出一杯杯濃縮咖啡，再以蒸氣製作奶泡，將濃縮咖啡製作成卡布奇諾或瑪奇朵咖啡。她將三杯咖啡在吧台桌上一字排開，朝向位於舞台左側的三位評審，之後再次舉手，計時器便隨著喇叭的聲音響起而停止了倒數。時間是七分五十四秒，完成度之高看得出她連一秒也不願浪費的想法。

1 Cup of Excellence，由美國的非營利組織 Alliance for Coffee Excellence 舉辦的咖啡品質審查競賽，第一名的咖啡豆則可獲得卓越杯（COE）的榮耀。

由受歡迎的咖啡店店長和贊助商高層組成的評審團各自拿起咖啡杯開始審查。所有的比賽項目好像都是由他們擔任評審的樣子。這段時間黛則被請到舞台中央接受主持人的訪問。「妳剛才會緊張嗎？」「我已經參加四屆ＫＢＣ了，還挺樂在其中的。」類似這樣無關緊要的問答在評審放下杯子時告一段落，黛在觀眾的拍手聲中離開了舞台。

這樣子就花了整整三十分鐘，六個人的話就要三小時。我現在完全明白為什麼預賽要刷掉那麼多參賽者了。

第二個人，也就是參賽次數最多的苅田俊行也同樣展現了相當純熟精湛的技術，但接下來上台的丸底芳人卻在途中詞窮了好幾次。他每次都露出彷彿想勾起大家母性的笑容來緩和尷尬的氣氛，但不知道這麼做能對他的分數帶來多少影響。

接著輪到第四個人，也就是石井春夫上台比賽。

石井在規定的時間內準備好之後，比賽一開始，便立刻表演起他拿手的特技。他先是把名為濾器把手的杓子狀器具（用來裝填磨好的咖啡粉，再裝到濃縮咖啡機上）勾在手指上不停旋轉，然後又拿起磨豆機上的圓盤形蓋子，從腰後往上丟，等蓋子飛到眼前時再接住。而且他在表演特技時，嘴巴仍不斷地針對咖啡豆進行說明。

「真是厲害，簡直就像器具有了生命一樣。」

之前為了不妨礙參賽者，在比賽時始終保持沉默的女主持人，這時也忍不住發表了感想。

打開磨豆機的蓋子之後，接下來應該就是把讓他相當自豪的圓豆放進去了吧。石井從吧台桌上拿起了裝有咖啡豆的罐子。原本以為他也會把那個罐子拿起來拋，結果他並未這麼做，而是立刻把手指放在蓋子上。仔細一看，那個容器只有用一個像是以彈性樹脂做成的瓶蓋蓋著而已，構造相當簡單。原來如此，如果在裡面裝有咖啡豆的情況下拿來拋的話，要是蓋子在空中脫落，想必會是一件非常嚴重的慘事。

石井打開容器的蓋子，閉上眼睛聞了聞咖啡豆的香味，並讓人覺得有些刻意地露出了陶醉的表情。甚至還有心情開玩笑地對大家說：沒辦法讓觀眾席的各位也聞到香味真是可惜。

「所謂的圓豆，就是外型比大家熟知的咖啡豆更圓的——」

就在這個時候，原本以輕快的口氣解說著的石井突然停了下來。

他凝視著容器內部，像是結凍了似地一動也不動。在他沉默的幾秒間，電子計時器仍無情地繼續倒數。

「……石井咖啡師，究竟發生了什麼事呢？」

主持人忍不住問了一句，石井才回過神來，舉手向站在舞台旁的上岡示意。她立刻趕到石井身旁，兩個人輪流看著容器裡的東西，開始低聲交談。

會場裡逐漸傳出吵雜的說話聲。上岡說話時還不時揮舞雙手，看起來像是在努力說服石井，但石井卻一臉不悅地搖搖頭。當上述情況重複三次之後，上岡似乎放棄了，她點點頭，回到舞台旁。她接過主持人遞來的麥克風，以稍大的音量向觀眾宣布：

「呃，各位，剛才比賽突然中斷，真的很不好意思。」

會場裡的吵雜聲音頓時消失了。上岡用力吸了一口氣，一邊斟酌適當的詞彙，一邊說道：

「石井咖啡師他……在比賽時遇到了意料之外的問題，在和本人討論過後，不得不在此項目選擇棄權。我再重複一次。石井咖啡師因為在濃縮咖啡項目的比賽中遇到一些問題，決定棄權，相當可惜。為了今日的比賽，石井咖啡十分努力，溫暖的掌聲。」

上岡朝著石井伸出左手後，觀眾席便傳來了有些遲疑的拍手聲。不過，石井並未因為觀眾的拍手聲而滿足，他努力維持笑臉，站在吧台桌面前向台下行了一禮，但離開舞台時的側臉卻寫滿了明顯的怒氣。

我目瞪口呆地看著他離去，同時疑惑地皺起眉頭。

——石井手裡的容器究竟發生了什麼事呢？

2

「到底是誰做的！」

我一打開等候室的門，便聽到了石井那彷彿要震破耳膜般的怒吼聲。

濃縮咖啡比賽結束後，我立刻離開觀眾席，前往等候室。我實在太在意石井棄權的理由，害我連觀看美星小姐比賽的時候都心不在焉。不過，幸好美星小姐和最後一位上台的山村明日香都沒有因為突發狀況而慌張，在比賽的時候還是很專注，最後濃縮咖啡項目是由山村獲得第一名。

我原本因為不想打擾參賽者，所以覺得不要進去後台比較好。但是現在情況緊急，要我在一旁安分地等待也很困難。畢竟我是昨天確認過石井容器的東西沒有任何異狀的人之一。

我從已經打開的門探頭看向室內，發現石井背對著我，肩膀因為憤怒而顫抖著。上岡靠過去想安撫他的情緒，至於其他參賽者，有的人相當慌張，不自然地撇開視線，也有人反而目不轉睛地盯著他們。只有丸底一個人相當從容，一臉與我無關的樣子，正聽著耳機。

「……啊，青山先生。」

美星小姐察覺到我的存在，輕呼了一聲。感覺像是向我求助。

我原本還想他們會不會禁止局外人進入，但我的擔心是多餘的。石井轉過頭來時雖然怒目而視，卻沒有把他的怒火發洩在我身上。

「你昨天也看到罐子裡裝的東西了吧？」

他把手裡拿著的罐子遞到我面前。

「看到了，裡面的東西怎麼了嗎？」

「你看看這個。」

我聽他的話朝罐子裡一看。

我一眼就看出罐子裡的東西有什麼異狀了。我記得罐子裡昨天放的全都是形狀完整的圓豆。但現在卻混雜了一些數量多到沒辦法完全挑出的烘焙過的平豆。而且我仔細觀察之後，發現那些好像全都是瑕疵豆。

所謂的瑕疵豆，就是在採收下來的咖啡豆中占了一定的比例，具有生病、碎裂、發霉和蟲蛀等缺陷的咖啡豆。據說就算只有一粒瑕疵豆都會嚴重影響咖啡的風味，所以在生豆要烘焙之前就會用手工挑揀的方式一粒粒挑出。此一步驟可以挑出絕大部分的瑕疵豆，但也有一些瑕疵豆要經過烘焙才看得出來，所以很多人會在烘焙之後再手工挑揀一次。

我豪不客氣地將手指伸進罐子，把裡面的咖啡豆稍微撥開。在那些裝到罐子九分滿的咖啡豆之中，不僅是表層而已，連底下都有瑕疵豆，混雜得相當均勻。瑕疵豆的數量多到沒辦法在短時間內挑出來，要是用這些咖啡豆煮濃縮咖啡，評審肯定會給他最低分。我覺得石井選擇棄權是個很聰明的決定。

「為什麼會發生這種事……」

我一開口說話，石井就冷哼了一聲。

「還用說嗎？是有人在妨礙我比賽。在昨天知道我準備了圓豆的人之中，有人把瑕疵豆加進了罐子裡。」

「那犯人就不可能是我了呢。」

黛突然插嘴說道，石井瞪了她一眼。

「為什麼不可能是妳？」

黛一邊撩起頭髮一邊回答。

「如果是我的話，就算不動這種手腳，也不可能會在濃縮咖啡項目輸給石井先生啊。明日香和苅田先生一定也是這麼想的吧？」

「妳說什麼？有種妳再說一次看看！」

「你們兩個別吵了！」

上岡大聲地制止了兩人。

「身為受害者，石井咖啡師會情緒激動也是很正常的。不過，就算如此，也不該隨便懷疑其他參賽者。黛咖啡師也是，雖然我知道妳聽了會不高興，但還是請妳稍微冷靜一點。」

在仍舊有些緊張的氣氛之中，兩人垂下了頭。這時，苅田說了一句意想不到的話。

「上岡小姐說的沒錯。只要冷靜下來好好思考，應該就能輕易地鎖定誰是犯人了吧？」

大家的目光全都看向了坐在椅子上抱著胳臂的他。上岡率先開口詢問他這句話的意思。

「苅田咖啡師，你這是什麼意思呢？」

「昨天我們在準備室的時候，石井的罐子裡還沒有被混進瑕疵豆。在那之後，準備室的門就上鎖了，直到上岡小姐今天早上去拿鑰匙卡前，所有人都無法進入準備室。早上九點所有人在等候室集合之後都是集體行動，所以沒有人能在不被發現的情況下把瑕疵豆混進石井的罐子裡。既然如此，按照常理推斷，犯人應該就是在今天早上九點之前曾經進入準備室的人吧？」

我聽到好幾個人倒抽了一口氣。石井環視眾人，叫道：

「今天早上進去準備室的人舉手！」

三隻手緩緩地舉起了。沒想到除了美星小姐和山村之外，連苅田也是其中之一。

「苅田，結果你自己也有嫌疑嘛！」

石井一大聲嚷嚷，苅田便覺得很囉唆地皺起了眉頭。

「你忘了嗎？我說要去準備室的時候，你二話不說就跟上來了喔。」

看來石井也是曾進入準備室的人之一。總共是四個人嗎？

「我可以證明你沒有碰到自己的罐子，相對地，你應該也是最清楚我沒有對你的罐子動任何手腳的人吧？」

「啊……嗯，是啊。」

「丸底呢？」

聽到上岡的詢問，苅田瞥了一眼因為戴著耳機而連他們的對話都沒聽到的丸底。

「他沒有進去準備室。他抵達會場的時候已經快到集合時間了，根本沒空進去。」

「那個……我們是兩個人一起進去準備室的，可以互相證明彼此的清白。」

美星小姐怯生生地說道。山村則待在她旁邊。

「我們跟上岡小姐拿了鑰匙卡之後，無論進去和離開準備室都是一起行動的。當然了，我們兩個待在準備室的時候完全沒有碰到石井先生的罐子。後來我們在等候室等比賽開始，石井先生說要去準備室，我們就把鑰匙卡給他了，在那之後我們都沒有進去過準備室。」

「哦，看來妳們兩個是同夥的吧。」

石井瞇起了其中一隻眼睛。這下子連美星小姐也不悅地反駁了。

「按照這種說法，石井先生和苅田先生也有可能是同夥喔。」

「妳在說什麼蠢話，為什麼我要自己妨礙自己比賽啊？」

「這麼說來——」

黛突然像是想起了什麼似地自言自語道。

「我今天早上抵達等候室的時候，美星和明日香正好從準備室回到了等候室。明日香，妳在那之後曾經離開過等候室對吧？」

聽見自己的名字被叫到，山村頓時煞白了臉。

「她是在比我和石井去準備室時稍早的時間離開的吧。」

莳田補充說道。山村輕輕地搖了搖頭。

「我回到等候室的時候就已經把鑰匙卡交給切間小姐保管了。」

「她說的沒錯，而且我後來也把鑰匙卡交給石井先生。」

美星小姐也替她說話。但是黛卻冷笑著說道：

「妳們離開準備室的時候真的把門好好關上了嗎？」

「……妳這是什麼意思？」

山村露出了詫異的表情。相較之下，美星小姐則陷入了沉默。「原來如此。」莳田這麼說道，開始分析黛的意思。

「如果離開準備室的時候假裝關上門，留下一道細縫的話，就算不用鑰匙卡，還是能夠再次進去準備室。只要事後一臉若無其事地離開等候室，直接開門走進準備室就好。離開的時候只要把門闔上，就會啟動自動上鎖的功能了。」

「那、那才不是我！切間小姐，我那個時候的確關上了門，對吧？」

山村向美星小姐尋求協助，但是美星小姐只能勉強擠出一句話來。

「我想應該是關上了吧。」

「妳也不敢肯定吧？因為妳自己早一步離開準備室了。」

聽到石井的指責，美星小姐不禁垂下了雙眼。山村的臉上浮現絕望的神色。

「請等一下，我今天早上一直坐在觀眾席，曾看到山村小姐離開大展覽場，不到十分鐘之後又回來。山村小姐不是去準備室，而是跑到外面了。」

我忍不住挺身替山村說話。但是黛輕易地推翻了我的證詞。

「那是在準備室動完手腳之後才出去外面的吧？真要說的話，她也可能為了讓人以為自己有事要出去處理，才會刻意讓你目擊到她進出大展覽場的樣子喔。」

「有沒有可能是還有別的鑰匙卡呢？」

美星小姐試圖尋找其他可能性。但是她的推測也被上岡否認了。

「雖然鑰匙卡在管理室就可以借到，但是借出和歸還的時候都一定會記錄姓名和日期、時間，我想待會請他們檢查一下就能知道情況是怎樣了。不過，從昨天到現在，借出的應該都只有我申請的這一張才對。更何況能夠借到鑰匙卡的本來就是只有像我這樣擔任比賽負責人的人，我想就算你們這些參賽者跑去管理室申請，他們也一定不會借的。如果任何人都能借到鑰匙的話，就失去防盜的作用了。」

「那肯定錯不了，犯人就是山村明日香，除了妳之外沒別人了。」

石井以冷酷的表情說道。山村後退了一步，以沉痛的聲音替自己辯白：

「不是的，不是我……」

「就算妳這麼說，但當時我和美星聊得正投入，在集合時間之前都一直待在等候室裡，所以就算是美星故意把門開著，也沒有空檔可以進去準備室喔。」

「我和苅田從準備室回來之後，就沒有人離開過等候室。至於在那段時間內一直放在我這裡的鑰匙卡，當上岡小姐九點來到等候室的時候我就還給她了。接著大家就換上拿到的衣服，然後所有人一起去準備室拿濃縮咖啡項目時要用的器具和材料，所以有機會把東西加進我的罐子的人只有明日香嘛。」

但是就算被黛和石井連番反駁，山村也盡是不斷地左右搖著頭。於是石井走到她的正前方繼續追問：

「如果真的不是妳的話，就解釋一下妳為什麼要離開等候室啊？我看妳大概也說不出來吧？那妳就——」

這時，山村突然用力推開了石井。這或許就是所謂的「窮鼠齧貓」吧，她看起來已經完全失去了理智。

「不是我做的……我沒有做那種事！」

她尖叫著喊出這句話後，便一把推開站在門口附近的我，直接衝出了等候室。留在等候室的眾人之間充斥著沉重苦悶的氣氛。黛感覺相當無奈地嘆了一口氣。

「她是不是變得有點奇怪啊？因為那個人做出了那種事……明日香原本最崇拜那個人了。」

「不要胡說那些有的沒的，說話謹慎一點。」

被上岡責備之後，黛好像覺得很無趣地不再說話了。在她身旁的苅田提議道：

「上岡小姐，要不要在下一個比賽項目開始之前找人看守準備室呢？」

按照比賽的預定流程，到下午兩點之前都是午休時間，參賽者可以自由行動，像是利用這段時間吃午餐之類的。上岡伸手摸了摸掛在胸前的證件夾。

「沒必要這麼大費周章的吧？鑰匙卡在我這裡，剛才大家把東西放回準備室之後，我也已經負責關好門了。這次那裡應該是沒有人可以進出才對。」

但是苅田很堅持自己的意見。

「我認為犯人不一定就是明日香。可能是她，也可能另有其人。而且我們也無法保證沒有其他方法可以進入準備室。為了防止妨礙比賽的行為繼續出現，必須找人看守。」

「我也贊成。話說回來，我早就說過應該要注意了，卻有人當作耳邊風，所以才會發生這種事。這也算是自作自受吧。」

黛冷笑著說道，石井氣得咬牙切齒。

「好吧。」上岡感覺不太情願地答應了。「不過，目前包括我在內，沒有工作人員能抽空幫忙看守喔。因為今年是隔了兩年再次舉辦，而且還是我強硬地要求公司答應的，所以只募集到最低限度的資金，幾乎沒有另外僱用人手。而且大家其實都跟臨時的工讀生差不多，對咖啡的專業知識並不了解。」

原來如此。午休時間不可能禁止參賽者出入準備室。而且基於準備下一個比賽項目等理由，一定會出現要求進入準備室的參賽者吧。換句話說，這個看守的人不只是保管鑰匙卡而已，還必須監視進入準備室的參賽者。

如果找個不懂咖啡專業知識的人來看守，就沒辦法判斷參賽者在準備室內做的事情是否有問題。就石井的例子來說，旁觀者只會以為對方是把咖啡豆加進一堆咖啡豆而已。

當然了，找個不懂咖啡的人來看守，還是可以在事後指認犯人是誰，不過這畢竟是比賽，如果不能事先防範妨礙比賽的行為，找人看守就沒什麼意義了。話雖如此，請參賽者來擔任看守的人也不太合理吧？理由不用說也知道，因為犯人可能就在其中。不過，既然這樣的話，就只剩下……

「咦？」

當我回過神來時，我正用自己的手指指著自己。周遭的人全都把目光放在我身上。

「切間咖啡師，根據我從昨天到現在的觀察，他應該不只是個幫妳拿東西的人吧？」

聽見上岡的問題，美星小姐點了點頭。

「是的。我想他對咖啡知識的了解程度應該不會比我遜色。」

「等一下，讓這傢伙看守沒問題嗎？我覺得他的立場不是很客觀耶。」

如果石井是在懷疑我的話，這句話其實讓我有點火大，但是因為上岡和美星小姐無視我的意願直接討論了起來，我也感謝他替我制止了她們。不過，很可惜地，他的抗議只得到了幾乎是視若無睹的反應。

「這也是沒辦法的事吧？我覺得這次的事情應該不是切間咖啡師或和她一起來的這位先生動的手腳。因為她是第一次參加決賽。」

第一次參賽的話就可以免除嫌疑嗎？我覺得在第四屆ＫＢＣ時發生的那件讓相關人士全都閉口不談的事情，好像隱隱約約浮現一些蛛絲馬跡了——雖然絕大部分還是像隔了一層霧般撲朔迷離。

上岡帶著溫和的笑容走過來，拉起我的手。然後把從證件夾裡拿出來的鑰匙卡放在我手上。

「總而言之，雖然對你有些抱歉，但就麻煩你幫忙看守準備室了。為了讓第五屆ＫＢＣ順利落幕，我們無論如何都需要你的幫忙。請你待在準備室的門前直到午休時間結束。既然你都已經進來只有相關人士才能出入的後台，也算是相關人士之一了，應該可以幫我們這個忙吧？」

既然她都指出這一點了，我也不好意思拒絕。於是我無力地點了點頭。

「看守結束之後就把鑰匙卡還給我。拜託你囉。」

就這樣，我在完全料想不到的情況下，接下了負責看守準備室的重要任務。

3

「不好意思，青山先生，竟然把你也牽扯進來了。」

美星小姐走到打算把椅子搬出等候室的我身旁，開口向我道歉。

「這也是沒辦法的事嘛。而且也不是美星小姐妳的錯。不過，只是一直待在準備室外面看守的話也挺無聊的，如果妳不介意的話，可以陪我說說話嗎？」

我這麼一說，美星小姐變溫柔地微笑著回答：

「不行，如果我們兩個人在一起的話，萬一發生什麼事，會被懷疑是共犯的。所以接下來直到午休時間結束、開始準備下一個項目的比賽之前，我都不會靠近準備室，還請你見諒。」

好無情。這個人太無情了。

於是美星小姐只對我說了句「我們待會見」，就轉身沿著走道折返了。被她拋下的我垂頭喪氣地把椅子放在準備室的門前。我看了看手表，時間已經過了下午一點十分。

我背對著房門在椅子上坐下來。走道在距離我不遠的地方有個九十度彎曲的轉角，我看不見等候室的門口。映入眼簾的盡是由單一顏色的牆壁和地板組成的空間。天花板上設置了兩端有些發黑的日光燈，還有感覺像是上岡所說的安全防護系統之一的感應器。它好像對我的動作有反應，燈光不斷地閃爍著。

想再次添加異物的犯人會使用暴力來解決我嗎？這種不安的想法缺乏真實感，百般無聊的我便以測試安全防護系統是否真的沒有死角來打發時間。就算我壓低身子或是貼著牆壁前進，只要靠近準備室的門，燈光都會因為感應器有反應而亮起。就如同上岡所保證的，想在晚上入侵這裡應該是不可能的。

過了不久，距離下午兩點只剩下十分鐘，為了拿出下一個比賽項目要用的器具，所有參賽者一起來到了準備室。我的看守工作實際上只持續了四十分鐘左右。

「辛苦你了。」

美星小姐以感覺並不十分內疚的口氣慰問我，苅田也接著說道：

「因為要是各自過來準備室集合的話，找人看守就沒有意義了，所以我們決定所有人都在等候室集合後再一起走過來。」

我用鑰匙卡打開準備室的門鎖之後，參賽者便從我面前一一通過。我在隊伍最後看到山村也來了。看她衝出等候室時的樣子，原本還擔心她能不能繼續比賽，結果似乎還是乖乖地回來了。不過，不知道是不是因為被懷疑是犯人，沒什麼精神的關係，她顯得更加驚恐不安，令人同情。

六名咖啡師待在準備室的時候，我也一直緊盯著他們的一舉一動，但是最後並未發現有人做出可疑的行為。唯一令我在意的是苅田一進入準備室就走向窗戶，不過他沒有碰觸上了鎖的窗戶，馬上就轉身走開。大概是無法完全信任我的工作表現吧。

等所有人離開準備室後，我便從門外把門確實關上了。這樣我的工作就算結束了。我一邊對能順利結束這項工作感到鬆了一口氣，一邊穿過走道前往大展覽場，當我把鑰匙卡還給站在舞台上的上岡時，坐在觀眾席最前排的藻川先生對我揮了揮手。

「你還沒吃午餐對吧？我想你大概肚子餓了。」

他說完之後就把裝在塑膠袋裡的便利商店的飯團遞給了我。雖然很感謝他的好意，但接下來就要開始比賽了，我沒辦法在觀眾席吃飯團。因為我希望能有更多時間監視參賽者。不過看到對自己貼心的舉動相當得意的藻川先生，我無論如何都說不出口，只好笑著收下飯團。

片刻之後，會場內響起了響亮的開場音樂。

「現場的各位來賓久等了，接下來，第五屆關西咖啡師大賽的第二項目，調酒咖啡的比賽正式開始！」

我在發出充滿氣勢的聲音的主持人身旁發現了上岡的身影。她在中午休息時間好像也有很多雜務要忙，一直在舞台附近來回奔走。我對把鑰匙卡還給她時看到的疲倦笑容印象深刻。

調酒咖啡項目的第一棒是我們的美星咖啡師。上岡在她準備的時候解說了起來。

「大家都知道，咖啡師（Barista）這個職業指的是咖啡的專家，但是在咖啡師這個字的由來，也就是義大利的義式咖啡屋（bar）裡，一般都會提供酒類飲料，特別是在晚上的時候。所以對於咖啡師文化的發源地——義大利的民眾而言，咖啡和酒同樣可以說都是和他們的生活密不可分的飲品。KBC舉辦的目的是為了讓我國的咖啡擁有更廣泛的活用機會，並且發掘咖啡以外也擁有遼闊視野和研究精神的咖啡師，所以把調酒咖啡也列入了比賽項目。」

我曾經聽過這樣的說法，沖煮濃縮咖啡的專家叫作咖啡師（Barista），而熟悉義式咖啡屋裡所有工作包括提供酒類飲料的人則叫作Barman。從這個觀點來看，我覺得上岡所說的調酒咖啡項目的存在意義好像有點牽強，不過除了KBC之外，還有其他以使用了咖啡的調酒的完成度和原創性為主題的比賽，所以這個項目大概有其必要性吧。更何況，只要設置這個比賽項目，招募贊助商的時候也可以向酒類相關企業詢問。目前加入咖啡的調酒在日本還不算普及，但是反過來說，這也表示調酒咖啡的市場還有很大的發展空間。

「這次參賽者必須在限制八分鐘的時間內分別做出一杯使用濾沖式咖啡的調酒和一杯使用濃縮咖啡的調酒。是要以有名的調酒咖啡決勝，還是著重在原創性，以及濾沖咖啡時會使用何種方法等等，全都由咖啡師自行判斷。期待各位都能使出珍藏的絕活，製作出牢牢抓住評審的舌頭和心的調酒咖啡。」

美星小姐完成準備工作，舉起了一隻手。宣告比賽開始的喇叭聲響起。

「首先，我要製作大家都耳熟能詳的愛爾蘭咖啡。」

和濃縮咖啡項目時一樣，美星小姐一邊對著頭戴式麥克風背誦事先想好的說明，一邊俐落地進行手上的工作。正如店名前面的「純喫茶」所示，塔列蘭平常是不提供酒類飲料給客人的。所以美星小姐幾乎不懂製作調酒的技術，而且如果在練習的時候不斷試喝的話，到最後一定會喝醉，她在練習調酒咖啡這個項目吃了最多苦頭。最後似乎決定不要在使用濾沖式咖啡的調酒上隨意冒險，選擇了基本款的愛爾蘭咖啡。

所謂的愛爾蘭咖啡，如同其名，是以愛爾蘭威士忌為基酒的調酒咖啡。最基本的配方是先在溫熱的玻璃杯裡加入砂糖，倒進熱咖啡和威士忌之後稍微攪拌一下，再把大量鮮奶油放在上面就算完成了。據說是為了讓在冬天的愛爾蘭機場裡一邊等待飛機補充燃料、一邊忍耐著寒冷的旅客暖和身體才發明出來的，直到現在仍是全世界寒冷季節的常見飲料。

同樣是威士忌，要是改用蘇格蘭威士忌的話，名字就會變成Gaelic coffee，可以衍生出許多變化，不過美星小姐選擇了最基本的配方，以不變應萬變。當然了，就算採用基本配方，調酒的風味也會因為咖啡的沖煮方法和威士忌的品牌而出現很大的差異。而美星小姐也針對這一點測試了各種品種和烘焙程度的咖啡豆，甚至嘗試了和平常不同的沖煮方法，結果好像還是決定使用塔列蘭平常製作咖啡的味道。當她找到最適合和咖啡搭配的愛爾蘭威士忌時，以與其說是感到高興，不如說是有些疲倦的語氣說出了類似「終於決定了」的話。

「再把鮮奶油放在上面，愛爾蘭咖啡就完成了。接下來我要製作使用濃縮咖啡的調酒……」

美星小姐把玻璃杯放在靠近舞台左側的吧台桌上，開始製作下一杯調酒。而為了準備這一杯調酒，她也反覆實驗了很多次，但是因為濃縮咖啡本身的味道太過濃烈，很難和其他材料搭配，最後還是只能選擇比較保守的配方。如果要我這個負責提供建議的人忽略自己的立場，客觀評斷的話，我覺得她所準備的調酒雖然不至於讓評審大失所望，但也欠缺了原創性，應該只會獲得很普通的評價吧。

話雖如此，美星小姐還是很努力地製作出自己不拿手的調酒。比賽結束時她向台下行禮，我的掌聲比會場內任何人都響亮。

第二個上台的是石井春夫。那魔術師特有的從容舉止讓他顯得既優雅又高尚。這麼說來，茆田曾說過石井在調酒咖啡項目總是拿到很前面的名次。在發生那個事件後，他可能已經沒有希望獲得冠軍了，不過要是想扳回一城的話，就只能好好把握這個項目了。至少在我的眼裡看來，石井在這個項目顯得特別認真。

比賽開始了。石井不時在製作過程中穿插他拿手的特技表演，並巧妙地利用了白色香甜酒[2]和萊姆汁這類調製調酒常用的材料，製作出感覺很清爽的調酒。

其中特別吸引觀眾目光的是他把一個裝滿白色粉末的小瓶子倒在小碟子上的舉動。

「各位，你們知道這是什麼嗎？其實這是鹽。在調酒的世界裡，有時候會在玻璃杯邊緣灑上鹽或砂糖，叫作Snow style。不過這個名詞其實是和式英語。這次我做的原創調酒就是挑戰了Snow style。為了在飲用的時候可以快速融化，我使用了粉鹽這種顆粒很小的鹽。咖啡加上

---

2 又稱利口酒（Liquer），指的是在蒸餾酒中加入香料、藥物、水果和糖之後製作而成的酒。香甜酒多用於調酒，能讓調酒帶有水果香氣，並增加調酒的甜度。

鹽，很少人嘗試這種組合吧？我可以跟各位保證，這一定是一杯各位至今從未嘗過、充滿刺激的調酒。」

石井按照自己流暢的說明以萊姆汁弄濕玻璃杯緣，然後把玻璃杯倒放在碟子上。當他再次拿起玻璃杯時，杯緣就像積雪一樣附著了白色的鹽。接著他把手搖杯裡的調酒倒進杯中，就完成了第一杯調酒。

第二杯調酒和第一杯形成對比，是使用蛋黃製成的濃稠調酒。八分鐘很快就過去，石井的時間結束了。評審靠近吧台桌，開始審查他的調酒。

才剛開始審查，就出現了異狀。

「唔──」

正在接受主持人訪問的石井背後，一名評審發出了呻吟聲，五官全皺成一團。其他評審也拿起玻璃杯喝了一口，並露出了類似的反應。那是石井使用了Snow style技巧的玻璃杯。我原本以為是石井做的調酒難喝到讓評審不高興。但是石井似乎不那麼認為，他察覺到異狀後便轉過身子，急急忙忙衝到評審身旁，拿起玻璃杯喝了一口。接下來他用手指沾起吧台桌上的小碟子裡的白色粉末舔了一下，驚訝地說道：

「……這是怎麼回事？」

這時我終於明白發生什麼事了。

被添加異物了。某種味道明顯不同的東西被人加進鹽裡了。

怎麼會這樣？我在觀眾席上苦惱地抱住了頭。我應該已經完美地達成監視的任務了才對，卻無法阻止第二起添加異物事件的發生。

因為石井算是已經完成了調酒，這次沒有棄權，也列入了審查對象之一。不過，該說是理所當然嗎，結果好像並不樂觀。

我沒有看完調酒咖啡項目的比賽。因為在走上舞台的第三名參賽者丸底結束準備之前，石井就出現在觀眾席，抓起我的手臂，把我拖到屏風後方的準備區了。

4

「你到底是怎麼監視的啊！」

我們走到觀眾席看不到的地方後，石井便朝我的胸膛用力一推，對我破口大罵。坐在桌子旁等待上台的參賽者事不關己地看著我們。

「我一直很專心地在準備室前面監視，根本沒有發生任何可疑的事情！」

我拚命辯解，但還是無法平息石井的怒火。

「但是添加異物的情況確實發生了啊！要不然鹽的味道哪會變得那麼奇怪！」

「怎麼可能……真的是在我看守的時候被添加異物的嗎？如果在那個時候就已經添加了……」

「濃縮咖啡項目比完後，我們拿東西回準備室的時候，所有人都檢查過自己的東西是不是也被人添加了異物。那時候我的鹽還好好的。」

「不好意思，你們可以安靜一點嗎？」

苆田突然以有些焦躁的聲音說道。

「丸底比賽完就換我了，我想集中精神。」

「開什麼玩笑！我可是被害得根本沒辦法好好比賽耶！」

「關於這件事，雖然對石井你不太好意思，但還是等到大家都在場的時候再討論吧。反正就算怪罪那個人也不能解決問題，既然比賽都繼續進行了，我們也想全力以赴。這也是為了想讓KBC再次舉辦而四處奔走的上岡小姐的面子著想。」

就在這個時候，結束比賽的丸底回來了。苆田拿起自己的用具，精神抖擻地走向舞台。石井還是一副怒氣沖沖的樣子，不過他放開了我，在附近的椅子一屁股坐了下來。發生第一起添加異物事件的時候他也很生氣，但是他現在憤怒的程度看起來遠遠超過那個時候。

總覺得就這樣回去觀眾席也挺難為情的，我在美星小姐旁邊的椅子坐了下來。為了不惹惱現場其他人，我輕聲細語地對她說道：

「美星小姐，妳覺得準備區可能發生添加異物事件嗎？」

「很可惜的……所有的參賽者都在等著上場，多少會變得比較神經質。我們從準備室過來這裡之後，就沒有離開準備區，一直待在這裡。別說是其他人的用具或材料了，連自己的東西也幾乎沒有人去碰，更何況是要趁機在裝了鹽的小瓶子加入異物，我能肯定絕對沒有機會做這種事。在比第一個項目的時候情況也是如此。」

「瑕疵豆事件的時候，我記得所有人在開幕典禮時都曾經暫時離開準備區，對吧？有沒有可能是趁那時加進去呢？」

「只要站在舞台上，就能清清楚楚地看到準備區的情況。如果有人在那裡做什麼可疑的事，馬上就會被發現。」

「這樣啊……剛才發生的事情果然是我害的嗎？」

美星小姐把手放在肩膀上安慰我。因為繼續沮喪也無濟於事，我便換了個話題。

「那種有著奇怪味道的粉末，就算吃進嘴裡也不會怎麼樣嗎？我看評審和石井先生目前都還好好的。」

「我想大概是沒什麼大礙吧。從瑕疵豆的事件來看，犯人的目的應該只是妨礙比賽而已。如果添加的是會傷害身體的東西，例如劇毒，肯定會驚動警方。我不認為犯人打算引起那麼大的騷動。」

「唔，犯人的目的嗎？為什麼他只針對石井先生呢？」

「如果想得單純一點，不是和石井先生之間有私人恩怨，就是把他當成最大的敵手了吧。」

應該不會是後者吧。我悄悄地告訴她苅田對石井實力的評價。美星小姐聽完之後輕輕地點了點頭。

「我昨天也坐在你們兩個中間聽到了那段對話，冴子小姐也和我說了同樣的事。不過，要把誰當成敵手本來就是個人自由，犯人說不定覺得石井先生的技術在這兩年內有明顯的成長。而且，包括我在內，這次的比賽還有第一次參加決賽的咖啡師。並不是所有人都很清楚石井先生的實力。」

我朝也是第一次參加決賽的丸底芳人偷看了一眼。他應該也知道已經發生了第二起添加異物事件，卻仍舊一臉悠哉地戴著耳機聽音樂。我對他連到舞台旁都帶著播放音樂的機器、完全不覺得緊張的態度感到無言。雖然他也有可能是那種要靠聽音樂來保持冷靜的人啦。

「冴子小姐就是黛小姐對吧。妳們昨天也有聊天，感覺很合得來耶。」

感覺很強勢的黛和做事情慢條斯理的美星小姐，實在很難想像她們這麼合得來。不過，我所熟知的美星小姐的好友，也是一位個性強勢、老是瞪著我的女性。既然如此，她們兩個會意氣相投可能也是理所當然。

美星小姐則露出了可以解釋為苦笑的笑容。

「她好像對我產生了親切感的樣子。今天早上我和明日香小姐要從準備室回來的時候明明都在等候室前遇見了冴子小姐，但她後來卻根本不理明日香小姐，盡是找我說話。不過，多虧了她，我一直沒有離開等候室，所以也沒有被懷疑是第一起添加異物事件的犯人。」

相反地，曾離開等候室的山村就變成了最有嫌疑的人。

「妳們都聊了什麼呢？」

「都是些不重要的小事啦。像是問對方昨天有沒有睡好，或是今天早上是不是第一個來到會場之類的。而且我們有時候還會一邊玩手機一邊聊，根本不在意說了什麼內容。」

我看了看黛。已經快輪到她上台了，她卻臉色有些難看地檢查著自己的用具和材料。大概是如果不確認自己的東西沒有被添加異物，就會相當不安吧。

不過，我知道這並不是她臉色難看的唯一理由。當我們的視線突然對上時，我對她緩緩地點了點頭。

大約過了一小時，在調酒咖啡項目也負責壓軸的山村連續兩個項目獲得第一，第五屆KBC第一天的比賽就此結束。

六位參賽者加上我和上岡共八人一同回到了準備室。為了以防萬一，我們大致搜索了準備室，確定犯人是否躲在房間，結果丸底在水槽旁趴了下來，說道：

「咦？好像有東西掉在地上。是藥嗎？」

離他比較近的石井和美星小姐率先跑到丸底身旁。我也追隨他們的腳步靠了過去。

「是胃藥嗎？」

看到蹲在地上的美星小姐手裡捏著的東西，我開口問道。市售藥品的藥包和撕下來的部分合起來，總共有兩包藥掉在地板上。裡面都是空的。

「我嘗過這種味道，我記得是白色的粉末，味道是苦的。」

聽到上岡的話，莉田抱著胳臂說道：

「錯不了，犯人就是把這個胃藥加進了石井的小瓶子裡。」

根據莉田所言，石井在上一屆比賽時也做了Snow style的調酒。因為在其他項目不太可能用到鹽，所以若是犯人想在調酒咖啡妨礙石井的話，在鹽裡加入異物可以說是最有效的辦法之一。

「午休時間結束，大家進來準備室的時候，都沒有人發現發現這個藥包嗎？」

雖然我試著詢問其他人，卻沒有得到想要的答案。

「因為桌子底下有陰影，所以我也無法保證自己沒有漏看。」

美星小姐答道。其他人好像也沒有意見的樣子。

「這種事情根本就不重要好嗎？午休時間在準備室發生了添加異物事件是不爭的事實。你真的一直待在準備室的門前面嗎？應該沒有在途中跑去上廁所或買飲料之類的吧？」

石井伸手想抓住我的領口，我一邊拚命抵抗，一邊反駁他。

「我、我才沒有呢。而且，就算我真的犯下這樣的疏失好了，犯人又要怎麼進去準備室呢？鑰匙卡可是片刻不離身地帶在我身上喔。根本沒有人可以從那扇門闖進準備室。」

但是石井不肯這麼簡單地放過我。

「但是添加異物事件確實發生了，你要怎麼解釋現在的情況——」

「我覺得這件事不能說完全都是他的責任。」

苅田插嘴說道，但他的口氣聽起來與其說是想袒護我，更像是在對石井挑釁。

「不是這傢伙的責任？你這話是什麼意思啊？」

石井語帶威脅地說道，但苅田卻一臉若無其事的樣子。

「沒有什麼意思，就是我說的那樣。他很認真地守著準備室的門，但還是發生了添加異物事件。」

「少說這種不經大腦的話了，我在濃縮咖啡結束的時候可是檢查過小瓶子的東西了。而且小瓶子是我以前出國經過雜貨店時買的，在國內沒那麼容易買到。所以也不可能採用準備完全一樣的瓶子再偷偷替換的手法。」

石井說完後，就拿起放在桌子上的小瓶子給苅田看。瓶栓是軟木塞，上半部還鑲嵌了一個刻著老鷹展翅圖案的金屬牌子。石井的說法感覺是正確的，要找到同樣的東西並不容易。

「怎麼樣，苅田，這樣你還敢說不是這傢伙的責任嗎？」

石井口水四濺地怒吼道，但苅田卻露出了從容的笑容。

「那麼，如果是這樣的情況呢？——小瓶子裡的東西一開始就混進了胃藥，是石井你自己放進去的。」

聽到他的推論，在場的所有人都嚇了一大跳。石井彷彿被人戳中痛處般，明顯地慌張了起來。

「你、你想說我是自導自演嗎！我又不是那個人！」

「誰知道呢，我對這種事沒興趣。我只是覺得，如果他真的有好好看守的話，會想到自導自演是很直覺的想法。這樣就能解釋為什麼都是石井你被盯上了。之所以把胃藥的袋子丟在這裡，也是為了讓大家誤以為犯人是在這裡把胃藥加進去的。」

石井雖然氣得冒出了青筋，但他似乎知道在這裡接受苅田的挑釁不會有什麼好下場，所以藉由深呼吸勉強壓下了自己的情緒。

「……好吧，我承認第二起添加異物事件我也可能做得到。但是，第一起添加異物事件又要怎麼解釋呢？我昨天已經讓你們看過罐子裡面的東西了，在那之後到比賽正式開始之前我都沒有打開過罐子。」

「如果是自導自演的話，沒有什麼事是辦不到的。趁大家不注意的時候把罐子調包這種事，對曾經以魔術師為志願的你來說應該是輕而易舉吧？」

「那是不可能的。我昨天也說過了，那個罐子是特別訂製的，世界上只有一個。不相信的話可以去問製造商。」

他都說得這麼肯定了，應該是很確定自己的說法可以得到證實吧。但是苅田並未因此而退縮。

「那你就是事後再偷偷把瑕疵豆放進去的吧？只要十秒就可以辦到了。」

「不，我認為那是不可能的。」

這次輪到美星小姐斬釘截鐵地否定了他的推論。

「如果只是把瑕疵豆覆蓋在表面的話，我也想到了同樣的方法，但是實際上看起來卻是整個罐子都均勻混雜了瑕疵豆。」

我們數小時前聚集在等候室的時候，我曾經把罐子裡的咖啡豆撥開來看。正如美星小姐所言，連底層都可以看到瑕疵豆，證明這些豆子並不是只有被人從罐子上方倒進去而已。

「要製造出那種情況的話，必須在瑕疵豆放進容器裡之後用搖晃罐子之類的方式把裡面的東西搖均勻才行。要是不這麼做，就可以很輕易地把瑕疵豆挑出來。一直和我們一起行動的石井先生如果想把瑕疵豆放進去，然後再輕輕地搖晃罐子幾下的話，或許也是辦得到的。但是，我認為他不可能有機會把罐子裡的東西攪拌得那麼均勻。因為這麼做的話，一定會有人注意到聲音或動作的。」

「還有其他方法可以辦到喔。如果不是只有瑕疵豆，而是事先把瑕疵豆和圓豆混合之後再放進石井的罐子裡呢？」

莉田還不肯罷休。原來如此，這樣就可以省下攪拌的工夫，只要能在一瞬間瞞過眾人的眼睛就沒問題了。不過，美星小姐仍舊搖了搖頭。

「昨天罐子裡裝了九成滿的咖啡豆。如果是把混合了瑕疵豆和圓豆的咖啡豆放進去，就沒辦法解釋為什麼把咖啡豆撥開後，連底層也看得到瑕疵豆了。換句話說，要使用這個方法必須先把適量的圓豆暫時從罐子裡倒出來，但石井先生沒有機會這麼做吧。」

也就是說，雖然可能有機會把咖啡豆混入罐子裡，卻不可能均勻地攪拌，或是把裡面的東西拿出來，美星小姐所主張的似乎是這個意思。莉田看起來終於投降了，不太服氣地說道：

「哼，妳很偏袒石井嘛。」

「再這樣下去，很可惜地，石井先生在第五屆ＫＢＣ大概是不可能拿到很好的成績了。好不容易通過預賽，進入決賽，結果卻輸得那麼慘的話，連自己的店評價也有可能下滑。即使石井先生是基於某種目的自導自演，但在他擅長的調酒咖啡項目應該會使出全力比賽才對，這是我的看法。」

「那只不過是妳的主觀罷了。妳能夠證明石井以外的人也有可能犯下第二起添加異物事件嗎？」

結果美星小姐似乎覺得很詫異地歪了歪頭。

「可以喔。應該說，為什麼沒有人想到這個可能性呢？只要用最簡單的方式來思考，最可疑的人是誰根本一目瞭然。因為可以在午休時間的時候不會受到負責看守的人阻撓，隨意進出上鎖的準備室的人只有一個啊。」

咦？在不知所措的我四周、明白了美星小姐的意思的人們，視線開始集中在某個人身上。而那個人就是——

「青山先生。」

美星小姐以如同水平線般優美的角度伸出食指，毫不猶豫地指向了我。然後露出一如往常……不對，是比平常更純真的笑容，對我說道：

「把胃藥加進石井先生的小瓶子裡的人就是你，對吧？」

5

我深刻地體會到了孤獨感。

走出Art-ery廣場，我在建築物大門附近的木製長椅獨自坐下來，陷入了失落的情緒之中。現在正好是晚上七點，太陽早已下山，吹來的風一點一滴地奪走我身體的溫度。

食品展覽會早在一小時前就結束第一天的展覽，在高處的電燈照耀下，看起來像是相關人士的車一輛接一輛地離開停車場。警衛站在連接外面道路和停車場的入口旁邊，以熟練的動作揮舞著交通指揮棒。

入口前方種了一排隔開停車場和建築物的灌木叢。從方向推斷，位於灌木叢另一側的窗戶肯定就是準備室裡的那一扇。一想到這裡，我便回想起大約一小時前在那扇窗戶內發生的宛如鬧劇般的一幕。

「——不、不是的！我才沒有把胃藥加進去！」

被美星小姐冤枉的我慌張地搖頭否認。但是石井卻以連我的聲音都蓋過的氣勢激動地質問我。

「你為了讓切間小姐贏得比賽，就在我的小瓶子裡加了胃藥嗎?!」

「這麼說來，他昨天在彩排的時候看到石井的表演，好像覺得非常佩服的樣子呢。我也在那個時候告訴了他石井在調酒咖啡項目占有優勢的事情。」

到目前為止意見都和美星小姐對立的苅田也很乾脆地就接受了。

總而言之，情勢對我非常不利。根據美星小姐的說明，如果要讓第二起添加異物事件發生，必須設法解決有人看守和鑰匙卡這兩個問題，而能夠克服這些問題的只有我，這項說明毫無破綻。我沒有辦法證明自己的清白，再加上對方又是美星小姐，不管我再怎麼狡辯都不可能贏過她。

「可惡，果然不該讓這個傢伙負責看守的！而且我打從一開始就反對讓不相干的人靠近等候室或準備室了。」

石井大聲咆哮著，我慌張地說道：

「你怎麼這麼說，我也不是自己喜歡才答應幫忙看守的……況且，我也不可能有機會犯下第一起添加異物事件啊。」

「住口！你是唯一能犯下第二起事件的人，動機也很充分，除了你之外沒有別人了吧？明白的話就快點滾出這裡！」

實在是太過分了。我被迫接下自己不想做的看守工作，很認真地看守了，卻又發生第二起添加異物事件，害我的努力泡湯，最後甚至還被冠上莫須有的罪名，並叫我滾出去。雖然石井說我的動機很充分，可是如果我想讓美星小姐獲勝的話，根本不該找第一項目已經棄權，不可能獲得冠軍的石井當目標，而是應該選擇難以對付的黛或山村才對……我其實很想這麼反駁。

話雖如此，但我本來就是局外人，他們叫我出去的話，我也沒有立場反抗。我環顧四周想尋求協助，但是美星小姐和苅田表情冷淡，上岡和山村臉上雖然浮現同情的神色，卻一句話也沒有說，丸底則在不知不覺間戴上了耳機，只有黛是唯一表現出想開口說話的樣子，但她最後還是沒有說出口。

「我知道了。」我嘆了一口氣，答應石井的要求。「我不承認是我添加了異物，不過我現在就返回大展覽場，保證不會再踏進準備區後面的門。」

「差不多快六點了，如果食品展覽會結束的話，參觀的客人都會離開，七點的時候展覽館關閉，防盜系統也會同時啟動，我們到時候也必須離開這裡。」

我被上岡這句根本算不上安慰的話請出去，最後走到了這張長椅前。而且為了等待現在甚至覺得她很可惡的美星小姐，我已經在這裡待超過一個小時了。

我一邊感覺到自己的眉頭皺了起來，一邊操作智慧型手機。在旁人眼裡看來，肯定會以為這是典型的現代人在玩手機打發時間，其實並非如此。我是因為要調查事情，才沒有跑去附近的便利商店取暖，而選擇在這裡承受冰冷晚風的吹拂。

為了洗刷自己背負的毫無根據的嫌疑，我現在唯一能做的就是設法找到真正的犯人。不過，能夠找到犯人的線索實在太少了。從我觀察到的相關人士的反應來推斷，第四屆ＫＢＣ時發生的某件事肯定對這次的添加異物事件造成了不小的影響。既然如此，我必須知道兩年前這裡到底發生了什麼事。

首先是昨天黛對準備室上鎖的問題表示關心。再來是今天中午上岡以第一次參賽為由，免除了美星小姐的嫌疑。最後，剛才被懷疑是自導自演的石井說「我又不是那個人」……綜合以上幾點，就算我假設上一次比賽同樣發生了類似的添加異物事件也一點都不奇怪。想到這一點之後，我試著搜尋了「第四屆ＫＢＣ　添加異物」之類的關鍵字，但是並未找到能引起我注意的資訊。報導第四屆比賽的文章和前幾屆相比本來就已經是少得可憐，頂多只能找到幾篇以幾行字寫著冠軍是黛汐子的報導而已。可以說幾乎是完全沒有提及詳細情況。

封口令。我腦海裡浮現了這個單字。有沒有可能針對這次比賽發生的一連串添加異物事件，也像上次一樣下達封口令呢？雖然只是推測，但我覺得不太可能。都舉辦比賽了，要是沒有媒體報導的話，就無法促進業界蓬勃發展，比賽的意義會變得可有可無。如果只是擔心比賽的話，應該可以只隱瞞妨礙比賽的事情，不需要完全禁止報導吧。若當時的情況嚴重到沒辦法用這種方式解決的話……

假設是這種情況好了：這次添加的異物不是瑕疵豆就是胃藥，可以達到妨礙比賽的效果，但吃進人體並不會造成太大的問題。不過，要是添加的東西具有毒性的話，那就是犯罪行為了。要是比賽時發生那種事，肯定惡評如潮，所以主辦單位盡全力隱瞞事實也沒什麼好奇怪的。如果事件的結論還是「自導自演」，也就是犯人在自己喝下的東西裡添加異物的話，以保護當事人等理由強硬地要求外界封口也是非常合理的處理方式吧。

話雖如此，都引起了那麼大的騷動，想完全阻止消息走漏是不可能的。所以我把「第四屆KBC」從關鍵字裡刪除，改用「添加異物」和兩年前的西元年份以及比賽的舉辦時間「十一月」來搜尋。結果找到了一則疑似在兩年前的十一月刊登的文章。

「加了毒藥的紅茶」事件三週年——事件相關人士的追蹤報導

那是由某位記者撰寫，刊載在週刊雜誌上的報導全文。

從標題就看得出來，這起事件是發生在第四屆KBC三年前，感覺是毫無關聯的兩件事。但是因為我記得自己曾在事件發生當時看過與「加了毒藥的紅茶」事件有關的報導，所以不由得對內容感到好奇，結果在不知不覺間就看完整篇文章。

事件的概要如下：某大學的研究室發生了紅茶被加入劇毒的事件，喝下紅茶的男學生陷入昏迷，有生命危險。研究室裡保管了許多實驗時使用的劇毒，而用來犯案的是其中毒性較強的毒物。整起事件的原委是受害的學生和後來坦誠犯下罪行的男學生都在追求同一位女性，也就是所謂的情敵關係，兩人在當天起了爭執，才讓加害者對受害者產生了殺意。至於讓犯人起了殺意的那場爭執，若要簡單解釋的話，就是在研究和戀愛方面都搶先加害者一步的受害者，似乎說了什麼愚弄加害者的話。

警方很快地就根據各種情況鎖定嫌犯，加害者也承認了自己的犯行，沒多久就宣告破案了。犯案時已經成年的加害者被以殺人未遂的罪名起訴，記者撰寫這篇文章的時候，他還在服刑。受害的學生很快就清醒過來，但還是留下了輕微的後遺症，因此又對加害的學生提起民事訴訟，要求賠償，後來判決加害的學生必須支付四百萬圓的慰問金。報導的最後以那位讓兩名男性的人生脫離正軌的女性作結，她在事件發生後立刻就和受害者分手，也不願接受這次的採訪。

根據轉載文章的網站解說，這起事件受到了社會大眾的注目，就連這篇在三年後發表的報導也有好幾間媒體詳加介紹，多少引起了一些反響。

現在回想起來，過去也曾經接連發生過瓶裝飲料添入異物的事件，鬧得人心惶惶。只要有辦法弄到關鍵的毒物，要在飲料裡下毒是很簡單的事，如果加在紅茶或咖啡這種味道苦澀的飲料裡，要讓對方渾然不覺地喝下有毒飲料也是可行的吧。水是人類為了維持生命最不可或缺的東西，在攝取水的時候人們必須忘卻可能被下毒的恐懼，所以一定很快就會有人受害。就沒有添加不能食用的東西來看，這次比賽中出現的犯人算是有良心的嗎……

「喂。」

我突然聽到有人叫我，便抬起了原本緊盯著智慧型手機螢幕的臉。

「嗯……哦，原來是妳啊。」

為了辨識背對著電燈站立的人，我不得不定睛凝視對方。

黛冴子正單手扠腰，低頭看著我。

「你們終於解散啦。」

「嗯，剛才解散的。我們牢牢地鎖上準備室的窗戶和門，所有人都親眼確定上岡小姐把鑰匙卡還給管理室了，應該不會再發生同樣的事件才對。至少在你是犯人的前提下是絕對不會發生的。」

「黛小姐也認為我很可疑嗎？」

我對她露出苦笑後，她也以類似的表情回覆我。

「就是因為不這麼覺得，我才會來找你的不是嗎？──我問你，為什麼你聽到自己被懷疑的時候沒有說出我的名字呢？**在中午休息時間進入準備室的我**才是大家第一個應該懷疑的人。」

剛才一直在停車場裡暖車的廂型車像是突然想起什麼似地猛然往前疾駛，從我們附近經過，沿著通往外面的道路漸行漸遠。

她說的沒錯。黛冴子對看守準備室的我提出要求，希望我讓她一個人進入準備室。我答應了她的要求，打開了準備室的門。當然了，在這段時間內，我不僅嚴格監視著她的一舉一動，也不忘注意走道上有沒有任何動靜。

「我這麼做其實並不是想袒護妳。」

我把智慧型手機放進口袋裡，對她說道：

「的確，如果我當時說出這件事，大家應該就會轉而懷疑妳了。不過，這樣一來也就代表我沒有好好地看守準備室，對吧？」

黛以像是在鑑定古董真偽的眼神看著我。

「我可以保證自己很認真地在看守。妳進入準備室的時候沒有做出任何可疑的事情，也沒有碰到石井先生的小瓶子，我很確定犯下第二起事件的人不是妳。所以我只是覺得沒有必要把這件事說出來而已。」

「即使這麼做會害你自己被懷疑？」

「不管你們怎麼懷疑我，沒有做的事情就是沒有做，我的嫌疑最後應該會被洗清吧。而且相信我是清白的人好像也不是只有我自己。」

聽到我的話，黛伸出食指抓了抓自己的臉頰。

「因為我進入準備室的時候，你監視我的眼神認真到甚至讓人覺得很煩。我當時心想不可能再發生同樣的事件，所以還在想你幹麻這麼一板一眼，真的很傻眼，不過，如果你就是犯人的話，根本沒必要這麼認真看守。」

「原來如此，所以妳才會覺得我不可能是犯人。」

「要不然就是你做得太完美了，找不到破綻。」

「咦？原來是半信半疑啊？」

「開玩笑的，哪裡完美了啊？明明就被懷疑了——」

「啊，青山先生！」

我聽到展覽館大門的方向傳來了呼喚聲，然後就看見美星小姐快步跑到我身旁。黛則像是什麼事也沒發生過似地轉頭離去了。到目前為止不知道都在哪裡鬼混的藻川老爺爺則跟在美星小姐身後，趁著和黛擦身而過的時候推銷自己，不過她仍舊是裝作什麼事也沒發生地無視了他。

「我一直在找你喔，還在想你跑到哪裡去了呢。」

「哼，我剛才還在想，乾脆離開，不管妳了。」

我裝出冷淡的態度回答她，她便吐了吐舌頭，向我道歉。

「對不起，不過，當時也只有那個辦法了。」

「只有那個辦法？我被人冤枉可是很困擾耶。」

「不要生氣嘛。」美星小姐把手貼在我鼓起的臉頰上。「聽我說，在當時的情況下，就算我不那麼說，也一定會有人開始懷疑你，這只是時間早晚的問題。如果我隨便替你說話的話，我也可能被當成共犯，最後兩個人都被趕出後台，這樣子事情就糟糕了。因為這等於是放任真正的犯人繼續為所欲為。」

「所以妳才會先下手為強，告訴大家我很可疑？」

「沒有人會覺得率先表示懷疑的我是你的共犯吧？」

看她露出惡作劇般的笑容，我也沒力氣計較了。我一邊把她的手指從自己的臉頰上拉開，一邊說道：

「美星小姐妳其實沒有懷疑我囉？」

「那是當然了，我很清楚青山先生你不是會做這種事的人。」

「既然這樣，妳當初應該要給我一點暗示嘛。那時候妳臉上的笑容簡直就像是對凌虐人類樂在其中的惡魔……」

說著說著就忍不住站起來的我，在美星小姐身後看到了正要走路離開會場的丸底芳人。電燈的光線映照出他噘起雙脣的側臉，臉上的表情非常難看，而且那副已經是他的註冊商標的耳機也不見了。

「惡魔……太過分了……就算是惡魔也不會那樣……」

「美星小姐，妳看。他是怎麼了啊？」

我一伸手指向丸底，美星小姐就恍然大悟地發出了「哦……」的低沉聲音。

「其實你離開之後，準備室裡發生了一點小爭執。」

「小爭執？」

「丸底先生在我們討論的時候一直戴著耳機對吧？他的態度好像激怒了身為被害者的石井先生……上岡小姐正在和我們說明天比賽的事情時，石井先生突然靠近丸底先生，把他的耳機拿了下來，對他大聲怒吼，好像是說『你也是參賽者吧？為什麼只有你可以擺出好像整件事都跟你無關的態度啊！』之類的。」

美星小姐模仿得一點都不像，害我笑了出來，但這不是重點。我覺得自己好像可以明白石井的心情。因為就連我被他們當成犯人集體質問的時候，丸底也沒有表現出像是在聽我們說話的態度，讓我不太舒服，所以有些在意。身為受害者的石井應該更不高興吧。

而且丸底在比賽中解說得不是很流暢，表現很不熟練，卻又對周遭的人不理不睬，一直在聽音樂。一想到他那從容的態度不知道是從何而來，就覺得相當詭異。那坦然的態度讓人很難想像他是第一次參加決賽。

對參加過決賽的石井來說，丸底的這種態度大概讓他看了很不順眼吧。不過，就算是這樣，他好像也做得有點太過分了。

「我想，石井先生大概只是想讓丸底先生能夠聽到我們說話，才把他的耳機拿下來的。不過，他可能用力過猛，不小心把耳機的線扯斷了。」

「什麼？」我頓時啞口無言。聽說耳機也有分好壞，音質較好的價格甚至高達數萬圓。既然丸底是個把耳機當註冊商標般隨身攜帶的人，會對音質很講究的可能性自然不低。不對，就算那不是價格昂貴的耳機，如果自己那麼常用的東西遭人破壞了，會露出我剛才看到的表情也是很正常的。

「因為耳機破壞而勃然大怒的丸底先生和找不到台階下的石井先生大吵了起來，場面鬧得不可收拾。最後好不容易才安撫兩人，離開準備室，暫時回到了等候室。丸底先生就在那時把耳機丟進等候室的垃圾桶了。」

竟然直接丟進垃圾桶，真是粗魯。看來丸底當時也是怒不可遏吧。我想像了一下平常他那副讓人很難對他生氣的態度和當時的反差，不禁有些同情他。

「上岡小姐說了什麼關於明天比賽的事情呢？」

「明天工作人員會在八點展覽館開門後進入會場，站在準備區後面的門前看守。因為和今天早上不一樣，工作人員要做的事情不多，所以就決定撥出一位工作人員負責這件事了。還有，在八點之前防盜系統都是啟動的狀態，任何人都不能靠近準備室。」

我想起了自己在看守時進行的實驗。只要啟動感應器，犯人也沒辦法在夜間靠近準備室吧。

既然這樣應該沒問題了。但我這句話聽起來莫名地做作。

「對了，青山先生，你在這裡做什麼呢？你剛才好像是在和冴子小姐說話。」

美星小姐問道。我猶豫了一會兒，最後還是沒有告訴她實情。雖說是迫於無奈，但我還是想藉此發洩一下被當成犯人的怨氣，更重要的是黛和第二起事件沒有關係，所以也不覺得一定要說出這件事。

「她正好經過，和她打聲招呼而已啦。遇到她之前我都在用手機搜尋兩年前的比賽的事情。」

「第四屆ＫＢＣ嗎？」

「我認為曾參加上次比賽的人全都閉口不談的事情，和這次的一連串事件不可能毫無關係。我想自己調查兩年前這裡究竟發生了什麼事。」

「原來是這樣啊。你有查到什麼有用的消息嗎？」

「不，很可惜的，我沒查到。」我無力地搖了搖頭。「我只找到類似這樣子的文章而已。」

剛才我打開的網頁並沒有關閉，所以我再次拿出手機，交給美星小姐。她好像不是很有興趣的樣子，快速地閱讀著那篇文章。當她把手機還給我之後，也拿出了自己的手機。

「為了證明青山先生的清白，也就是找出真正的犯人，我們必須知道兩年前比賽時究竟發生了什麼事。關於這點，我也有同感。所以，我想現在就打電話問問看。」

我愣了一下。「妳知道有誰可以詢問嗎？」

「是的，那個人肯定非常清楚上一屆比賽發生的事。」

她帶著相當嚴肅的表情操作著手機。

從她耳邊傳出的鈴聲響了超過十次。正當我開始覺得對方該不會不接電話的時候，鈴聲突然中斷，我聽到了對方的說話聲。

因為被黛無視，只好漫無目的地在周遭閒晃的藻川先生，一邊對我們說「該回去了吧？」一邊走了過來。當我的注意力被他吸引的瞬間，美星小姐以清晰的聲音這麼呼喚和她講電話的人。

「喂——請問是千家諒先生嗎？」

6

千家諒。這個名字我當然有印象。

他正是在五年前獲得第一屆ＫＢＣ冠軍，名聲傳遍全關西的天才咖啡師。聽說他正如我昨天推測的，贏得冠軍之後還是繼續參加ＫＢＣ，並在第三屆比賽的時候創下了三連霸的紀錄。

「不過，沒想到美星小姐妳竟然認識千家咖啡師。」

在回家的路上，我對和我一起坐在藻川先生的車後座的美星小姐說道。

透過剛才她打的電話，千家詳細地把我們想知道的事情，也就是兩年前發生的事情告訴了我們——當時果然發生了添加異物的騷動。美星小姐在聽千家敘述的時候把手機轉成擴音模式，千家所說的內容我也一字不漏地聽到了。

「所謂的認識，其實只是之前稍微交談過而已。不過，最近我們還見了一次面。」

美星小姐好像有些不好意思。既然她說很嚮往KBC，那就和她很崇拜千家諒是同樣的意思吧？這種害羞的情緒好像表現在她的態度上了。

「你還記得嗎？在我告訴你我確定可以參加KBC決賽的那天，我和你說過的『不有趣的事』。」

「是利用糖罐找碴的事情嗎？」

「我不是說當天那位客人來店裡之前，有一個我認識的人也坐在同樣的座位上嗎？那個人就是千家先生。」

哦，所以她才說那個人絕對不會對糖罐加鹽的事默不作聲啊。既然是從事同一行業的專家，不可能在遇到這種問題的時候客氣。

「我當時嚇了一跳，我們已經好幾年沒見過面了，而且那個人在上一屆KBC結束後立刻收掉自己的店，然後行蹤不明了。」

「千家先生自己也提到了那件事呢。我完全不知道獲得那麼高評價的人竟然會落得這種下場。」

「我也是在得知那件事之後，就一直很好奇第四屆KBC到底發生了什麼事。但是前陣子再次見面的時候，因為實在太突然了，我嚇了一跳，最後只來得及詢問他的聯絡方式而已。當時千家先生說他是知道我要參加睽違兩年的ＫＢＣ之後，特地前來鼓勵我的。」

美星小姐說她現在也不知道千家過著什麼樣的生活。千家到塔列蘭來時她曾試圖向他打聽，但本人似乎表現出不太想說的態度，於是沒有多問。不過，讓人覺得不可思議的是，儘管千家行蹤不明，但據說他在第四屆ＫＢＣ結束後仍一直住在京都，從事咖啡相關行業的人卻一次也沒遇到過他。看來這個圈子說不定比我們這些當事人所想的還要封閉得多。

「他之所以不想談論現在的生活，就像剛才電話裡所說的，因為他已經不再當咖啡師的關係吧。不過，這也是無可奈何的事情。兩年前發生的事情好像帶給他很大的打擊，甚至害他因為心理創傷的關係而無法再喝濃縮咖啡。」

「不過他來我們店裡的時候還是很正常地喝著濃縮咖啡……總而言之，現在還是把心思放在這次的比賽吧。我們不能再讓犯人繼續為所欲為了。如果千家先生明天真的去比賽現場，在尋找犯人上應該能給予非常可靠的幫助才對。」

剛才電話最後，美星小姐開口拜託千家在比賽第二天，也就是明天到比賽會場看看。千家聽到後好像愣住了，但他還是表示如果自己可以幫上忙的話，他很樂意接受這項拜託。而我們還沒有把這件事告訴任何人。

一直對第四屆ＫＢＣ發生的事情閉口不談的上岡和參賽者，看到千家的時候會有什麼反應呢？如果這次的犯人就在這些人之中的話，一定會因為千家出現而慌張。就能夠發現他們的異狀來說，千家的協助是不可或缺的。

不過——就算是那樣，還是讓我有些在意。

「要是一直注意添加異物事件的話，會沒辦法專心比賽不是嗎？美星小姐妳不介意嗎？妳好不容易才能參加自己一直很嚮往的比賽耶。」

我之所以用比較婉轉的說法，是不想讓她覺得自己欠我人情。其實我原本是想這麼說的：如果妳想替我洗清因妳而起的嫌疑的話，再操心也沒用，還是放鬆心情，好好比賽吧。

她這麼聰明，應該能聽懂我的真正意思才對。藻川先生把車駛進十字路口，等對面沒車時右轉之後，美星小姐回答了。

「因為ＫＢＣ是我的憧憬。」

我窺視她的側臉。她微微垂下雙眼，臉上掛著有些寂寞的微笑。

「如果放任這次比賽發生的意外不管，也不設法解決的話，ＫＢＣ的主辦單位就會被追究責任，說不定真的會導致比賽再也不舉辦。只要比賽繼續舉辦下去，一定還會有機會參加。既然如此，對現在的我來說，與其冷眼旁觀石井先生被添加異物事件妨礙，全力準備比賽，更重要的應該是釐清事件的真相，以及防止事件再次發生才對吧？」

就算她說的非常合理，應該也不是她的真心話吧。這一個月來，我看到了她相當努力準備比賽。這還要再加上她之前沒有通過預賽所花的好幾年的時間。

即便如此，她還是想著自己能夠為嚮往的比賽做點什麼，而得出了以上結論。所以我也尊重她的想法。

「喂，已經到了唷。」

車子正好在這個時候抵達了我住的公寓。因為距離沒有很遠，所以就特地繞路送我回家了。

「謝謝你，藻川先生。美星小姐今天也辛苦了，明天一定要讓比賽圓滿落幕。」

我下車之後對著打開的車門的空隙這麼說道，美星小姐便說了聲「好」，用力地點點頭。

我站在斜坡上目送他們離開，逐漸遠去的車尾燈看起來就像流星一樣。

希望明天可以平安無事地度過——我忍不住如此祈禱。

〈兩年前發生的事情，千家在電話裡的話〉

——那天發生的事情我到現在還是能清楚地回想。

其實我本來是不打算參加第四屆ＫＢＣ的。達成三連霸之後，我覺得自己應盡的任務已經告一段落，要是一直霸占冠軍位置對比賽也沒有好處。在第三屆比賽結束的時候，我就已經把不再參加比賽的想法告訴上岡小姐了。

我之所以改變心意，是在決賽前大約一個月，拿到製作完成的第四屆ＫＢＣ宣傳手冊的時候。我嚇了一大跳，因為介紹參賽者的頁面上竟然有個前任冠軍的欄位，刊載了我的個人簡介。

上岡小姐最後還是沒有接受我的要求。當我告訴她不再參加下一屆比賽的時候，她表示希望我在接下來的一年內重新考慮，就連在宣傳手冊上也把我的簡介和其他參賽者擺在一起，讓我隨時可以改變心意。

她都表現出這麼大的誠意了，我也只能笑著接受。我想，既然她這麼熱切希望我參賽的話，就再參加最後一次好了。我打電話給上岡小姐，告訴她我想參賽之後，她果然非常高興。我慶幸自己改變了心意——但我不知道這個決定最後會導致事情演變成無可挽回的局面就是了。

第四屆ＫＢＣ決賽的那一天就在這樣的情況下開始了，我因為突然改變決定的關係，沒有充分的時間好好準備比賽，所以不是以自己不甚滿意的配方製作飲料，就是犯下平常絕對不會犯的失誤，沒有像往年那樣表現出穩定的水準。只剩下最後一個比賽項目的時候，我勉強取得了領先，但山村明日香以些微的差距排名第二，黛冴子則緊追在她後面。可以說實際上就是我們三個人在角逐冠軍的寶座。

最後一個比賽項目是濃縮咖啡，我是最後一個上台。我緊張到連指尖都在發抖呢。之前比賽的時候從來沒發生過這種事。不過，要是太在意的話會更緊張，所以我盡可能專心地對著觀眾席解說，在操作的時候不太注意自己的手。我把咖啡豆放進磨豆機，再將磨好的咖啡粉裝進濾器把手裡，開始填壓。接著，我把濾器把手設置在機器上，萃取第一杯濃縮咖啡。一切都進行得很順利才對，但是——

當我看到裝在濃縮咖啡杯裡的濃縮咖啡時，我覺得咖啡表面的泡沫——也就是Crema長得有點奇怪。

我想我應該不需要特別說明，完美的Crema紋路會非常細緻，呈現如榛果般的顏色。但是當時我萃取的濃縮咖啡的Crema卻白得很不自然，泡沫也很粗糙。雖然這原本就是香味濃厚的飲料，沒辦法百分之百肯定，但我好像聞到了一股藥味。

現在想想，當時我真的是做了件蠢事。那時因為極度緊張，也不夠冷靜。我衝動地想著必須知道為什麼咖啡會出現異狀，就直接喝下那杯濃縮咖啡。我照著平常喝濃縮咖啡的方式，把需要兩三口才能喝完的量一口氣喝光了。

我一把咖啡喝下去，嘴裡就馬上出現刺激性的苦味和火燒般的疼痛，緊接著是一股強烈的嘔吐感。

我立刻明白自己喝下了不好的東西。雖然想把它吐出來，但因為已經吞下去了，所以沒有成功。我很快地就感到全身發軟，站也站不穩，身體失去平衡，頭不小心在吧台桌的桌腳用力地撞了一下。然後就直接昏過去了。

當我清醒過來的時候，人已經躺在Art-ery廣場的醫護室床上了。

上岡小姐就在我身旁，我一和她四目相對，她就問我究竟發生了什麼事。我以不太靈活的舌頭告訴她，咖啡裡好像被人添加了對人體有害的東西，請她立刻報警。但是上岡小姐的回答簡直讓我不敢相信自己的耳朵。

她說，她已經把咖啡豆、水、杯子和其他東西全都檢查過了，沒有發現任何像是加入異物的情況。

我告訴她這是不可能的，也說只是讓不懂化學知識的外行人稍微檢查一下是查不出來的。妳想想，我只以些微的差距取得領先，出現想妨礙我的人是很正常的吧？但是，上岡小姐自己用同樣的東西萃取濃縮咖啡並試喝之後，卻沒有出現任何異狀，聽到她這麼說，我也不知道該怎麼反駁了。

上岡小姐同情地看了我一眼，就離開醫護室了。當我一個人獨處的時候，腦內閃過了各式各樣的疑惑。的確有人在我的東西裡添加異物，我比任何人都明白這一點。但是，如果被世人得知決賽上發生了這種事件的話，可能會損害ＫＢＣ的形象，導致比賽就此不再舉辦。因此才要串通所有相關負責人來隱瞞這件事嗎？啊，原來我是被ＫＢＣ拋棄了啊。被從剛起步的時候開始就一直貢獻自己心力至今的ＫＢＣ拋棄了！

為了改變當時的情況，唯一的方法就是找到添加異物的犯人，讓他說出一切真相。我硬是撐起自己重如鉛塊的身體，趕到了等候室。參賽者都還聚集在那裡。我對著他們大喊：在我萃取的濃縮咖啡裡加入奇怪東西的人是誰！結果，他們不是調侃我就是忍不住笑出來，或是露出害怕的樣子，所有的人都站在遠處冷冷地看著我。就連和我有私交的山村明日香也閃避我的視線，不願回答我的問題。不久之後，有個沒有參加這次第五屆比賽的咖啡師站了出來，以像是代表在場所有人的態度說道：

——我聽上岡小姐說了，那是千家先生在自導自演吧？

我當時還沒有察覺到事情的嚴重性。ＫＢＣ不只是捨棄我而已，最後還在我自己也沒有發現的情況下讓我貢獻了意想不到的東西。

就算要隱瞞整起事件，會場也有目擊者，沒辦法徹底阻止消息走漏。想讓他們以為添加異物事件根本沒發生過，必須編出一個能接受的劇本。既然如此，答案就只有一個了。

這起騷動全都是千家諒的自導自演。在攸關自己能否獲得四連霸、而且排行第二名之後的參賽者還緊追不放的情況下，被逼入絕境的千家諒因為太害怕落敗，試圖引起騷動，想讓最後一個比賽項目不列入計分標準。這就是他們編出來的劇本。

沒錯，為了讓KBC繼續舉辦，不只是傷了我自己的身體，連我一步步累積至今的評價和成果，還有我經營的咖啡店的評價和身為咖啡師的人生，都被當作祭品犧牲了。我擁有的一切都在我失去意識的時候被奪走了。

我已經百口莫辯，只能背負著醜陋失敗者的污名離開會場。妳能夠想像我當時的絕望嗎？在過著失意落魄的日子時，我發現自己不能再喝濃縮咖啡了。只要一喝就會回想起那天發生的事，開始覺得噁心想吐。這樣一來，我也不能再繼續當咖啡師了。而且，我店裡的客人好像也因為我的惡名已經人盡皆知的關係而明顯減少。

我再也撐不下去了。我把店收起來，不再跟任何人聯絡。直到前陣子我告訴切間小姐聯絡方式之前，一直持續這種狀態。

——我這次之所以去找切間小姐，其實並不是為了鼓勵她。當我知道KBC睽違兩年後再次舉辦的時候，就好奇地看了宣傳手冊，結果發現了讓我很懷念的臉孔。我對參加過兩年前比賽的人一點興趣都沒有。可是切間小姐和上一屆比賽毫無關係吧？

所以我才想提醒妳，要妳比賽的時候小心一點。不過，看到因為獲得參加決賽機會而一臉高興的切間小姐，就算我想說也說不出口。

話雖如此，在我接了這通電話之後，就愈來愈覺得我原本想告訴妳的那些多管閒事的話，其實並不是多此一舉。雖然切間小姐目前還沒有受害，但這次的比賽也同樣發生了惡意的添加異物事件啊。

這只能用悲劇來形容了。很好笑吧，我在兩年前犧牲的東西最後換來了一場空，ＫＢＣ再次面臨消失的危機。領悟到這一點之後，他們今天應該會因為我而覺得有些心痛吧？

四 第二天

1

當那個人出現的時候，我感覺到現場的氣氛產生了明顯的變化，像是在密閉的空間開了一個風穴，或是平靜無波的湖面突然出現了漩渦。

「千、千家先生……」

「千家！你怎麼會來這裡？」

在美星小姐的安排下聚集到觀眾席來的五個人——上岡、黛、石井、苅田和山村一看到他之後紛紛驚呼他的名字。有的人從椅子上站了起來，也有人楞在原地，不過這些反應代表的全都是彷彿看到亡魂般的驚愕。

「大家早，兩年不見了呢。」

千家諒遵守昨晚的約定，來到了位於Art-ery廣場的大展覽場內的第五屆ＫＢＣ比賽會場。

他穿著淡藍色襯衫和茶色休閒西裝外套，打扮得很正式，並露出爽朗的微笑向大家打招呼，但是沒有任何人以友善的態度歡迎他。這也難怪，現在那些人的心裡應該都浮現了與兩年前比賽有關的記憶和伴隨而來的情感吧。

「千家先生，你來這裡究竟想做什麼？」

率先提出質疑的人是苅田俊行。他充滿敵意的口氣像是告訴他不該來這裡。

「是我請千家先生到這裡來的。」

美星小姐走到千家身邊代替他回答。

「為什麼切間小姐妳找得到千家先生呢？」

山村忍不住問道。

「前陣子千家先生正好來到我店裡，我趁那個時候問了他的聯絡方式。」

「這樣啊……為什麼妳會請他來這裡呢？」

上岡的問題也隱約顯露了她內心的複雜情緒。

「因為我覺得這次發生的兩起添加異物事件和第四屆ＫＢＣ時發生的事之間並非毫無關係。既然比賽今天也會繼續進行，又不能保證不會再發生新的事件，我認為還是讓兩年前的事件當事人千家先生也來到會場比較好。」

「妳為什麼要擅自做這種事啊？妳應該不知道兩年前發生了什麼事吧？」

石井如此喊著，美星小姐仍舊冷靜地回答他。

「我已經聽千家先生說明事情的經過了。」

「那件事情最後是以千家先生自導自演結案喔。」
「但是當事人否定了這件事。」
「那還用說嗎？怎麼可能乖乖承認是自己幹的啊？」
「——那麼，難道石井先生不想知道妨礙你比賽的犯人究竟是誰嗎？」
結果石井頓時啞口無言。美星小姐像是趁勝追擊似地繼續說道：
「就算兩年前是千家先生自導自演好了，只要你不承認這次是你自導自演，就代表犯人另有其人。雖然無法確定兩年前和這次的兩起事件是同一犯人做的，但至少可以推測上次的事件誘使這一次事件發生的可能性很高。既然如此，為了找出犯人，讓他沒辦法再犯案，千家先生的存在是不可或缺的。」
「就、就算妳這麼說，但昨天的事情不是已經全部解決了嗎？」
「不，連兩年前的事件也算進去的話，三起添加異物事件都還沒有解決，只不過是分別舉出了很有可能犯案的人而已。」
兩年前的千家諒、濃縮咖啡項目的山村明日香，還有調酒咖啡項目的我嗎？雖然沒料到事情會演變成這樣，但也只能暫時屈就於現況了。
「要是繼續讓犯人為所欲為，說不定連要再舉辦ＫＢＣ都會有困難。我們幾個當事人有義務讓這次的騷動不會影響下一次的比賽，所以只能設法讓全部真相都攤開在陽光下。」
「切間咖啡師，我很高興妳有這份心……」
上岡正想勸阻的時候，後方卻傳來了一道足以蓋過她聲音的大喊。

「對不起，我遲到了！」

丸底芳人從大展覽場的入口飛快地跑過來並低頭道歉。

今天規定的集合時間也和昨天一樣是早上九點。因為要是像昨天那樣讓人進入準備室，可能又會發生添加異物事件，所以決定所有人到齊之前，把鑰匙卡放在管理室。關於這一點，參賽者好像已經在昨天把所有必須用到的東西都放進準備室了，沒有人表示反對。

現在是早上九點二十分。既然今天早上沒有開幕典禮，就算在這個時間才集合也沒什麼問題，但還是無法改變丸底遲到了二十分鐘的事實。明明大家從昨天開始就一直處於很緊張的情況下，他卻還是表現得很從容。雖然已經不再戴著耳機了，但那也有可能只是因為來不及在兩天內準備新的耳機而已。

「既然人已經到齊，也該走了吧，上岡小姐。」

聽到苅田的催促，上岡便先去管理室拿鑰匙卡，然後就帶著參賽者走進準備區後面的門了。我當然沒有跟上去，因為我昨天已經保證過不會進去了。

千家則和他們一起進去，過了大約二十分鐘都沒有回來。當我再次看到他時，他似乎很感慨地環顧了舞台和觀眾席一陣子，才像是想到了什麼似地走到坐在最前排的我的右邊坐了下來。

我想，他大概已經從美星小姐那裡得知昨天和她一起聽電話的人是我，所以才會坐在我旁邊，但還是讓我很在意。我對千家諒並沒有那種稱得上是崇拜的特別感情，但他對我來說仍舊是個不折不扣的名人。要是不和他說話感覺很不自然，不過我還是只能像隻為了避免被打中而不啼叫的雉雞[1]一樣保持沉默。

大概是對ＫＢＣ相關的糾紛不感興趣，一抵達會場就不知跑到哪裡去的藻川先生，也在這個時候乖乖回到了觀眾席。時間終於來到十一點，和昨天一樣負責主持的女性高聲宣布第二天的比賽正式開始。

「第五屆關西咖啡師大賽第二天的比賽，現在正式開始。請來到現場的各位觀眾給予六位從昨天就持續進行激烈比賽的咖啡師溫暖的鼓勵！」

觀眾席響起熱烈的掌聲，上岡從舞台左側走上舞台。她為了今天才來觀看比賽的觀眾簡單說明大致情況之後，我聽到了開場音樂的聲音。主持人立刻趁第一位參賽者準備時訪問上岡。

「那麼，接下來就開始進行第三項目，拿鐵拉花的比賽。上岡小姐，拿鐵拉花因為能帶給我們味覺和視覺的享受，特別受到一般客人歡迎對吧。」

「沒錯，另外，目前大家好像都把在濃縮咖啡的表面上畫圖案統稱為拿鐵拉花，但其實拉花可以分為好幾種類型，像是使用Free Pour，也就是直接倒入牛奶製作的技巧，或是以金屬薄片在表面上畫線的Etching技巧等等。這次的比賽會請參賽者製作三種咖啡，分別是只使用Free Pour技巧來繪製的一般的拿鐵拉花、用比較小的杯子製作的瑪奇朵咖啡，以及沒有限制使用技巧，可以自由創作的創作拿鐵。時間限制八分鐘。比賽要考驗的只有咖啡師提供飲品給客人的

---

1 日語有句諺語為「若是雉雞不啼叫便不會被獵人打中」（雉も鳴かずば撃たれまい），引申為「言多必失」、「禍從口出」之意。

技術，而不是創造藝術品的能力，所以是以能不能在時限內快速地做出完成度很高的拿鐵拉花來當作評分標準。」

當我正頗為認同地聆聽時，右邊突然傳來了說話聲。

「放心，沒有任何異狀。」

「咦？」

我下意識地轉過頭。千家雖然目不轉睛地看著舞台，但我還是聽得出來他是在跟我說話。

「我已經仔細觀察過準備室的情況了，裡面氣氛很緊張，簡直就是所有人都在互相監視。在那種情況下，就算想在自己的材料裡添加異物也很困難吧。」

「嗯……」我含糊地回了一聲。完全無法從臉上彷彿覆蓋一層薄膜的千家的笑容裡看出一絲感情。

「你就放心地觀賞比賽吧。看，第一位參賽者要開始表演了。」

我將視線轉回舞台。石井春夫正站在吧台桌內側。

雖然連續兩次遇到添加異物事件，讓石井在比賽的時候連旁人也看得出他表情僵硬，但就結果來說，他在比賽時並沒有出現疑似發現第三起事件的舉動。頭一次順利地結束比賽之後，石井無力地露出笑容，似乎是說比賽表現得如何已經不是最重要的了。

一般來說，拿鐵拉花比賽不只是單純地製作三杯畫有圖案的拿鐵咖啡，而是會讓三個圖案具有故事性，來突顯出每一杯咖啡的美。舉例來說，第二個上台的丸底就以「綻放在乾枯原野的希望」為主題，第一杯以水滴來表現雨水落在原野上的樣子，第二杯以葉子來比喻植物發芽，第三杯則畫了盛開的花。他以頭戴式麥克風對會場的觀眾述說故事，每當他告訴觀眾圖案的意義時，台下的觀眾就會發出讚嘆聲和拍手鼓掌。

第三位參賽者山村明日香以比前幾位更精細的技巧描繪出鳳蝶或蜘蛛網等昆蟲生活的世界。接著輪到了第四位，也就是美星小姐上台比賽。

「今天我想向各位介紹我工作的塔列蘭咖啡店的夥伴們。」

美星小姐一開口就這麼說，結果或許是因為和前面幾位參賽者的故事主旨不太一樣，一些觀眾好奇地向前探出身子。看來反應還不錯。

「首先是我，我叫切間美星，目前在親戚經營的塔列蘭咖啡店工作，同時努力學習如何成為優秀的咖啡師。父母替我取的名字是美麗的『美』、繁星的『星』，『美星』。」

她手上拿著的小杯子表面畫著星星的圖案。那是用 Free Pour 技巧分別在五個方向畫出弧形，由曲線構成的星星。

「接著是我們店裡的店長兼我的舅公，藻川又次叔叔。嘴邊的鬍鬚和苔綠色的針織帽是他的註冊商標。如果把帽子拿下來的話會看到什麼呢？……這是祕密。」

觀眾席裡傳出了竊笑聲。今天也戴著自己最喜歡的針織帽的藻川先生就坐在我身後，他心裡現在應該很不是滋味吧。美星小姐在這段時間裡完成的是葉子形狀的拿鐵拉花，代表著針織帽的顏色。

「除此之外，我們店裡還有一位，不對，是一隻小幫手。」

美星小姐繼續往下介紹，同時仔細地打起了奶泡。充滿了空氣的奶泡幾乎要從奶泡壺裡溢出，看起來像棉花一樣柔軟蓬鬆，卻又扎實到能立起尖角。美星小姐用湯匙把奶泡放在事先準備好的拿鐵咖啡表面，並調整其形狀。然後再用先前刻意留下的少許濃縮咖啡替奶泡著色。

「這就是我們店裡的吉祥物，暹羅貓查爾斯！」

當她將杯子轉了半圈，當完成的創作拿鐵展現在眾人眼前時，會場內頓時一陣譁然。

普通大小的杯子裡裝滿了拿鐵咖啡。表面有一隻以奶泡做成的貓，正從杯裡探出頭來。牠的眼睛和鬍鬚是以Etching技巧繪成，耳朵和眼鼻的輪廓則以濃縮咖啡一滴一滴地染上顏色較深的斑點，和真正的查爾斯如出一轍。

為了表現查爾斯的樣子，美星小姐刻意挑戰了立體拿鐵拉花。雖然是為了讓評審留下深刻印象才採用的策略，不過從觀眾的反應來看，效果似乎比預期的還要好。

「我的表演到此結束。」

在美星小姐行禮的同時停止的計時器顯示著七分五十八秒。之前在練習的時候，美星小姐也一直強調立體拿鐵拉花是在和時間賽跑。因為不僅要讓奶泡比平常用蒸氣噴嘴製作的還扎實，用湯匙雕塑奶泡形狀的時候也需要精細的技巧，所以製作時要非常慎重仔細。必須經過縝密的準備和計畫，像是另外兩杯咖啡改畫比較簡單的圖案來調整時間分配等等，以及不斷地練習才能讓表演成功。

能夠順利結束表演真是太好了。我聽著感覺特別響亮的觀眾喝采聲，像是自己在參加比賽一樣地鬆了口氣。

第五位上台的苅田依舊表現得中規中矩，感覺排在美星小姐後面上台對他比較不利。他的表演也很順利地結束，接替他上台的是順序第六位的黛冴子。

「她是最後一個人了吧。」

千家注視著前方說道。

「真的就像千家先生你說的一樣，什麼事也沒發生呢。」

我如此回答他。站在舞台上的黛正表現出可說是身為上一屆冠軍的自信從容態度，張開雙臂對觀眾打招呼。

「千家先生認為這個項目的比賽結果會是如何呢？我覺得美星小姐表現得很不錯。」

我因為想聽聽對ＫＢＣ瞭若指掌的千家的感想，便主動詢問他。千家沒有思考很久就回答了。

「我不知道他們製作的拿鐵味道怎麼樣，但是只針對拉花來說的話，目前切間小姐是表現最好的。不過，在看到冴子的表演之前，我沒辦法下定論。」

他這句話似乎並不只是單純地表示還有一個人尚未比賽。

「黛小姐很擅長拿鐵拉花嗎？」

「非常擅長。如果只比這個項目的話，我也曾經輸給她。總之，她的手很巧，反應也很快，所以能夠比別人畫出更多線條，或者是圖案更加細緻。雖然切間小姐以創意取勝的策略成功了，但是要比基礎實力，我想冴子還是遠超過其他五個人喔。」

換句話說，黛很有可能特別重視這個項目。我想起石井在他擅長的調酒咖啡項目受到妨礙的事，有種不太好的預感。

「我現在想展現給大家看的是海裡的世界。」

黛說完這句話後，便著手進行作業。這也是個能引起觀眾注意的主題。她會以葉子的圖案代表珊瑚，或是以Free Pour技術畫出魚來嗎？我在心裡預測了起來。

黛以俐落的動作沖煮濃縮咖啡之後，便從吧台桌上拿起某個東西。千家看到之後喃喃自語：

「她要直接從紙盒裡把牛奶倒進奶泡壺嗎？真是奇怪呢。」

黛手裡拿著的是裝牛奶的紙盒。那是一個容量一公升的紙盒，從她試圖打開的舉動來看，應該還沒有開封過。其他參賽者基於方便，都會先把牛奶倒進有蓋子的隨身杯等容器再參加比賽，所以千家看到她直接用牛奶盒才會好奇吧。如果要再敘述得更詳細一點的話，黛所使用的牛奶也不是贊助商提供的。

「哦，那是——」

當知道內情的我正想對千家說明的時候。

「呀啊！」

黛發出一道尖銳的叫聲之後，紙盒從她的手裡掉到了地上。

裡面裝的東西灑在舞台上，像是擁有生命般逐漸擴散開來。眾人的目光都被這副情景牢牢鎖住了。

從紙盒裡流出的液體並不是牛奶的顏色。

不對，正確地說，液體裡還含有它之前可能是純牛奶時的白色。不過，現在卻混入了鮮艷的紅色，呈現非常可怕的色彩。

如果要以我看過的東西來比喻的話，應該是類似牛奶加上草莓果汁的顏色吧。黛目不轉睛地看著地上的液體，雙手掩住嘴巴，不停顫抖。明明現在應該有更優先的事情要做，但無論是主持人、上岡、其他工作人員或參賽者，全都站在原處動彈不得。

「有人在裡面加了異物。」我說出了無論是誰都一目瞭然的事情。「竟然又發生了。」

「這怎麼可能……」我聽到千家如此低喃。

2

一直在觀眾席發呆的我，在事件發生十分鐘後，被以身為相關人士的理由叫到了等候室。拿鐵拉花項目最後以除了視為棄權的黛之外的五個人為對象進行評分。美星小姐首次拿下了第一名。

我和來觀眾席找我的美星小姐一起穿過準備區後面的走道。一打開比賽相關人士所待的等候室的門，映入眼簾的就是放在桌上的紅色食用色素的瓶子。

「這是千家先生在房間的垃圾桶裡找到的。犯人應該是把它混進冴子小姐的牛奶之後就把它丟在這裡了吧。」

聽到美星小姐的解釋，站在鏡台前的千家點點頭。看來他在拿鐵拉花項目結束之後，就和其他參賽者一起前往後台調查黛的牛奶發生的問題了。

我拿起了放在桌上的瓶子，打開一看，發現裡面的液體只剩下一些。所以牛奶是被紅色食用色素染紅的嗎？雖然不太可能被喝進肚子裡，但是就算真的有人喝了那個牛奶，對身體的影響也幾乎是無害的，和前兩起事件一樣。

「話說回來，為什麼妳明明看到發生那麼多起事件了，還不在正式比賽之前檢查牛奶是否有問題啊？」

石井瞇起原本就很細小的眼睛，責怪著黛。有資格對她說這種話的也只有同樣身為受害者的他了吧。

「我覺得全新而且未開封的牛奶比較安全啊。」

雖然黛故作堅強地回答他，但看到她發白的臉頰，我忍不住有些同情她。

「不過，犯人究竟是怎麼把紅色食用色素加進未開封的牛奶呢？」

我一提出疑問，美星小姐便拿起了放在裝有食用色素的瓶子旁的牛奶紙盒給我看。

「請你看一下牛奶盒的開口部分。」

我照她說的看了看牛奶盒的開口內側。內側邊緣貼了一條長約一公分的雙面膠帶。雖然使用的手法簡單到令人想笑，但若能讓人誤以為是未開封的話，或許真的在打開之前都不會發現被動了手腳。

「犯人按照一般的方式打開牛奶盒，加入紅色食用色素之後，就用雙面膠帶把開口黏起來，偽裝成未開封的樣子？」

「應該就是照你所推測的吧。」

「不過，這盒牛奶究竟是哪來的呢？和我提供給大家的牛奶不一樣喔。」

大概是因為要顧慮贊助商的觀感，上岡皺著眉頭問道。

黛的眼睛往上看了我一下。既然事情已經演變到這個地步，再繼續隱瞞下去也不妥當吧。我輕輕地點了點頭，主動代替她向其他人說明。

「昨天我在看守準備室的時候，黛小姐帶來了那盒牛奶。」

房間裡頓時起了一陣小騷動。

「這是怎麼一回事？冴子，妳昨天中午進入了準備室嗎？」

石井追問道，黛轉頭看向一旁回答他。

「是啊，不過，我要先澄清一件事，在你的瓶子裡放胃藥的人不是我。」

「對不起，我不該隱瞞這件事。」我低頭道歉。「不過，黛小姐說得沒錯，她只是把這盒牛奶放進冰箱而已。」

「可以請你們詳細說明當時發生了什麼事嗎？」

美星小姐以壓抑著情感的聲音催促我繼續說明。

「大概在我開始看守之後過了二十分鐘左右，我看到了黛小姐出現在走道的另一頭。」

她提著白色的塑膠袋，感覺不是很介意周遭有沒有人地對我說道：

「可以開門讓我進去嗎？我有東西想放進冰箱裡。」

如果我跟她說「請自便」的話，就等於沒有盡到看守的任務了吧。我一邊用鑰匙卡打開準備室的門，一邊問道。

「妳拿的是什麼東西呢？」

「是這個。」

黛從塑膠袋裡拿出了紙盒。

「為什麼要準備牛奶呢？主辦單位不是會提供嗎？」

「這個嘛，我今天早上在濃縮咖啡項目的時候用了主辦單位提供的牛奶，可是在做蒸氣奶泡的時候感覺和平常不太一樣。該說是奶泡不夠細緻嗎……明明上一次沒有這種感覺的。」

在製作拿鐵咖啡或卡布奇諾的時候，不只是濃縮咖啡，牛奶也會對品質有很大的影響。舉例來說，製作蒸氣奶泡的時候一般都是使用成分無調整的牛奶，因為要是使用調整過成分的牛奶，就沒辦法製作出像絲綢般滑順細緻的奶泡，口感和甜度也也會比較差。這次贊助商提供的牛奶當然是成分無調整的，但可能是因為新鮮度或保存狀態等問題，讓味覺敏感的咖啡師感覺到異狀。

「無可奈何之下，我濃縮咖啡項目只好將就使用那個牛奶，但拿鐵拉花項目我絕對不想用那種感覺的奶泡。所以我跑去附近的便利商店，正好看到我習慣使用的牛奶，就買回來了。」

「使用其他公司生產的牛奶沒問題嗎？」

「應該沒問題吧，以前也有人說自己使用的是直接從哪個牧場送來的牛奶。」

既然如此，我也不便再多說什麼。拿鐵拉花項目雖然是明天才要比賽，但我可以明白黛覺得能買到需要的東西就先買下來的想法。

黛打開冰箱的門，把牛奶盒藏在冰箱內側。應該是因為要是被發現的話一定有人會有意見，讓事情變得很麻煩吧。

「妳不換裝到其他容器再冰嗎？」

我看濃縮咖啡項目的時候參賽者都會把事先計算好用量的牛奶裝進隨身杯等容器，接著平均地倒進擺在吧台桌上的數個奶泡壺之後才會使用。這大概是因為在比賽時沒有時間測量用量吧。不過，製作拿鐵拉花時使用的牛奶本來就多半是以奶泡壺的尖嘴部分為基準來推測用量，而且在畫完圖案的時候，奶泡壺裡剩下一點牛奶反而是剛剛好，所以大家都認為就算沒有準確計算用量也不會影響比賽結果。

「直接放進去就行了。因為比調酒項目的時候我不會用到牛奶。而且，要是能讓贊助商因為知道我用了不一樣的牛奶而注意到品質的話，那就更好了。」

聽到黛笑著這麼說，我也只能無奈地聳聳肩。

她說：「不要告訴別人我進來過喔。」並性感地對我拋了個媚眼，然後就離開了。我回到走道上，關好門，在所有參賽者一起現身之前都沒有再打開門鎖過。

「……事情就是這樣子。時間大概是五分鐘左右吧。我可以保證黛小姐在這段期間內沒有做出任何可疑的事情，更不用說我很確定沒有其他人趁著這個空檔闖進準備室。」

但我敘述完昨天發生的事之後，卻聽到石井「嘖」了一聲。

「為什麼你沒有告訴我們啊？」

「因為我以為這件事和第二起事件沒有關係。真的很抱歉。」

「不過，這樣一來，能犯下第三起事件的就只有一個人了不是嗎？」

丸底說道。他今天一改先前的態度，也參與了討論。

「你說的那個人是誰呢？」

「還用說嗎？就是你啊。你昨天中午在黛氏離開準備室之後，就分別在石井氏的小瓶子和黛氏的牛奶裡添加了異物對吧？」

嫌疑愈來愈大，我都快哭出來了。話說回來，原來丸底會用「氏」來稱呼別人啊。

「原來如此。因為在那之後，除了所有參賽者一起進去的那幾次之外，準備室一直都是處於密室狀態啊。能做出這些事的人果然只有你。」

石井也認同丸底的推論。我說話的聲音不自覺地變得有些可憐。

「如果我是犯人的話，又何必掩護黛小姐呢？我之前根本沒料到後來會演變成由我負責看守的情況。別說是胃藥了，連食用紅色色素和雙面膠帶我都不可能帶在身上，不是嗎？」

「說不定你早就把那些東西藏在準備室，只是我們沒想到而已。」

苅田顯然對目前的情況樂在其中。哪可能這麼剛好啊——當我正想這麼說的時候，等候室裡響起了一道聽起來很嚴肅的聲音。

「但是，不管怎麼說，第三次事件青山先生是不可能單獨犯案的。」

是美星小姐。她終於站在我這邊了。

「妳這是在袒護自己人嗎？而且昨天說這傢伙很可疑的人不就是妳自己嗎？」

石井一臉愕然地罵道，但美星小姐並未屈服。

「我只有說在第二起事件中青山先生有嫌疑而已。這樣的情況到現在還是沒有改變。但是，第三起事件青山先生是不可能獨自犯案的。」

「這是什麼意思？第二和第三起事件明明就能夠同時完成犯行，怎麼可能只有其中一起有嫌疑，另一起卻是清白的呢？如果妳想說他不太可能隨身攜帶食用紅色色素或雙面膠帶，其實有點牽強喔。」

丸底提出了質疑。雖然我很想反駁說哪裡牽強了，可是這麼做的話，討論就會變得沒完沒了。但美星小姐卻搖了搖頭。

「不是的。食用紅色色素的瓶子是在等候室的垃圾桶裡發現的。但是青山先生今天早上根本沒有踏進等候室半步。這代表他沒有機會丟棄食用紅色色素的瓶子。」

「這是為什麼呢？等候室的門並沒有上鎖，他只要在昨天中午的休息時間結束後偷偷拿進去丟就好了吧？」

發現食用紅色色素的千家好奇地插嘴說道。但美星小姐也對他搖搖頭。

「這是不可能的，因為從昨天傍晚到現在這段時間裡，至少會清理一次垃圾桶。我說的沒錯吧，上岡小姐？」

上岡被點名之後點了點頭。

「Art-ery 廣場在每天早上開館之後都會有清潔人員來收館內的垃圾。只有準備室我請他們這兩天暫時不要進去。」

我想起昨天早上在通往後台的門前和一位女性清潔人員擦身而過的事。所以當時那個人是剛收完等候室的垃圾嗎？

「剛才我在千家先生檢查完垃圾桶之後也查看了一下，才察覺到這件事。因為原本應該丟在那裡面的耳機不見了。」

我聽說丸底昨天傍晚在盛怒之下把耳機丟進垃圾桶之後就離開了。看到那麼顯眼的東西不見了，應該會馬上聯想到是垃圾被收走了吧。

「既然今天早上已經有人來收過垃圾，就代表食用紅色色素的瓶子是在那之後被丟掉的。青山先生自從昨天傍晚被請出準備室之後就一直被禁止進入後台，他是不可能把食用紅色色素丟在等候室垃圾桶的。所以第三起事件怎麼想都不可能是青山先生一個人做的。」

「但是，妳也可能為了像現在這樣替他解危，而和他合作，代替他丟掉瓶子。這也是為什麼他不是一個人犯案的理由。」

茢田似乎是已經察覺到美星小姐的言外之意才這麼說的。既然如此，美星小姐也同樣已經料到他會如此反駁了。

「是的，而且，可能幫助他的共犯也不只有我一個。因為每一位參賽者在利用賄賂等方式拉攏青山先生之後都能獲得好處。換句話說，現階段所有人都是有嫌疑的。」

「不過，如果想不到其他犯案手法的話，還是改變不了他是犯人的事實吧？」

「如果是冴子小姐自導自演的話，青山先生就是清白的了。」

「少胡說！我才沒有做那種事！」

黛歇斯底里地叫道，美星小姐便開口安撫她：

「我也是這麼想的。拿鐵拉花好像是冴子小姐擅長的項目對吧？在第二次事件發生的時候我也說過了，如果在自己擅長的項目自導自演的話，我覺得損失實在是太大了。」

在比拿鐵拉花項目的時候千家跟我說的事情，美星小姐好像早就知道了。因為她昨天和黛聊得很熱絡，或許是當事人告訴她的。

「不過，我也同樣深信青山先生並不是那種會妨礙他人比賽的人。既然如此，該努力的方向就只有一個——我接下來打算仔細地調查、研究是否還有其他添加異物的手法。」

「切間咖啡師……妳是認真地想要找出犯人對吧？」

上岡半放棄似地嘆了一口氣。美星小姐毫不猶豫地點點頭。

上岡閉上雙眼，皺起眉頭，考慮了幾秒鐘。當她再次睜開眼睛時，像是下定了決心似地說道：

「我知道了。這次的事情全都是有義務讓比賽順利進行的主辦單位的責任。已經在觀眾面前上演這麼嚴重的醜事了，要是不設法找出真相的話，ＫＢＣ也就到此為止了。話雖如此，我卻沒有調查實情的餘力和解開真相的聰明頭腦。所以，為了表示負責，我決定拜託切間咖啡師負責解決一連串的添加異物事件，請各位盡可能地協助她調查。既然各位都說不是自己做的，這種程度的協助應該是辦得到吧。」

上岡拿出準備室的鑰匙卡，放到了美星小姐的手裡。全部的人都愣住了，只有苅田冷靜地提出質疑。

「如果她是犯人的話該怎麼辦？要是允許她以調查為藉口自由走動的話，說不定還會發生第四起事件。」

「我的意思就是連這些事我也會負起全部的責任。放心吧，今天千家也過來幫忙了，你們也會一起監視，她沒辦法隨便動手的。」

接著，上岡便凝視美星小姐的雙眼，對她說道：

「我現在只能相信妳了。」

美星小姐用力地點點頭，然後轉身面對在場的參賽者，以強而有力的聲音宣告：

「萬一真的發生了第四起事件，請大家不要猶豫，盡量懷疑我。我向大家保證，我會懷抱著這種覺悟，努力找出真相的。」

其他參賽者紛紛露出困惑的神情，並觀察起彼此的態度，但最後還是默默地接受了美星小姐的話。

「不過，開始調查之前……說不定已經發生第四起事件了。現在請所有人先前往準備室，再檢查一次大家帶來的東西吧。一個一個輪流檢查，不只是自己而已，也要確認其他人的東西是否被添加了異物。」

所有人都贊同美星小姐的提議，我們非常仔細地檢查了每位參賽者放在準備室的材料和器具。結果所有的東西都沒有被添加異物的跡象，除了我、美星小姐和千家以外的六個人便各自離開準備室，自由地度過中午的休息時間。

3

「為什麼上岡小姐會相信妳呢？」

準備室一下子變得空蕩蕩的，我開口詢問站在身旁的美星小姐。她小心不讓本人發現地朝千家瞥了一眼，答道：

「因為我第一次參加決賽吧。至少我看起來不像是和兩年前的添加異物事件有關的人。」

「哦，這麼說來，切間小姐認為兩年前的事件和這次是同一個犯人所為嗎？」

千家冷笑著問道。從他的表情看不出來他究竟是怎麼想的。

「我還不能下定論。不過，上岡小姐大概是覺得我連第四屆ＫＢＣ時發生了什麼事都不清楚，所以不太可能第一次參加比賽就策畫犯案吧。」

「話雖如此，她也不能保證妳一定不知道上一屆比賽發生什麼事吧？如果真的想知道的話，或許還是查得到。」

「你說得沒錯。現在我和這位青山先生其實都有嫌疑。為了證明我們的清白，也為了不辜負上岡小姐的決定，我打算拋棄一切先入為主的觀念，只以客觀的事實來尋找真相。」

她的話讓我感受到前所未有的可靠。沒問題，美星小姐一定能找出犯人的。

「對不起，我一直隱瞞黛小姐的事。」

我一道歉，美星小姐就搖了搖頭。

「我覺得青山先生你發自內心解釋冴子小姐清白的樣子很令人敬佩喔。害我有點羨慕起冴子小姐了。」

「從現在開始，我會把我知道的所有線索都告訴妳，如果有什麼我幫得上忙的地方，請妳不要客氣。」

我說完後便牽起美星小姐的手。我們互相對視的雙眼看起來有些溼潤，我的手忍不住握得更緊——

「咳咳！」

直到聽見一陣有點刻意的咳嗽聲，我們才猛然回過神來，鬆開手轉頭看向一旁。

「所以，前來幫忙的我有什麼事情能做的嗎？」

千家現在正以非常冷淡的視線看著我們。美星小姐滿臉通紅地回答：

「呃，我們先從這個房間調查起吧。如果發現了什麼可疑的地方都可以告訴我。」

她說完之後，我們三個人便開始進行搜查。我先走向窗戶確定準備室是否真的是間密室。仔細觀察之後，發現窗戶的邊框貼著壓得很緊實、像是棉布的東西，沒有任何縫隙。大概是因為這裡是用來保管食物等東西的，所以必須讓房間處於密閉狀態吧。這樣一來，就沒辦法使用從窗戶的縫隙用線操控鎖扣的傳統手法了。犯人應該不是從窗戶進出房間的。

千家則是一下子探頭檢查桌子下，一下子打開房間的櫥櫃。只要慢慢地看過整個房間，就找得到能讓一個成年人躲藏的空間。說得極端一點，犯人如果在比賽開始前就闖進準備室，比賽時也一直躲在房間的話，的確是有可能犯下三起事件。幸好千家打開櫥櫃之後，並未發生有人從裡面衝出來的恐怖事情。而且我也事先告訴過他，其他人在昨天傍晚已經確認過有沒有人闖進準備室的事了。

美星小姐從冰箱裡拿出了石井帶來的東西。大概是想檢查被添加異物的器具吧。裝了鹽的小瓶子構造很簡單，她稍微看了一下就把它放在平底盤旁邊。一旁還有一個形狀完全一樣的小瓶子，只有軟木塞上貼的金屬獎章圖案不同，獎章的圖案是一個西方人的側臉。如果其中一個瓶子裡裝的是鹽的話，那裝滿這個瓶子的白色粉末應該就是砂糖了吧。

接著美星小姐又拿起了第一起事件發生時石井使用的黑色罐子，打開上面的蓋子。我靠過去一看，發現裡面的東西還是跟昨天看的時候一樣。美星小姐只是用手指稍微撥開上面的咖啡豆，就可以看到瑕疵豆和圓豆均勻地混在一起。

「石井先生還沒有丟掉這些咖啡豆耶。」

一般來說不是會想立刻把這種東西丟掉嗎？我一邊這麼想，一邊說道。

「比完第二個項目之後就不會用到的東西，應該是可以在昨天就先拿回去的。不過，昨天傍晚的氣氛實在太緊張，所以沒有半個人敢這麼做。」

聽到美星小姐的解釋，我覺得很合理。以當時的氣氛，要是輕舉妄動，說不定又會招來不必要的懷疑。

「話說回來，瑕疵豆是烘焙過的，有些奇怪耶。」

美星小姐也對我的質疑表示贊同。

「既然裡面的瑕疵豆這麼多，唯一的可能就是犯人為了犯下這起事件而刻意烘焙瑕疵豆。」

瑕疵豆通常會在烘焙之前就以手工挑揀的方式被篩選出來。雖然也是有在挑揀的時候疏漏了，或是在烘焙後才發現那是瑕疵豆的情況，但是只要在烘焙前仔細地進行手工挑揀，就可以讓烘焙後的瑕疵豆變得非常少。也就是說，既然混進石井罐子裡的瑕疵豆這麼多，會設想犯人是刻意拿以手工挑揀的方式挑出的咖啡豆來烘焙也是很自然的。

「在第三起事件中，犯人身上應該不可能正好同時帶著雙面膠帶和食用紅色色素，他顯然是早就預謀要犯案了。」

「雖然我們認為瑕疵豆應該不是石井先生自己放進去的，不過……如果是這種情況的話，妳覺得有可能嗎？」

我試著說出自己突然想到的推測。

「就是在混入了瑕疵豆的圓豆上面覆蓋一層薄薄的圓豆。然後先找機會讓我們看到罐子裡裝滿了圓豆，再趁隔天把罐子從準備室拿到準備區的時候稍微搖晃一下，讓上面那一層圓豆散開。這樣一來就不用一直搖晃容器，換句話說，可以在沒有任何人注意到的情況下若無其事地讓瑕疵豆露出來。」

「我覺得這個方法的確是挺不錯的。不過，有一個地方不太符合現實情況。」

既然美星小姐都說了，應該就是如此吧。我向她詢問理由。

「因為那個罐子是石井先生從自己家裡帶來的。如果那一層圓豆薄到只是在走道上行走就會散開的話，無論他有多小心，在來到會場的路上，那些圓豆就會散開了。」

「不過，要是他進入會場之後再偷偷在罐子上動手腳的話，應該就沒問題了吧？」

「還有一個問題，石井先生兩天前在這裡拿出罐子時，曾經把紙袋橫放在桌子上。在那種情況下，不管他是怎麼把罐子放進紙袋的，當時罐子傾斜的角度一定都會和他提著紙袋時相差九十度。如果在那樣的情況下，罐子的上層還是覆蓋著圓豆的話，就代表那一層圓豆的厚度應該是稍微搖晃一下也不會散開的。」

也就是說，如果上面的圓豆很多的話，就沒辦法在我們看過罐子之後輕輕搖散；如果很少的話，他在讓我們看罐子的時候肯定早就散開了嗎？原來如此，雖然這個計畫不至於不可行，但是的確不太符合現實情況。而且，因為石井把紙袋橫放在桌上，要在取出罐子之前在紙袋裡把那一層圓豆弄平也很困難。

「唔……看樣子還是放棄自導自演的可能性比較好呢。」

美星小姐並未回答我，而是陷入了沉默，好像在思考什麼的樣子。就在此時，把整個房間都翻遍的千家好像終於滿意了，便走到了我們身旁。

「什麼東西？也讓我看一下──」

「啊！」

當千家把手指伸過來，想看看罐子裡的東西時，罐子突然從美星小姐的手裡滑落，掉在地板上，發出了響亮的聲音。石井精心準備的圓豆和混進圓豆裡的瑕疵豆瞬間灑了一地。看起來就像是剛經歷過節分[2]的灑豆子活動一樣。

「對、對不起！」

美星小姐慌慌張張地在原地蹲下，開始撿起咖啡豆。千家也在說了聲抱歉後幫忙把散落在各處的咖啡豆收集起來，我則走去拿滾到遠處的罐子。

---

2 在日本，節分指的是季節變化的時候，也就是立春、立夏、立秋和立冬的前一天。但從江戶時代以後多是專指立春的前一天，會進行許多傳統活動，如灑豆子、吃惠方卷等等。

我彎腰撿起撞到準備室的牆腳才終於停止滾動的罐子。黑色的罐子表面刻著四道溝紋，聽說印在中間的銀色「ＩＳＩ」標誌是石井工作的店家名稱。乍看之下長得有點像罐裝咖啡，但是罐子底部的構造像是覆蓋了一個平坦的圓盤，與其說像罐裝飲料，其實更像罐頭。我和前天的印象對照之後，並未發現罐子的外觀有什麼改變，就下意識地朝變得空蕩蕩的罐子裡看了一眼。

「……咦？」

「怎麼了嗎？」

我不自覺地發出驚呼，被耳朵很尖的美星小姐聽到了。

「啊，沒事，只是罐子裡面還有一顆圓豆——」我甩甩罐子後又朝裡面看了一眼。「好像黏得有點牢，甩不掉。」

我直接走向美星小姐，把罐子交給她。

「……美星小姐？」

她以彷彿想再烘焙一次似的灼熱視線盯著那顆咖啡豆。

「青山先生。」

她反過來叫了我的名字，我不由得伸直了背脊。「什麼事？」

「我有一件事情想確認一下。能請你幫我從冰箱裡拿出我的平底盤嗎？」

我照著美星小姐的要求把貼有她名牌的平底盤從冰箱裡拿出來，放在桌子上。美星小姐拿起盤子上的咖啡罐，開始把自己的咖啡豆裝進已經空無一物的石井的罐子裡。當她把罐子裝到九分滿之後，又使用準備室裡的料理秤測量它的重量。扣掉罐子本身的重量，秤出來的數值是六十五公克。

「使用咖啡豆沖煮濃縮咖啡的時候，一杯大約會使用七到十公克的咖啡豆。因為在比濃縮咖啡項目的時候必須沖煮三杯濃縮咖啡，所以分量可以說是十分充足。」

我不用心算就得出了以上結論。不過，美星小姐卻沒頭沒腦地這麼說道：

「……我剛才宣布自己要拋棄一切先入為主的觀念。」

「嗯，我聽到了。」

「但是，我在想，我說不定早就被某個非常愚蠢的先入為主的觀念給影響了。」

我呆呆地「喔」了一聲。

她猛然抬起頭，看著進出房間的門說道：

「走吧，我想找人問話。」

簡單地收拾灑到地上的咖啡豆之後，我們就離開了準備室。

一穿過走道進入等候室，美星小姐就突然尖叫了起來。

「哎呀！」

「哇！」

一名把頭鑽到鏡台下、只露出屁股的可疑男人被美星小姐的聲音嚇到，後腦杓撞上了鏡台內側。我聽見一道感覺很痛的悶響，忍不住皺起眉頭。

「痛死了……啊，是你們啊。找我有事嗎？」

丸底芳人一邊用左手摸著後腦杓，一邊站起來。

「美星小姐，妳想問話的人是……」

我偷偷詢問美星小姐，但她搖了搖頭。

「不，我要找的不是他。」

「你是叫丸底對吧？你在這裡做什麼呢？」

「是這個啦。」聽到千家的問題，丸底舉起了他右手拿著的東西給我們看。那是一個寶特瓶的瓶蓋。

「我想喝茶，結果轉開瓶蓋之後瓶蓋不小心掉下去了。我想撿起它的時候，你們三個正好進來。」

我看到桌子上放著應該是他剛才在吃的超商便當。旁邊還有一個瓶蓋已經轉開的寶特瓶。

「剛才嚇到你了，真是不好意思。你的頭沒事吧？」

美星小姐擔心地問道。丸底一邊說著「我的頭本來就很有事」這種莫名其妙的話，一邊看向自己的左手手指，然後就愣住了。

「哇，流血了！」

「哎呀，好嚴重！要快點去醫護室包紮才行！」

美星小姐慌張地叫道，丸底急忙揮了揮手。

「不，不用包紮啦，血好像已經止住了。」

「希望鏡台內側沒有沾到血。」

我這麼說完後，就學剛才的丸底趴在地上，查看鏡台的內側。

「哇！」

「哎呀！」

美星小姐被我的聲音嚇到，又發出了尖叫。

「你們實在很吵耶，這次又怎麼了？」

千家皺起了眉頭。我指著鏡台內側說道：

「那裡有個奇怪的東西。」

美星小姐也低頭看了看，然後驚呼了一聲。

有個打火機大小的黑色機器黏在那裡。從機器旁延伸而出長約兩公分的突起，看起來像是天線。

「這是竊聽器吧。」

「竊、竊聽器？」

美星小姐沒有理會因為聽見意想不到的名詞而啞口無言的我，而是把機器拆下來檢查它的外觀。這麼說來，它側邊的小洞的確很像麥克風，還有一個表示啟動中的紅燈正在閃爍，但是並未看到類似電源線的東西。

「這應該是使用乾電池的。如果一直開著的話，靠電池可以撐大約一星期，大概是為了這次的比賽而設置的吧。我覺得它的收訊範圍頂多只有半徑三百公尺而已。」

美星小姐這麼說道。我先是納悶她為什麼會這麼清楚，然後才想起她曾有被人跟蹤過的經歷。或許是在那個時候正巧有機會接觸竊聽器吧。

「不過，這個東西也不一定是以ＫＢＣ為目的而設置的吧？也可能是產業間諜以哪個食品業者為目標而設置的。」

丸底提出質疑後，美星小姐便站起來詢問千家。

「ＫＢＣ一直都是使用這個房間當等候室嗎？」

「嗯，自從第二屆比賽改在Art-ery廣場舉辦之後，連準備室也都是固定使用同樣的房間。」

「既然如此，為了竊聽ＫＢＣ相關人士的對話而設置的可能性比較高呢。」

「犯人說不定是為了推測添加異物的適當時機，才會利用竊聽來掌握其他參賽者的行動。」

丸底立刻針對我的話提出疑問。

「如果是那樣的話，犯人應該會把接收器接在耳機上來竊聽聲音吧？能夠正大光明地做這種事的只有耳朵被頭髮遮住的人……女性的話除了三位參賽者之外，連上岡氏也有嫌疑喔。男性的話就是苅田氏和那邊那個人。哇，幾乎全部都有嫌疑了嘛。只有我和石井氏不符合這項條件吧。」

「喂喂，你自己不也是正大光明地戴著耳機嗎？」

千家笑著提醒丸底，丸底也半開玩笑地回答：

「不不不，既然是竊聽，應該要更偷偷摸摸地才對啊。」

「如果犯人是比賽相關人士的話，根本不用竊聽，只要待在等候室就可以聽到大家交談了吧。要連不在等候室的時候也能聽到對話，所以才設置了竊聽器。而且在等候室以外的地方要製造身旁沒有相關人士的環境也很簡單，所以應該可以隨意地使用接收器才對。這樣子縮小範圍是沒有意義的。」

美星小姐說得很對，但他們也不是很認真地討論，所以現場的氣氛頓時變得有些尷尬。還跪在地上的我在站起來的時候朝鏡台內側看了一眼，又驚叫了一聲。

「哇！美星小姐，妳看！用來貼竊聽器的雙面膠帶和黏住黛小姐牛奶盒的一樣耶！」

美星小姐立刻彎下腰檢查還貼在鏡台內側的雙面膠帶。雖然雙面膠帶這種東西不管是哪家製造的大概都差不多，不過它長一公分的寬度和表面的棉絮觸感都和貼在牛奶盒上面的一模一樣。

「竊聽器果然是添加異物的犯人裝的！」

我為自己的發現興奮不已，丸底卻冷淡地回道：

「那又怎麼樣？設置竊聽器的傢伙和利用添加異物妨礙比賽的犯人，本來就是同一個人吧。」

但是美星小姐卻看著我，臉上露出高興的笑容。

「不，這是一個非常重要的線索。青山先生，謝謝你。」

雖然不太明白她的意思，但我好像幫上忙了。我自豪地伸出手指摸了摸鼻子下方。

「不好意思，打擾你吃午餐，我們要先離開了。」

美星小姐好像已經達成目的了，向丸底點頭示意後就迅速地離開了等候室。

「祝你們調查順利。」

雖然嘴巴上這麼說，但是丸底的態度看起來好像一點興趣也沒有。我們穿過走道的時候，在我身後的千家自言自語地說了句「兩個人還真像」，感覺不是很高興的樣子，但我並不知道他究竟是在說什麼事。

4

我們一走到舞台旁，就在整齊排列的攤位之間看到藻川先生仍舊不死心地跟在黛身後到處跑。黛好像已經決定無視到底，但我還是不禁有點同情她。

「不阻止他沒關係嗎？」

我忍不住開口提醒美星小姐。她便大步走向藻川先生，朝他的頭用力打了一下，並跟他說了幾句話，然後藻川先生就好像突然有急事的樣子，不再跟著黛，而是朝別的方向快速離去。

「妳跟藻川先生說了什麼嗎？他突然變得好有幹勁。」

我對走回來的美星小姐問道，她朝藻川先生快步離去的方向看了一眼，回答：

「我拜託他幫我調查一些事。因為那個人愈是閒著沒事就愈容易惹麻煩。」

所以如果反過來給他一些事情做，他說不定會表現出令人意想不到的幹勁。不過，藻川先生不可能這麼老實地答應美星小姐的要求，我想他肯定還有什麼不為人知的動機吧。

「妳要找的人也不是黛小姐對吧？」

「對，呃——啊，來得正好。」

我順著她的視線朝大展覽場的入口看去，只見山村明日香正朝著我們這裡走過來。美星小姐想問話的對象似乎就是她。

「喂，明日香，切間小姐好像有話想跟妳說。」

千家第一個走過去向她揮手。山村的態度顯得有些畏怯，但她並未表示抗拒，還是向我們走了過來。

「妳想跟我說什麼呢？」

「昨天早上的開幕典禮開始之前，妳曾經離開過等候室對吧？還因為這樣子被懷疑是第一起事件的犯人……當時妳去了哪裡，又是去做什麼呢？」

美星小姐直接了當地問，山村明日香的目光明顯地開始游移。當她的視線一瞬間停留在千家身上，就像是鳥發現了能用來休息的樹枝一樣時，我以為她是在向千家求助。

「我收到了一封信。」

她以微微顫抖的聲音回答。

「信？」

「對。正確來說是一張寫得很潦草的紙條。我檢查有沒有忘記帶東西的時候，在我的托特包裡發現了它。我從家裡出發的時候應該還沒有那張紙條的。因為我的托特包沒有拉鍊或釦子，是敞開的。」

「也就是說，是有人把它偷偷放進妳的袋子裡了。上面寫了什麼呢？」

「其實就是這張紙……」

山村好像把它收在和昨天一樣的衣服口袋裡。她拿出來的是一張邊長大約十公分的正方形紙片，她說得沒錯，與其說這是信，其實更像是一張便條紙。

我們看到上面寫的字之後，全都驚訝地瞪大眼睛。

我有話跟妳說，希望妳在開幕典禮開始前到外面的便利商店來一趟。　千家諒

「真傷腦筋，我不記得自己寫過這種東西。」

千家一邊抓著頭一邊苦笑。山村則是一直低著頭。

「等我冷靜下來，再看一次之後，才想到千家先生的字不會寫得這麼潦草。不過，我第一次看到這張紙的時候嚇得慌了手腳，也不管它是不是惡作劇，只想著先去便利商店看看再說。畢竟自從兩年前千家先生下落不明以後，我就一直聯絡不上他……不過，很可惜的，我沒有在便利商店看到任何人。」

「所以是犯人冒充千家先生的名字，把山村小姐約出來的吧，大概是想把第一起添加異物事件的罪名嫁禍到山村小姐身上。」

雖然是自己說的話，但我說完之後也覺得有些不對勁。如果是這樣的話，就和山村不可能涉及第二起事件的情況不一致了。在連續發生好幾起添加異物事件的情況下，如果每一起都嫁禍給不同人，一定會有人覺得哪裡不對勁。犯人為什麼要做這麼不乾脆的事呢？是因為情況演

變成由我負責看守準備室，犯人來不及想辦法應付嗎？

「那個，請問我可以離開了嗎？」

山村好像恨不得快點離開這裡。就在這個時候，美星小姐突然用手肘朝我的側腹頂了一下。意思應該是「想辦法拖住她」。

「呃，話說回來，山村小姐，妳這次比賽表現得很不錯耶。已經有兩個項目拿到第一名了，第一座冠軍獎盃應該近在眼前了吧？真是厲害啊，還有……呃……」

我在這個時候向她攀談實在太不自然了。因為我不小心表現得太過熱絡，山村皺起了眉頭。

「是啊，如果可以順利比完最後一個項目就好了。」

「我記得兩年前妳差一點就拿到冠軍了吧？結果在最後一個項目輸給黛小姐。咦，不過，同樣是濃縮咖啡項目，昨天比賽時妳卻贏過黛小姐，獲得了第一名呢。是不是上一次比賽時出了什麼差錯啊？」

「我那個時候因為千家先生的關係，情緒不是很穩定……」

「啊，原來是這樣啊。」

我掰不下去了。這已經是我的極限了。我朝後方偷看了一眼，美星小姐和千家正背對著我竊竊私語。沒辦法，接下來只能繞到山村身後，擋住她的去路了——當我這麼想的時候，原本正竊竊私語的兩人突然轉過身來，臉上還掛著燦爛的笑容，甚至讓人覺得有些可怕。

「切間小姐要說的話好像已經說完了，話說回來，明日香，我們好久沒見了，要不要找個地方兩個人好好敘敘舊呢？妳以前一直說自己是我的徒弟，現在卻一副把我當成陌生人的樣子，也未免太見外了吧？」

千家以有些刻意的語氣詢問山村。這應該是美星小姐的指示吧，不過他的演技實在太過拙劣，害我必須費盡力氣才不至於笑出來。

「喔……可是我待會要去吃午餐耶。」

「我陪妳吃好了。我們走吧。」

「等、等一下，千家先生！」

為了阻止即將邁出步伐的千家，山村即時抓住了他的左手手腕。

但是千家的反應卻出乎大家的意料之外。他好像覺得很厭惡似地，粗暴地甩開了山村的手。

事情發生得太過突然，千家立刻露出像是在說「糟糕了」的表情。大概是為了讓自己冷靜下來，他調整了一下西裝外套的衣領。

「抱歉，我嚇了一跳，所以反應有點大。」

「不、不會，我才要說對不起。」

雖然嘴上這麼說，但山村完全嚇壞了。千家為了掩飾失態，急忙轉身對美星小姐說：

「那麼，切間小姐，不好意思，我要先離開了。」

「我知道了，明日香小姐，謝謝妳的協助。」

美星小姐向兩人告別後，他們便走進後台了。我對笑著揮手的美星小姐問道：

「妳跟千家先生說了什麼？」

「我跟他說：『昨天在彩排的時候，苅田先生說明日香小姐和兩年前比起來好像不太一樣。如果他說的是事實的話，她說不定是受到第四屆ＫＢＣ的影響才會改變的。可以請你幫我委婉地向她打聽原因嗎？』」

「那剛才千家先生的反應又是怎麼一回事呢？他的反應看起來實在不像是曾經和對方很熟的樣子。」

「其實我也嚇了一跳，不過，對千家先生而言，兩年前發生的事情讓他打擊大到甚至放棄繼續當咖啡師對吧。我們昨天聊到這件事的時候，千家先生的說法聽起來就像在說連明日香小姐也背叛了他一樣。所以就算他表面上裝得很冷靜，激昂的情感卻在內心沸騰，也沒什麼好奇怪的。」

關於兩年前發生的添加異物事件，千家完全沒說過哪個人很可疑。不過，他會不會其實早就察覺到什麼了呢？如果添加異物的目的原本就是為了妨礙最後一個項目的比賽，那擁有動機的人就有限了。既然如此，犯人就是——

我甩了甩頭，讓自己不再胡思亂想。我不應該隨便做出結論。美星小姐好像知道又好像不知道我的動作的意思，一臉若無其事地對我說：

「接下來我們去管理室吧。」

當我們走向大展覽場的入口時，我感覺到有人正偷偷地看著我們。

「那個，可以和你們說幾句話嗎？」

果然，當我們正想穿越大門時，就被人叫住了，我和美星小姐轉過了頭。

叫住我們的是負責擔任工作人員、昨天給我們名牌的大姊姊。她們三個人並排靠在一起，感覺應該是其中一個人當代表來叫我們的。

「有什麼事嗎？」美星小姐親切地回答。

「剛才你們是在和千家先生說話對吧？千家先生為什麼今天突然來到會場呢？」

她們詢問的態度不是很嚴肅，真要說的話給人的印象比較像是粉絲。

「我和千家先生有私交，所以今天才會請他來這裡。」

美星小姐說了一個不算是說謊、但也沒有提及內情的答案，結果那些大姊姊異口同聲地大嘆羨慕。

「妳們是千家先生的粉絲嗎？」我問道。

「是啊，我們從ＫＢＣ在Art-ery廣場舉辦以來，就一直負責擔任這個食品展的接待人員。」代表發言的大姊姊說道，其餘兩人也不停地點頭。

「千家先生總是很開朗地跟我們打招呼，又是個每次都讓其他咖啡師可憐地輸掉的天才，更重要的是，他長得超帥的。只要看到他騎著機車瀟灑地出現在會場的樣子，一整天都會高興得飄飄欲仙。我們可以說是為了見到千家先生才會每年都來應徵無聊的接待工作的。」

唔，身為一個男人，我應該覺得眼紅嗎？我只能苦笑了。

「但是去年沒有舉辦ＫＢＣ，今年千家先生又沒有參賽，我們還以為他不會再來了。結果今天早上就看到他出現在會場，嚇了我們一跳。我們三個就討論了一下他究竟是怎麼了，為什麼會出現在這裡。」

「妳們馬上就發現千家先生人在會場裡了呢。對了，如果是其他ＫＢＣ相關人士的話，妳們也認得出來嗎？」美星小姐問道。

「嗯，當然可以。如果是之前就看過的人，只要一出現就會知道是他。」

「就算那個人稍微改變裝扮也認得出來？」

覺得這個問題很突然的人並非只有我。大姊姊的臉露出了明顯的疑惑表情。

「妳指的是帽子或太陽眼鏡之類的嗎？這個嘛，我想應該還是認得出來吧。因為我們必須逐一確認入場的人是不是都別著名牌。檢查的時候自然就會看到對方的臉。離開會場的時候倒是不會每個人都檢查，所以可能會看漏就是了。」

大姊姊大致說明完之後，美星小姐便微笑著說道：

「謝謝妳的說明。我會把妳們的心意告訴千家先生的。」

我一邊轉身背對正興奮地交談著的三人，一邊對朝著管理室邁出步伐的美星小姐問道：

「妳從剛才她說的話裡得到了什麼線索嗎？」

「我還不太確定。不過，最好還是把剛才聽到的話放在心上。我們現在知道，如果犯人是穿過大展覽場進入準備室的話，她們一定會在這裡看到他的身影。再搭配時間帶等因素，就有可能成為找出犯人的有利線索。」

原來如此，不愧是美星小姐，絕對不會放過任何細節。

當我正感到佩服的時候，我們到達了管理室。並在一旁看見了上岡和美。

「怎麼樣，切間咖啡師？搜查有進展嗎？」

「嗯，算是有些進展。上岡小姐在這裡做什麼呢？」

「我的目的應該和妳一樣吧。就是來確認有沒有人違規使用鑰匙卡。」

她用指甲敲了敲隔開管理室和門廳的窗戶，請待在裡面的管理員出來。

「不好意思，我想調閱一下我借的鑰匙卡的借用紀錄。」

「借用紀錄？妳看那種東西要幹嘛？算了，妳等我一下。」

管理員以混濁的聲音說道，走向了房間內側的櫥櫃。他是一名個子矮小、上了年紀的男性，剃成平頭的頭髮有些斑白。大概是因為每次舉辦ＫＢＣ的時候都會見面吧，他和上岡交談的時候，兩個人的語氣都比較隨興一點。

管理員走回來之後，把一本像是大學生在用的大筆記本拿給了我們。看來是每把鑰匙都準備了一本冊子來紀錄。方式比我所想的還要傳統。上岡接過筆記本，翻到她想查閱的那一頁。

「今天九點過後只有一個人借用鑰匙，昨天八點多的時候有一個人借用，在晚上七點前歸還。前天則是各有一個人在下午借出，晚上六點歸還。借用時登記的名字全都是『上岡和美』。也就是說，在這三天內只有我借用了準備室的鑰匙卡。」

「真的沒有辦法不留下紀錄就把鑰匙拿走嗎？」

我抱著一絲希望問道，管理員頓時瞪大雙眼。

「那是不可能的啦。鑰匙卡之類的東西全都保管在這個房間的鑰匙盒裡。而且鑰匙盒的鑰匙我都片刻不離身地帶著，如果不在筆記本上登記的話我是絕對不會把鑰匙借出去的。」

「如果是之前借出去的鑰匙沒有還回來的情況呢？鑰匙卡總不可能只有一把吧？」

「那也不可能。雖然每個房間的鑰匙卡都有好幾把，但是在閉館的時候我一定會檢查是不是所有的鑰匙都歸還了。因為要是弄丟就麻煩了哪。」

「如果是偽造一張外表看起來一模一樣的鑰匙卡，再把假的鑰匙還給你的話……」

「不可能、不可能。那叫什麼來著，雷射標籤？反正就是上面貼了防止偽造的貼紙，我在鑰匙還回來的時候都會看那個標籤來檢查那是不是假造的。所以就算有人拿假的鑰匙來還，也會立刻穿幫。」

這時美星小姐也跟著補充道：

「除了把鑰匙借給其他人的時候，上岡小姐一直都是把鑰匙放在透明的證件夾裡，掛在自己的脖子上，無論是誰都沒辦法偷偷拿出來使用之後再放回去，或是在借用的時候先把真的鑰匙和假的替換，之後再把真的還回去吧。而且，上岡小姐一直待在舞台四周，所以我認為她也不可能自己在沒有人發現的情況下進入準備室，然後在參賽者的東西裡添加異物。」

「哎呀，原來我也有嫌疑啊。」

上岡苦笑道。美星小姐有點不好意思地說：

「對不起，因為妳可以自由使用鑰匙卡，所以沒辦法把妳排除在外。」

「不，妳說得沒錯。交給妳處理果然是對的。」

「對了，管理員先生，我聽說晚上的時候防盜系統一直都是開著的。請問昨天晚上有沒有出現什麼異狀呢？」

「不，沒有耶。如果有的話我這裡一定會收到通知的。」

我們向管理員低頭道謝，然後遠離了管理室幾步。美星小姐說她有一些事情想問上岡。

「除了千家先生的添加異物騷動以外，第四屆ＫＢＣ還發生過什麼讓妳覺得奇怪的事情嗎？特別是與明日香小姐和冴子小姐有關的事。」

她這麼問的目的很明顯。如果兩年前的添加異物事件不是千家的自導自演，就很可能是其他參賽者在妨礙名次比自己高的千家。

「這個嘛……但我一直認定那是千家的自導自演就是了。」

上岡事先聲明之後，美星小姐便要求她繼續說下去。

「那也沒關係。」

「如果真的要舉例的話，山村咖啡師有一件事情讓我覺得有點奇怪。」

山村明日香——千家甩開她的手的情景在我腦裡復甦。

「她之所以在最終項目輸給黛咖啡師，是因為她的濃縮咖啡的香味評價非常差。但是，她在第三屆ＫＢＣ的濃縮咖啡項目卻有一定水準的表現。當然了，我這麼說並不是表示黛咖啡師一定會獲勝，而是當時的情況無論誰贏過另一個人都不奇怪。不過，就是因為那樣，看到山村咖啡師獲得那麼糟的評價，我才會覺得是不是發生了什麼事。」

這是怎麼一回事？難道她也受到妨礙了嗎？不對，如果是這樣，當千家說自己的東西被添加了異物時，她一直保持沉默就很不自然了。

「所以呢，我就突然冒出了一個想法。山村咖啡師會不會是因為差一點就可以獲得冠軍，所以忍不住妨礙千家比賽，但是卻因為太過良心不安而在比賽時不小心失誤了。不過，評審說山村咖啡師的濃縮咖啡『可能是咖啡豆選得不好』，再加上我們根本沒找到千家主張的添加異物的跡象，我馬上就放棄這個想法了。」

「那麼，如果只看濃縮咖啡項目的話，千家先生的實力如何呢？」

美星小姐好像對上岡的話很有興趣，但她接下來問起的是千家的事情。

「那當然是優秀得沒話說了。不管怎麼說，千家之所以那麼厲害，就是因為最基本的濃縮咖啡品質非常高。說真的，我認為上一屆比賽的時候，在最終項目開始前，所有人都深信千家會獲勝，就算看到他在之前的項目表現得有些失常。」

「表現得有些失常？」

「大概是因為他臨時決定要參賽的關係吧。該說是有種被其他參賽者緊咬著不放的感覺嗎？總之就是不像平常那麼從容。他本人大概也相當著急吧，在第三個項目輸給山村咖啡師的時候，他竟然反常地和評審爭辯了起來。說這樣的評分是不恰當的。」

「只因為有一個項目輸給山村小姐，就找評審抗議？」

這可是沒辦法當作沒聽見的異常事態。我又想起了千家對山村做出的粗暴舉動。看來即使他們以前是熟人，但在第四屆ＫＢＣ決賽開始的時候，千家就已經對山村沒有什麼善意了吧？

「我真的很驚訝，就當場訓斥了千家。現在想想，我當然不該那麼做的。因為他原本打算不再參賽，等於是我硬要他出場比賽的。」

上岡垂眼看了一下手表。我覺得她說到最後聲音好像有點發抖，或許是我聽錯了。

「不好意思，我差不多該回舞台了。」

「抱歉，耽誤了妳這麼多時間。也謝謝妳的幫忙。」

美星小姐一說完，上岡就忍不住輕笑了起來。大概是完全沒想到為了找出真相而代替自己四處奔走的美星小姐竟然會向她道謝吧。和上岡暫時告別之後，我對美星小姐問道：

「我們現在該怎麼辦呢？」

「鑰匙卡方面沒有任何可疑之處，這樣子密室之謎又回到原點了。現在就先回去準備室……」

「喂。」

從大門的方向傳來呼喚聲，我們不約而同地轉過頭去。

「你們的表情還真是難看啊。看你們這樣子，應該是還沒有找到任何線索吧？」

苅田冷笑著說道。大概是覺得有些丟臉吧，美星小姐的回答沒什麼說服力。

「也不是什麼線索都沒找到，不過，很可惜地，以目前的線索還沒有辦法解開所有謎團。」

「至少你們應該已經查到犯人是如何進入上鎖的準備室了吧？」

「關於這個問題，我們現在正好想去準備室再查證一下。」

苅田聽到之後便揚起單邊眉毛，感覺很無奈地嘆了一口氣。然後就轉身背對我們，二話不說開始往前走。

「那個，你要去哪裡呢？」

我忍不住朝著他的背影呼喚，他停了下來，轉過頭對我們說道：

「跟我來，告訴你們一個有用的線索。」

5

茢田走出大門，繞到了我昨天坐在長椅上盯著看的灌木叢另一側。灌木叢和 Art-ery 廣場的外牆間隔很窄，大概只有五十公分左右。或許是被高度及腰的灌木叢擋住，所以不會有人看到的關係，土壤直接露出地面，也沒有好好整理，長滿了雜草。

我一邊注意不去踩到腳邊爬來爬去的螞蟻，一邊跟隨著茢田往前走。在抵達建築物的轉角時，茢田停了下來，轉身面對窗戶。窗戶裡面應該正如我昨天猜測的是準備室吧。

下一瞬間，茢田往前踏出一步，將兩扇窗戶組成的橫拉窗中較靠近自己的那一扇用雙手抓住。然後就開始用力地上下搖動窗戶。

我和美星小姐目瞪口呆地看著他。過了不到十秒，茢田停下粗暴的動作鬆手放開窗戶，一邊拍掉手上的灰塵，一邊說道：

「好，這樣應該就行了吧。」

不會吧？我的腦中閃過了這句話。茢田一拉窗戶，窗戶就發出喀啦喀啦的聲音，輕易地被拉開了。

我急忙探頭往裡面看。不鏽鋼製的桌子、營業用冰箱，以及長方形的置物櫃。熟悉的擺設就呈現在我眼前。

「這個窗戶的鎖扣根本沒用，只要從外側施力就能打開。」

「怎麼會……既然可以從窗戶入侵，無論是誰都可以在任何時候犯案啊！」

「嗯，是這樣沒錯。不管有沒有在準備室的門前看守，或是防盜系統有沒有啟動，只要有心想做，隨時都可以在大家的東西裡添加異物。」

苅田好像覺得很有趣地笑道，我沮喪地垂下肩膀。至於美星小姐，則以責備的眼神看著苅田。

「這麼重要的事情，為什麼一直隱瞞著不告訴我們呢？」

「要是說出這麼重要的事，想利用這點做壞事的人不就會變得更多了嗎？」

聽到他那目中無人的回答，讓人覺得就算責怪他也無濟於事。

「而且，要是被人發現我知道這件事，想也知道會被其他人當成犯人。如果被比賽負責人上岡小姐知道了，也會引起一些麻煩。所以在決定找他看守的時候，上岡小姐說『那就讓他守在準備室的門前』，我聽到了也沒辦法反駁。我原本其實是想說『讓他在準備室裡看守』的。」

也就是說，如果待在準備室裡看守的話，或許就能防止事件發生了。

「總而言之，這樣子密室之謎就解開了。我們從其他線索來尋找犯人——」

但是，美星小姐卻在我話說到一半時搖了搖頭。

「這個謎只解開了一半。」

「一半？」

「能夠進去房間，卻沒辦法出來。」

苅田的口氣聽起來好像是在笑我連這點都不知道。

「如果像剛才那樣從外面打開窗戶進入準備室，再從窗戶出來的話，窗戶的鎖扣會怎麼樣呢？」

不用想也知道。「鎖扣就會是鬆開的。」

「但是今天早上和昨天中午休息時間過後，鎖扣的確是放下來的。」

我想起昨天我結束看守、打開準備室的時候，苅田馬上就走向窗戶的事情。那時我也親眼看到鎖扣是放下來的。雖然今天早上的情況我無從得知，但是美星小姐好像也和苅田一起檢查過，確認鎖扣是放下來的。

「很明顯地，這裡為了保管食品，必須維持密閉，所以窗戶沒有任何縫隙。就算搖動窗戶也不會改變這一點。換句話說，就算可以從外面打開鎖扣，也沒辦法從外面把窗戶關上。」

「原來如此……而且也沒有發現犯人在窗戶上動手腳，讓它可以自動鎖上的痕跡。」

自動鎖上。我說出這句話之後，頓時靈光一閃。

「不對，準備室的門不就是設計成會自動上鎖嗎！只要打開窗戶進入房間，再從內側把鎖扣放下來，然後按照正常的方式從門出去，這樣密室就完成了。」

「你忘了你自己就守在那扇門的前面嗎？」

……對喔。只有在第一個比賽項目結束，石井檢查了小瓶子裡的東西後，到中午休息時間結束，所有的參賽者一起進入準備室前的這一小時內，才可能犯下第二起事件。而我在這段時間內幾乎都在準備室前看守著。只有中午休息時間一開始大家在等候室交談的時候才沒有人看守，但是當時等候室的門是敞開著的，如果有人穿過走道的話，應該馬上就會被發現吧。

「至於第三起事件，從昨晚閉館後到今天晚上的時間，都啟動了防盜系統，也拜託工作人員看守，所以沒有人能夠穿過準備室的門，從後台離開這裡。我們今天早上也確認過了，沒有人躲在後台裡。」

美星小姐的說明讓我苦惱地抱住了頭。無論是昨天午休結束後或是今天早上，所有的比賽相關人士都是從維持密室狀態的準備室或後台的外面出現的。如果犯人就在其中，而且是從窗戶入侵準備室的話，以目前我們掌握的線索，還是無法推測出犯人是用了什麼方法離開準備室。這的確是只解開了一半——不對，既然不知道離開的方法，那就等於連犯人究竟是不是從窗戶入侵也無法確定，所以或許連一半都不到吧。

「還有其他人知道窗戶可以從外面打開嗎？」

我開口一問，茹田的眼睛便像是在搜尋記憶似地看向斜上方。

「真要說的話，我是在四年前第二屆ＫＢＣ的時候知道這扇窗戶可以打開的。」

據茹田所言，在第二屆ＫＢＣ的第二天早上，有位男性咖啡師遲到了。他不想直接走進會場，然後被生氣的上岡罵，所以就走到其他參賽者都已經在準備的準備室外，敲了幾下窗戶。但是當時參賽者之間的氣氛很緊張，沒有人願意幫他開窗戶。結果他就突然用力地搖起了窗戶。原本以為他是想吸引大家注意，沒想到窗戶的鎖竟然因為用力撞擊而打開了——

「當時所有參加第二屆ＫＢＣ的人都待在現場。但其中參加這次比賽的只有山村和我。上岡小姐當時不在。」

山村的名字又出現了。我突然覺得有些奇怪。為什麼山村被懷疑是第一起事件的犯人時，沒有說出窗戶的事情呢？只要說出這件事，就可以主張可能犯案的不是只有自己了啊。是單純地忘記了四年前發生過的事了嗎？還是說，她也覺得不能讓其他人知道這件事——

不過，因為茢田接下來談起了另一個讓我認為有些意外的人，我的思考便在這時中斷了。

「不過，或許還有其他人知道這件事。就是丸底芳人。」

「為什麼是丸底先生呢？」

「把窗戶的鎖弄壞的男性咖啡師就是丸底芳人的哥哥。」

「什麼？」我發出了誇張的驚呼。「丸底先生的哥哥也參加過ＫＢＣ嗎?!」

茢田用力地點點頭，繼續說道：

「丸底芳人的哥哥丸底泰人參加了第二屆到第四屆的ＫＢＣ決賽。這次算是因為自己沒能拿到冠軍，所以把希望寄託在自己的親弟弟身上吧。」

我想起丸底芳人從前天開始就展現出不像是第一次參賽的從容態度。雖然沒有實際參加過決賽，但因為哥哥的關係，ＫＢＣ仍舊是個他很熟悉的比賽嗎？

「既然如此，就算他哥哥曾經告訴他窗戶的事情也沒什麼好奇怪的了。因為沒有任何人提起這件事，所以我根本不知道……這麼說來，剛才千家先生見到丸底先生之後，也自言自語地說『兩個人還真像』。那句話是在指他哥哥吧。」

當我正恍然大悟的時候，茢田卻露出了相當苦澀的表情。

「他確實很像他哥哥。再加上那遲到的習慣，他們兩個人恐怕連個性都很像。只要看到那個男人，就連千家先生也會忍不住自言自語地發牢騷吧。」

「咦？這是什麼意思呢？」

苅田彷彿想望穿準備室的門，看向位於另一側等候室似地瞇起眼睛。

「兩年前，發生添加異物騷動後，幾乎快失去理智的千家先生從醫務室跑出來，衝進了等候室。我們根本不知道該怎麼和他溝通。畢竟沒有證據可以證明他的東西被添加了異物。就在那個時候，有個男人勇敢地當面對著千家先生說：『其實這是你在自導自演吧？』──那個人就是丸底泰人。」

聽到這個出乎意料的事實，我驚訝地說不出話來。美星小姐好像也是同樣的心情。

「現在想想，讓千家先生放棄咖啡師這條路的，大概就是丸底泰人的那一句話。對丸底泰人而言，那可能也不是他想看到的結果吧。」

苅田帶著感覺相當疲憊的笑容說道：

「我聽說丸底泰人這次堅決婉拒了上岡小姐的邀請，連預賽都沒有參加。他一定是不想再跟ＫＢＣ扯上關係了吧。就連我也對這次的比賽有同樣的想法。」

苅田的背影消失在Art-ery廣場的大門之後，我們還是站在準備室的窗戶外面。

「總覺得參賽者之間的關係比我想的還要複雜呢。」

美星小姐也贊同我的感想。

「愈是深入了解就愈覺得混亂。丸底先生的哥哥曾參加過ＫＢＣ這件事，我應該曾經聽說過才對，結果卻完全沒有注意到。」

對喔，美星小姐到目前為止都一直在努力獲得ＫＢＣ的參賽權，會知道過去的參賽者是誰也不奇怪。事實上她也的確知道黛就是上一屆的冠軍。不過，如果不是冠軍的話，會忘記一個只看過名字的人也是很正常的吧。

「總而言之，為了不被多餘的情報干擾，我們必須有所取捨，只專注在必要的情報上才行。舉例來說，剛才青山先生你問苅田先生還有誰知道窗戶能從外面打開，但是，只要無法保證那個人沒有告訴別人，或是其他人並未自己察覺這件事，就算想用這個問題來鎖定犯人也是沒有意義的。」

「妳說得也是……總而言之，現在必須思考能離開準備室的方法才行。犯人有沒有可能在附近留下足跡呢？前天曾經下過雨，地面上的土壤到昨天為止應該還是很鬆軟才對。」

我仔細地檢查起地面。結果在自己的腳邊，也就是窗戶的正下方發現了奇怪的東西。

「會有人在這裡堆鹽巴求吉利嗎？」

那是只有約小指般大的一小堆白色粉末。我用手一指，美星小姐就立刻在原地蹲了下來。然後出乎我意料之外地用手指沾起粉末舔了一下。

不行啦，美星小姐，不可以隨便亂吃掉在外面的東西。她絲毫不理會傷腦筋的我，抬起頭來說道：

「這確實是鹽。」

我馬上就聯想到石井的小瓶子。我把心裡的想法說了出來。

「是為了在小瓶子裡加入胃藥，所以把裡面的東西倒了一點出來嗎……美星小姐？」

發現她有些不太對勁，我慌了起來。

若要用一句話來形容她的表情，答案就是臉色慘白。美星小姐目光渙散地看著那堆鹽，像是說夢話似地喃喃自語著。

「怎麼可能會有那種事……不過，這樣一來就說得通了……」

「請妳振作一點，美星小姐，妳說的到底是什麼事啊？」

然後美星小姐就站了起來，說出了讓我更震驚的話。

「我知道犯人是誰了。剛才我的懷疑已經獲得證實了。」

「什麼！犯人究竟是誰？」

我抓住她的肩膀搖晃起來。

「請、請你冷靜一點，青山先生。我想我的推測應該沒錯，但是還沒有找到能用來質問對方的證據——」

「喂，你們兩個從剛才就在那裡做什麼啊？」

一道溫吞的嗓音響起，我們便轉頭看向灌木叢的另一側。

「你們該不會是在玩窗戶吧？不可以做這種事喔。」

站在遠處呼喚我們的是負責指揮進出Art-ery廣場的車輛的警衛。他是一名中等身材的中年男性，站在停車場的入口旁，身體面對著我們。

我和美星小姐很快地互看一眼，馬上就明白了對方的想法。我們對警衛用力地揮了揮手。

「不好意思，我們想跟你請教幾件事。」

「什麼事啊？叔叔我還在工作耶。」

雖然嘴巴上這麼抱怨，但或許是因為現在沒有什麼車輛進出，警衛還是走了過來。我們原本想走到他那邊，但是這樣子就必須從灌木叢繞一圈，所以請他走過來會比較省事一點。

「警衛先生，請問你是不是一整天都站在那裡呢？」

美星小姐掌握了對話的主導權，警衛爽快地回答：

「哦，對啊。昨天和今天都有活動，所以進出車輛很多，從早上八點開館之後到晚上七點閉館之前都要一直站在這裡。不過，一個人站這麼久實在太累了，所以過了半天就會有人來換班。」

「如果以剛才的方向站在入口前面，就可以清楚地看到這扇窗戶對吧？請問你昨天和今天是否看到奇怪的人影出現在窗戶附近呢？」

「有啊，就是你們嘛。」

警衛張大嘴巴笑著說道，但我們現在沒心情聽他說笑。

「我沒有看到其他人耶。不對，應該說，如果只是有人開窗戶的話，我應該連注意也不會去注意吧。不過，你們所說的奇怪人影，指的應該是從這個窗戶鑽進去之類的事情吧。如果是那樣的話，叔叔我不管怎樣都會看到的。畢竟這也是警衛的工作之一嘛。」

唔。我看了看擋在警衛和我們中間的灌木叢。即使犯人壓低身子沿著灌木叢的陰影前進，只要窗戶的位置高於灌木叢，在犯人入侵的瞬間，警衛就一定會看到他了。不過，警衛卻說他沒有看到任何人。

果然不該那麼草率，認定犯人是從窗戶入侵嗎？當我正這麼想的時候，另一位警衛出現了。

「還在奇怪你怎麼都沒有來叫我換班，原來是在這種地方摸魚。時間到了啦。不過，要是你不想換班的話，我也無所謂就是了。」

「什麼？時間已經到啦。那我不換班不行了。光是昨天和今天就已經害我站到腳都快變成鐵條了。」

用同樣的語氣說話，身材又一模一樣的兩位中年男子。美星小姐沒有理會被他們嚇到的我，輕描淡寫地問道：

「你們都是固定在這個時間換班嗎？」

「對啊。從八點到七點，總共十一小時，分成一半的話就是五小時半換班一次。現在是一點半，正好是換班的時間。」

「這些年輕人是誰啊？」

「他們好像想知道有沒有可疑的人從這個窗戶闖進去。你有看到嗎？」

「沒，沒看到。要是看到了，我一定會馬上逮住他。」

「你們換班的時候都像現在這樣子，由負責後半段的人在時間到了的時候來找負責前半段的人嗎？」

美星小姐完全不管他們聊得正起勁，又接著插嘴問道。

「不是喔，基本上是工作結束的人去叫人換班才對。要是不這樣子，就會有人時間到了卻一直不來換班。畢竟薪水也不會比較多，站著的時間當然是愈短愈好啦。」

「早知道我今天就等到時間過了再過來，啊——真可惜。」

兩人哈哈大笑了起來。我看了看時鐘，已經是一點四十分了。
「換句話說，昨天換班的時候，你們都沒看到窗戶的情況，對吧？」
美星小姐一詢問，兩人便露出了有些愧疚的表情。
「也是啦。不過也只有離開大約五分鐘而已。」
「你們還記得昨天是在什麼時候換班的嗎？」
「我想應該是距離換班十分鐘前，也就是確認時間已經到一點二十分的時候就離開崗位了吧。」
剛才先向我們搭話的警衛答道。
「對了，警衛的班表每年都一樣嗎？」
「是啊。已經大概五年都是這樣了吧。」
聽到這句話，美星小姐高興地笑了笑，向他們低頭行禮。
「謝謝你們，讓我們聽到了很有意思的事情。」
「要問的都問完了嗎？雖然不知道你們想做什麼，總之好好加油吧。」
兩名警衛向我們揮手道別之後，一個人走向工作崗位，另一個人則進入了Art-ery廣場。我轉身面對美星小姐，說道：
「犯人應該知道警衛會暫時離開崗位，所以趁那個瞬間從窗戶入侵準備室了吧。」
「我認為這個可能性很高。對了，青山先生和冴子小姐是大概幾點進入準備室的呢？」
「呃，我記得是一點半……咦，這樣子犯人在那個時候已經入侵準備室了嗎？可是我們在裡面沒有遇到任何人啊。」

「大概是先暫時躲在置物櫃裡，等你們兩位出去吧。犯人後來為了在冴子小姐擅長的拿鐵拉花項目妨礙她，就把食用紅色色素加進了牛奶盒裡。」

我忍不住起了雞皮疙瘩。犯人竟然一直躲在置物櫃裡偷聽我們的對話。

「冴子小姐在大約五分鐘過後離開準備室，青山先生也關上了門對吧？在那之後，犯人就在我們來到準備室的一點五十分之前再次犯案。」

「然後再離開準備室……雖然不知道他用了什麼方法。」

結果美星小姐像是陷入沉思似地喃喃說道：

「只有一個方法。」

我沒想到她會這麼說，頓時呆站在原地。美星小姐面不改色地又說了一句「但是」。

「這個方法只能在犯人趁昨天中午休息的時候入侵的情況下使用。所以我剛才才會說只解開了一半。」

原來她那句話的意思並不是苅田所說明的「雖然能夠進去房間，卻沒辦法出來」嗎？她已經解開了第二起事件的密室之謎，卻又在第三起事件因為同樣的問題而苦惱不已。

「為了解決這個問題，必須假設犯人在同一時間完成了第二和第三起的犯行。不過，如果是這樣的話，實在很難忽略食用紅色色素的問題。為什麼犯人身上正好帶著食用紅色色素呢？」

「雖然不知道妳說離開房間的方法是什麼……不過犯人應該是事先就預謀要犯案了吧。既然如此，把食用紅色色素視為是犯人事先準備好的也沒什麼問題吧？」

「不，正好相反。因為必須事先準備才能利用食用紅色色素犯案，犯人的確是預謀犯案。但是，如果第三起事件是昨天中午犯案的話，犯人就沒有機會準備食用紅色色素了。因為冴子小姐之所以買了牛奶和把未開封的紙盒帶到舞台上，全都是根據當時的情況而決定這麼做的。」

我開始覺得頭痛了。美星小姐仔細地向頭腦轉不過來的我說明。

「這麼說吧，如果犯人是為了妨礙對方比賽才添加異物的話，照理說會選擇更好的辦法，而不是將食用紅色色素加進牛奶裡。因為在把牛奶倒進隨行杯的時候，只要一看到倒出來的牛奶，就會發現裡面添加了異物。受害者當然會因此被嚇到，但是也可以即時準備新的牛奶。看是要跟主辦單位反應或是去便利商店買都沒問題。」

而且參賽者會把裝了牛奶的紙盒直接放進準備室的冰箱保存，等到比賽前才拿出來，換裝到隨行杯裡，所以事先把食用紅色色素加進隨行杯的方法也是行不通的。

「根據以上說明，食用紅色色素不僅一眼就會被發現，也幾乎不會對食材本身的味道造成影響，根本不適合拿來妨礙別人比賽，就算犯人事先準備了好幾種東西，打算用來妨礙他人，也沒有理由堅持選擇食用紅色色素。除此之外，還有另一個重要的理由能解釋為什麼犯人不太可能事先準備了食用紅色色素。但我現在還不能告訴你。」

賣什麼關子啊——雖然我這麼想，但她大概是不想把沒有十足把握的事情說出來吧。所以我並未針對這件事追問她。

「話雖如此，犯人還是把食用紅色色素加進了牛奶裡。這代表犯人一定是聽到冴子小姐說自己打算直接把牛奶盒拿到舞台上，才會認為這麼做或許能成功妨礙她比賽。」

「但是，在我和黛小姐進入準備室之前，換班的警衛早就已經抵達崗位了，犯人不可能先等我們離開再從窗戶出去，拿到食用紅色色素之後又回來犯案，而是在入侵準備室時就已經攜帶著食用紅色色素了。妳想說的是這個意思吧。」

美星小姐像是在說「你做得很好」似地對拚命想跟上她的思考的我點點頭。

「就算加進牛奶裡的不是食用紅色色素、而是其他代替用的物品，也是一樣的結果。」

「原來如此，加進牛奶裡的東西不一定是食用紅色色素啊。」

「是的。不過，能夠代替食用紅色色素、而且平常隨身攜帶也不奇怪的東西，頂多就是紅筆一支吧。我不認為用那麼少的墨水就能染紅冴子小姐的牛奶。」

我也有同感。另一方面，針對同樣是在第三起事件時使用的雙面膠帶，美星小姐則表示沒有什麼可疑之處。大概是因為犯人在裝竊聽器的時候也使用了雙面膠帶，所以即使犯人隨身攜帶著雙面膠帶也沒什麼好奇怪的。而且她曾經說過，我在等候室發現的雙面膠帶是很重要的線索。

「話說回來，昨天早上我有好幾次機會可以大致檢查所有人帶來的材料，當時我並未發現有人攜帶了能把牛奶染紅的物品。」

「會場內沒有可以拿到食用紅色色素或類似物品的攤位嗎？」

「其實，關於這個問題，我已經拜託叔叔調查了。這個時間應該差不多有結果了——」

說時遲那時快，美星小姐的手機響了起來。她拿出手機，接起了來電。

「辛苦你了。結果如何？……嗯、嗯。這樣啊。我知道了，謝謝。」

因為那些攤位到處都有長得很漂亮的接待小姐，藻川先生應該是相當高興地答應幫忙調查的吧。當我正這麼想時，美星小姐掛掉了電話。怎麼看都不像是得到了想知道的答案。

「雖然有幾個攤位展示了或許能把牛奶染紅的商品，但是他們好像都沒有把那些東西交給KBC的相關人士。這種企業展示會，原則上不會在不知道對方工作地點等資訊的情況下把樣品給對方，所以如果隱瞞身分的話，就不可能拿到那些商品。」

唯一的希望也沒了。美星小姐喃喃自語地這麼說道，收起了手機。

「結果只有食用紅色色素的問題到最後都沒辦法解決呢。如果犯人拿這一點來反駁的話，我們是沒有勝算的。我目前已經推斷出犯人的身分以及從準備室逃脫的方法了。但是，如果沒辦法查明犯人身上帶著食用紅色色素的原因，恐怕就會在只差最後一步的地方讓犯人逃掉吧。」

這時，突然有一陣風吹起了沮喪地低著頭的美星小姐的劉海。

不可以灰心喪氣。我這麼說道，試圖鼓勵她。但是，就在這個時候，灌木叢外又傳來了聲音，打斷了我們的對話。

「你們還要在這裡磨蹭多久啊？大家都在等你們了。」

這句冷淡的話是石井說的。看他獨自一人前來的樣子，應該是向苅田之類的人問了我們的去處吧。

「下一個比賽項目都快開始了。目前手上有準備室鑰匙的只有妳耶。昨天不是已經說好要在比賽開始前十分鐘集合了嗎？妳這樣子讓人很困擾耶，更別說我最後一個項目還是第一個比賽。」

我慌慌張張地看了看表。一點五十五分。我們太專注於搜查，結果一不小心就拖到這麼晚了。最後一個項目的開始時間是兩點。雖然石井好像是因為等得不耐煩了才來找美星小姐，但就算現在開始移動，要趕上兩點的比賽還是相當勉強。

「所以，剛才妳誇口說要找出真相，現在已經弄清楚了嗎？真相到底是什麼？」

聽到石井的逼問，美星小姐以幾乎快聽不見的聲音回答。

「不……很可惜地，目前還沒有完全弄清楚。」

「看吧，明明什麼事都不知道還突然說要多管閒事，結果還不是什麼也沒查出來，實在是讓人看不下去。上岡小姐也真是的，竟然說出那種蠢話。」

石井尖酸刻薄地不斷斥責美星小姐。雖然可以理解他在比賽時被人妨礙而焦躁不耐的心情，但他現在說的這些話根本就是在遷怒。美星小姐咬著下脣，一直默默承受著他的辱罵。

「不要再玩這種搜查遊戲了，反正根本沒有人期待妳能找出真相，至少不要扯別人後腿——」

「你這樣講不太對吧？」

我忍不住開口反駁他。

「啊？」石井臉色頓時一變。「你說什麼？這和你沒關係吧？」

「石井先生你不也是添加異物事件的受害者嗎？美星小姐試圖找出真相的行動，也算是在彌補你和黛小姐的遺憾才對。你不該說這些話來鄙視她。」

「你這傢伙到底懂不懂自己的立場啊？你不僅和比賽毫無關係，還是最有可能犯下第二起事件的人喔？不對，說不定根本就是你幹的，然後她為了掩飾你的罪行，才會假裝說要搜查，其實正在捏造事實想騙過大家。」

「你不要胡說！」

「你有證據證明我在胡說嗎？」

「美星小姐只差一步就能找出真相了，她一定馬上就能找出犯人是誰——」

「青山先生，不要再說了，在這裡爭辯也無濟於事。」

聽到美星小姐的勸說，我只好閉上嘴巴。但我心中的氣憤完全沒有收斂的跡象。

「哼！反正妳快點過來集合就對了。」

石井一臉掃興地說道，轉身作勢離去。

要是他就這樣直接離開的話，我大概只會默默地目送他吧。但是，石井離去前拋下的一句多餘的話，卻讓我心裡已經快熄滅的怒火又瞬間燃起。

「多管閒事的笨蛋加上自以為是的笨蛋。還真的是一對笨蛋情侶呢。」

說我是笨蛋也就算了，事實上，我的確是做了一些就算被罵笨蛋也不奇怪的事。

但是，美星小姐卻不是如此。她比任何人都希望ＫＢＣ能夠繼續舉辦，一直以她那比其他人還要聰明一倍的頭腦在努力地思考真相。

「喂，你剛才說什麼——」

我從後方伸手抓住了即將離去的石井的手臂，但是……

「不要碰我！」

我根本沒想到他會使出這麼大的力氣。石井用力地揮動被我抓住的手臂，被他推倒的我就直接臉部朝下撞上了地面。我倒下的地方正好是螞蟻們行軍的道路，四處逃竄的螞蟻在我的鼻子和額頭上爬來爬去。

「你、你沒事吧，青山先生！」

美星小姐立刻蹲下來扶住我的身體。我想逞強說自己沒事，但是緊貼著地面的臉頰和撞到地面的肩膀傳來陣陣刺痛，讓我沒辦法好好回答她。

因為我一直閉著眼睛，所以不知道石井究竟是帶著什麼表情離去的。他一句話也沒說，我只聽得見他逐漸遠去的腳步聲。

「痛痛痛痛……」

在美星小姐的扶持下，我撐起了上半身。她還替我拍掉了沾在身上的沙子。

「不好意思，讓妳看到了這麼難堪的場面。我剛才聽到他說的話，忍不住就發火了。」

我一說完這句話，就因為與身體受傷無關的其他理由而頓時無法呼吸。

因為美星小姐伸出雙臂，輕輕地從背後抱住了我。

「你是在替我生氣對吧？謝謝你。」

我們兩個現在還坐在地面上，因為被灌木叢擋住，所以誰也看不到吧。但我還是被這預料之外的發展嚇得腦中一片空白，只能呆呆地任憑她一直抱著我。

「不過，和別人吵架是不好的，這樣子誰也不會幸福。」

「……對不起。」

她鬆開抱著我的手，用手掌輕輕地拍了拍我的頭。她露出溫柔微笑的臉有些泛紅，但我並未對此多說什麼。因為我覺得自己現在大概也和她差不多。

我們從地面上站了起來。已經兩點了，必須儘快返回舞台才行。

但是，美星小姐在踏步往前走之前，卻說了這麼一句話。

「我還有一件事情必須向拚命替我說話的青山先生道謝。」

「什麼？」

她抬頭仰望秋天晴朗無雲的天空。然後像是想鼓勵已經筋疲力盡的我似地以強而有力的聲音說道：

「我終於明白了。」

6

當我們急急忙忙地趕回舞台時，比賽相關人士已經全都到齊了，正一臉焦急地等待美星小姐。美星小姐深深地低下頭，然後所有人就一起快步走進後台了。留在觀眾席的只有我、藻川先生和千家。

「你怎麼受傷了？」

我在位於最前排的千家身旁坐了下來，他看到我的臉之後便如此問道。

「受傷？」

「你左邊顴骨有擦傷。」

我伸手去摸，頓時感覺到一陣刺痛。大概是被石井推開的時候受傷的吧。「沒什麼事啦。」我笑著敷衍他。

「對了，你後來從山村小姐那裡問出了什麼嗎？」

雖然美星小姐說她已經知道真相了，但是能得到新的情報也沒什麼不好。我抱著這樣的心態開口問道，結果卻只得到一個苦笑。

「沒什麼值得一提的事情。反而是她一直追問我行蹤不明的那段時間發生了什麼事，光是要回答她的問題就讓我一個頭兩個大了。」

他們兩個人能交談的時間，實際上應該只有三十分鐘左右。就算沒問出什麼有用的消息也不能怪他。

「第五屆關西咖啡師大賽的最終項目，濾沖比賽終於要開始了！」

伴隨著開場音樂響起，女主持人那令聽者情緒高漲的聲音也傳遍了會場。明明已經目睹了好幾次因為添加異物而出現的混亂情況，態度卻一點也沒有改變，不愧是專業的主持人。

「在經過兩天由六名實力不相上下的咖啡師展現精湛技巧、互相較勁的比賽後，ＫＢＣ目前只剩下最後一個比賽項目了。根據這個項目的比賽結果，將會決定誰才是冠軍，連在一旁觀看的我也忍不住緊張起來了，上岡小姐，請問濾沖項目有什麼值得觀察的重點嗎？」

「在咖啡師職業的發源地義大利，所謂的咖啡都是專指濃縮咖啡，比較少人喝濾沖式咖啡。如果向店家點美式咖啡的話，喝起來雖然類似濾沖式咖啡，但那其實只是用熱水把濃縮咖啡稀釋而已，和濾沖式咖啡是截然不同的東西。但是在日本，無論濃縮咖啡或濾沖式咖啡都廣受民眾喜愛，可以說是相當常見的飲品。如果咖啡師不懂得濾沖的技術，卻自稱是咖啡專家的話，和我國的實際情況是有出入的。有鑑於ＫＢＣ是我國的咖啡師競賽，便特地設立了濾沖項目。」

上岡解說時的口氣也和之前一樣毫無遲疑。但是她眼睛下方的黑眼圈和把體重全都靠在單邊腿上的站姿，卻如實呈現了她因為昨天發生的一連串添加異物騷動而十分操勞的情況。

「濾沖項目最重要的應該還是在於使用了哪一種咖啡豆，以及是以什麼方法來濾沖吧。是綜合咖啡還是單品咖啡？是深度烘焙還是淺烘焙？是粗研磨還是細研磨？是用絨布還是用濾紙濾沖？或是兩者皆非？不是只要使用品質好的咖啡豆就行了，找出最適合咖啡豆的烘焙程度和萃取方法也很重要。我們會在時限內請每位咖啡師分別濾沖兩杯咖啡。如果煮出來的咖啡不只是直接飲用的時候很好喝，而是連加了砂糖和牛奶之後也能突顯其美味的話，評價應該就會更高喔。」

正如當事人所說的，第一個上場比賽的是石井。雖然他受到了兩次事件的妨礙，但在這個項目卻順利地完成了比賽。接下來是由曾參加過決賽的山村、黛和苅田依序上台，同樣沒有人發現自己的東西被添加異物。就連第五個上台的丸底也順利地結束了比賽，彷彿先前發生的一連串騷動只是一場幻覺。

第六個人，也就是最後一個上台的是美星小姐。等到她結束比賽之後，第五屆ＫＢＣ的比賽就結束了，可說是肩負了最後壓軸的大任務。因為一個比賽項目就要耗費三小時，時間相當漫長，所以多少會有一些在比賽中途就露出明顯不耐的觀眾，但是當比賽已經進行到只剩最後一名參賽者時，他們又和開幕時一樣以興奮期待的眼神看著舞台了。

我想仔細地看著站上期盼已久的重要舞台的她直到最後一刻。我一邊這麼想，一邊等待美星小姐的登場。但是當丸底從舞台旁離開，已經輪到她比賽的時候，她卻還是沒有出現在舞台上。反而是上岡拿著麥克風走到了舞台中央。

我有一種非常不好的預感。

「那個，參賽編號三號的切間美星咖啡師，事先已向主辦單位提出了放棄濾沖比賽的要求。」

上岡的話過了一陣子才滲透我的腦內。

「切間咖啡師本人選擇棄權濾沖比賽，所以濾沖項目到此結束，由剛才的五位咖啡師角逐名次——」

等到我回過神來，才發現坐在觀眾席最前排的自己竟然站了起來。背後是觀眾，前方則是上岡、主持人和工作人員，他們的視線就像千萬支箭矢般刺在我身上。但是我現在已經無暇顧及他們了。

我忍不住咒罵太過大意的自己。我以為這次的一連串事件是兩年前的事件所引起的，所以從沒想過與第四屆KBC沒有直接關係的美星小姐會成為犯人的目標。

但是現在犯人有充分的理由妨礙美星小姐——因為美星小姐為了找出犯人正在進行搜查。為了警告她或讓事情變得更加複雜，犯人把她當成目標是非常合理的發展。

「等一下！你要去哪裡！」

上岡以麥克風大聲制止我，但我並未理會她，直接衝進了準備區。參賽者全都瞪大雙眼，緊盯著我這個突然闖進來的人。我在準備區裡沒有發現美星小姐的身影。

「美星小姐呢！」

我對著他們叫道，苅田的態度雖然有些畏縮，但還是告訴了我答案。

「我想她應該在等候室裡……」

「謝謝你！」

我穿過準備區繞到後面，粗魯地打開門。以最快的速度衝進狹窄又陰暗的走道。

如果我能再可靠一點的話，事情就不會變成這樣了——當我拚命驅使著快被自責壓垮的身體往前走時，卻覺得眼前只有數十公尺的距離看起來像是一條遠得嚇人的漫長道路。

五 第二天・真相

1

「——美星小姐！」

我幾乎是用踹地打開等候室的門，就看到美星小姐待在裡面。她手上拿著我在塔列蘭經常看到的手搖式磨豆機，正喀啦喀啦地磨著咖啡豆。

「啊，不行喔，不能隨便進來啦。」

美星小姐像個在準備惡作劇時被發現的小孩子般鬧著彆扭，一點也不慌張。

「妳的東西沒有被添加異物嗎？」

我有些無力地問道。美星小姐楞了一下。「你在說什麼？」

「呃，最後一個比賽項目妳不是棄權了嗎？」

美星小姐的手只有在她「哦」了一聲的瞬間停頓了一下。

「我接下來要和大家解釋關於一連串添加異物事件的真相，必須事先做點準備。因為無論如何都需要時間，只好忍痛棄權濾沖項目了。請放心，我並沒有受到添加異物的妨礙。」

看來好像是我想太多了。知道我剛才那麼自責，結果完全是白費工夫之後，既鬆了一口氣，又覺得有些無力。

「等參賽者都回來這裡之後，妳就會召集所有比賽相關人士，公布犯人身分對吧？」

「是的。為了使能表示犯人身分的某個特徵顯露出來，我會進行一個實驗。雖然揭露的事實會相當殘酷，讓人有些不忍，但在這種情況下也是無可奈何的事。」

美星小姐淡漠地說著，把濾杯放在咖啡壺上，開始濾沖剛磨好的咖啡粉。房間裡之前並沒有用來煮熱水的快煮壺，應該是她趁著外面在進行濾沖比賽的時候從哪裡弄來的吧。

「不過，妳就這樣棄權真的好嗎？濾沖項目應該是妳最期待結果的比賽項目吧？」

我毫不掩飾地表達了自己的惋惜之意。因為這是讓世人知道她煮的濾沖式咖啡有多好喝的機會。

她臉上的微笑看起來也有些落寞。

「沒關係的。正如我昨天所說的，我已經決定要將所有的心力都用來尋找真相了。」

「然後等明年再重新來過嗎？」

「這個嘛，我也無法肯定，說不定以後再也不會參加了。」

「咦？為什麼？」

她昨天和今天說的話都有些奇怪。美星小姐將熱水倒進濾杯中，看向膨脹起來的咖啡粉，臉上仍舊掛著微笑。

「我一直以來都很嚮往ＫＢＣ。總是夢想著自己有一天一定也要站上那個舞台。當我終於確定獲得夢寐以求的參賽機會時，雖然說要以冠軍為目標，但我覺得那並不是我真正的想法。我之所以一直不斷地練習和研究，是為了不弄髒自己崇拜的舞台，要比一場不讓自己蒙羞的比賽。」

我覺得自己可以明白她的想法。因為聽到她說想以冠軍為目標時，第一個表示「我還以為妳對和人較勁沒有興趣」的人就是我。

「但是，在實際站上舞台，深入了解ＫＢＣ之後，我發現那是個人與人互相仇視競爭，甚至策畫妨礙別人，到處都充滿了醜陋感情，讓人忍不住想移開視線的世界。我不覺得這是不好的，添加異物是做得太過分了，但這也代表大家是多麼努力地想要獲得冠軍。不過，這和我自己心裡描繪的理想比賽相差太多了。無論花費多少時間，我都無法適應這場比賽。」

妳不需要適應。我打從心裡這麼想。和別人吵架是不好的，這樣子誰也不會幸福。對於不假思索地說出這種話的她而言，這是一個她不該去適應的世界。

「正因為是憧憬，所以才是美好的。雖然是很陳腐的一句話，不過我這次真的是深切地體會到這句話的意思了。我想我以後大概不會再參加ＫＢＣ了吧。我只希望我接下來要說的真相，能夠稍微化解比賽相關人士之間的芥蒂。」

話雖如此，但她接下來要說的卻是誰妨礙了誰比賽的事實。如果道歉就能夠解決事情的話，當然是再好不過，但也很有可能朝完全相反的方向發展。希望自己的夢想已經被殘酷地摧毀的她，不會再受到更大的打擊。我現在也只能如此祈禱了。

「事情就是這樣，青山先生，能請你幫我叫所有相關人士過來這裡嗎？雖然就算不用特地通知，他們應該也會聚集到這裡來，不過考慮到接下來就要舉辦頒獎典禮了，我想還是快一點比較好。」

我豎起大拇指，答應了美星小姐的要求。

「包在我身上吧，我一定會帶他們過來的。」

我沿著走道往回走，到達準備區時，五位咖啡師已收拾好東西，正準備搬到準備室。拿著鑰匙卡的上岡和千家也剛好在場。

「請各位把東西放到準備室之後就快點到等候室來，美星小姐有話想告訴各位。」

我一這麼說，在場的所有人全都露出驚訝的表情。上岡眨了幾次眼睛後問道：

「她之前說因為有些關於搜查的事要做，所以濾沖項目決定棄權……她真的已經找出犯人是誰了嗎？」

「好像是。雖然我也什麼都還沒有聽說，但美星小姐她一定會以大家都能接受的方式公開真相的。」

「哼，這可難說了。希望不會只是在浪費時間。」

石井不屑地說道。最想知道犯人是誰的明明是身為受害者的他和黛才對，但或許是因為半信半疑的關係，總覺得他們的反應都不是很樂觀。

「總而言之，就照著她的指示去做吧。我很好奇會聽到什麼樣的內容。」

莉田十分期待似地說完這句話後，所有人就開始移動了。和之前的情況不同，這次不需要再考慮下一個比賽項目的事情，所以只花了幾分鐘就在準備室把東西整理好了。上岡關上門之後，包括我在內的八個人就沿著走道往回走，在等候室的門前停下腳步。

我代表大家打開了門。美星小姐像是要擋住我的去路似地站在門旁。

「我已經把所有人都帶過來了。」

「謝謝你。」美星小姐對我深深地行了一禮。

我立刻作勢想進入等候室，結果美星小姐卻張開雙臂，真的擋住了我。

「這是怎麼回事？現在可不是玩相撲的時候耶。」

美星小姐並未理會我，而是以所有人都能聽見的聲音對他們說道：

「不用說也知道，我之所以請大家聚集在這裡，是為了告訴大家關於這一連串添加異物事件的真相。不過，在那之前，我想請大家協助我進行一項實驗。不用按照特定順序沒關係，請大家一個個輪流進來這間房間。」

所有人都對出乎意料的發展感到困惑。

「實驗？要做什麼實驗啊？」石井探頭說道。

「大家只要進來就會知道了，呵呵呵。」

她究竟在打什麼主意？大家都被美星小姐那有如已經完成惡作劇的孩子般的態度唬住，沒有人開口拒絕。不過，要是在這時拒絕的話，就等於承認自己是犯人。

「好像沒有人願意第一個進來的樣子，那就請青山先生先進來吧。」

「我、我嗎？」我忍不住東張西望起來。

「是的。來，請進。」

我下意識地點著頭走進了等候室。美星小姐等到我進入房間後，就把門緊緊地關上。

「請坐在這裡。」

我照著她的指示坐在更衣室旁的椅子上。

「我也非得參加實驗不可嗎？」

「那是當然的。對其他人而言，青山先生你是嫌疑最大的啊。」

我嘆了一口氣，美星小姐把事先在鏡台上的托盤拿過來，放到我的正前方。看到放在上面的東西，我就知道她要做什麼實驗了。

「妳要做杯測嗎？」

「是的。」美星小姐微笑著說道。

所謂的杯測，指的就是為了確認咖啡豆的品質和香味而進行的「試喝」。方法是把磨好的咖啡粉放進小玻璃杯裡，在這種乾燥的狀態下直接聞它的味道。接著加入熱水，然後聞咖啡萃取時被水浸濕之後，溼潤的咖啡粉的味道。等到萃取結束之後，再用名為杯測匙的小湯匙把表面的咖啡粉和浮沫去除，撈起杯中的液體。然後再以會發出響亮聲音的氣勢用力吸入咖啡，讓咖啡在嘴裡變成霧狀，來判斷咖啡豆所擁有的味道的特性。對咖啡師而言，這是在選擇店裡要使用的咖啡豆時不可或缺的技術。

有鑑於杯測的重要性，不只是日本，世界各地都會定期舉辦考驗杯測正確性的比賽。而比賽的內容就是讓參賽者對一組裝了咖啡的三個小杯子進行杯測。其中一杯裝了不同於另外兩杯的咖啡，參賽者必須單手拿著杯測匙鑑定味道和香氣，選出與另外兩杯不同的那一杯咖啡。因為出題的時候會一次拿出好幾組咖啡，所以會用猜對所有組別的時間和正確度來決定冠軍。

目前在我正面的托盤上，左邊和右邊各有三個排成三角形的紙杯，一共是兩組。六個紙杯裡全都裝了咖啡，光看外表完全分辨不出它們的差異。旁邊則放了一把應該是用來代替杯測匙的小茶匙。

「我想就算我不說明，你也應該知道，兩組咖啡裡都只有一杯是不一樣的咖啡。請你充分檢查過味道之後，把你覺得和另外兩杯不一樣的紙杯上的記號，記在我現在交給你的作答紙上。」

我拿到的作答紙上已經寫好我的名字了。我仔細一看，托盤左側的紙杯上分別寫著A、B、C的文字，右側的紙杯則寫著1、2、3。

「妳的意思是要以正確率來鎖定犯人嗎？」

早知道是這樣，我就更認真練習杯測了。聽到我的牢騷，美星小姐一臉若無其事地鼓勵我。

「放心，這對青山先生而言應該是很簡單的問題。」

她也太相信我了吧？我一邊想一邊進行杯測，結果發現她說的沒錯，真的是簡單到讓人有些無力。但是，我雖然知道了杯測的答案，卻開始不明白她做這項實驗的意義了。

我歸還作答紙之後，美星小姐便說了句「辛苦了」鼓勵我，然後又補上了這句話。

「我會讓剩下七個人也進行完全相同的實驗。為了公平起見，請不要把剛才在這裡做的任何事說出去。還有，能請你幫我盯著其他人，讓他們不要說溜嘴嗎？」

她乍看之下沒有想那麼多，其實叫我第一個進來還是有理由的。我點點頭表示包在我身上，然後就離開了等候室。後來其他比賽相關人士也一一進入了等候室，大概是美星小姐曾提醒過他們吧，沒有人在進行實驗後開口說話。

所有人都知道杯測比賽的流程，所以實驗進行地很順利。等到第八個人，也就是上岡結束杯測時，美星小姐打開門，向大家行了一禮。

「謝謝大家的協助。」

「妳透過剛才的實驗明白什麼了嗎？」石井說道。

「是的，我得到了滿意的結果。」

所有人的臉上都露出了一頭霧水的表情。

在美星小姐的催促下，我們八個人又進入了等候室。負責主持的美星小姐坐在最靠近房間內側的椅子上，我則坐在離她最遠，靠近入口的椅子上。從我的方向看過去，在橢圓桌子左側，靠近鏡台的三張椅子，從內到外分別是黛、山村和上岡；右側更衣室前方的椅子由內而外則分別是丸底、石井和苅田。雖然沒有事先規定，卻很剛好地依照性別分開坐。千家則是在我左側的椅子坐了下來。

所有人都坐定位之後，美星小姐緩慢地環視了所有人。有的人視線游移，有的人傲慢地把身體靠在椅背上，還有人焦慮地抖著腿。唯一的共通點是他們都知道接下來要討論的話題事關重大，所以都無法保持平常心。美星小姐則像是在高處俯瞰我們似的態度從容，露出無畏的笑容說道：

「——那麼，我們開始吧。」

2

「首先從第一起添加異物事件——也就是石井先生的罐子被混入瑕疵豆的事情開始說起。」

美星小姐如此宣布後，就把不知道什麼時候從準備室裡拿出來的那個黑色罐子「叩」地一聲放在桌子上。罐子的蓋子是蓋著的，上面的「ＩＳＩ」標誌則面對著我們。

「喂！那不是我的東西嗎！」

看石井慌張的樣子，應該是沒有問過主人就擅自借用了吧。

「是的，這確實是當時被添加了異物的罐子。」

美星小姐以像是在說「應該沒什麼問題吧？」的態度繼續說明：

「在彩排那天，我在準備室看到罐子裡的東西時，裡面全都是形狀完整的圓豆。苅田先生和青山先生應該也和我看到了同樣的東西。」

我和苅田都點了點頭。

「但是，昨天在第一個項目，也就是濃縮咖啡項目的時候，石井先生一打開罐子，卻發現裡面除了圓豆之外，還被混入了大量的平豆，而且全都是瑕疵豆。不僅如此，這些瑕疵豆還特地經過烘焙，沒辦法馬上挑出來。」

但是，這起事件和接下來發生的兩起不同，自導自演的可能性被明確地否定了。最主要的理由是，自從前天有好幾個人看過罐子裡的東西後，石井先生就沒有機會另外把瑕疵豆混進去。而且就算事先在罐子底部藏了瑕疵豆，我們後來也沒有看到石井先生搖動罐子，把裡面的東西搖晃均勻。」

前天石井確實在準備室把罐子連同平底盤一起冰進了冰箱。晚上的時候準備室是密室狀態，雖然石井隔天早上曾在所有人到齊前去過一次準備室，但是苅田可以證明他當時沒有做出任何可疑的舉動。後來，當所有人一起前往準備室，取出了濃縮咖啡項目時需要用到的東西後，就沒有人離開過準備區。美星小姐是這麼說的。這樣看來，即使那是自己的東西，石井也沒有辦法在上面動手腳。

「所以明日香才會被懷疑不是嗎？只要先虛掩著準備室的門，然後再找機會離開等候室，偷偷潛入準備室就可以了。」

石井朝坐在對面的山村瞪了一眼。她低下頭，縮起了身子。

不過，現在回想起來，大家懷疑山村根本就沒什麼意義。因為準備室的窗戶是可以從外面打開的。而且，當時是在發現被添加異物之前，所以昨天早上也不會有人特地去檢查窗戶的鎖扣是不是放下的吧。換句話說，任何人都可能犯下第一起事件。

我原本以為美星小姐接下來一定是要說這件事。她後來所說的話卻讓我覺得十分錯愕。

「——你不覺得這很不自然嗎？竟然這麼肯定不是自導自演。」

石井張大嘴巴，自言自語地「啊」了一聲之後就僵住了。

「為了否定自導自演的可能性，石井先生必須滿足所有條件才行。舉例來說，如果前天石井先生沒有讓我們看到那些圓豆，又或者是昨天早上沒有叫住苅田先生，自己一個人進入準備室的話，他就沒辦法洗清自導自演的嫌疑了。除了這些之外，還有很多條件，要一一舉出來的話根本說不完。這代表要證明石井先生沒有自導自演是多麼困難的事。」

她說的一點也沒錯。因為第二和第三起事件就像在印證這一點似地，到現在都還留有石井或黛自導自演的可能性嘛。

「即便如此，石井先生還是達成了幾乎可以說是數也數不清的條件，否定了自導自演的可能性。老實說，這樣的情況反而太過完美，換句話說就是很不自然。」

「妳到底想說什麼？」石井的太陽穴正不停抽動著。

「還有另一個地方也不太自然。那就是這個所謂特別訂作的罐子。」

美星小姐將手指併攏，比了比罐子。

「你在準備室讓我們看那些圓豆的時候，咖啡豆占了這個罐子的九分滿。雖然混入瑕疵豆之後，總量好像沒有改變，但是這一點也可以用為了添加異物而把裡面咖啡豆取出來的解釋，所以不是什麼大問題。

不過，我之前用料理秤量過裝到這個罐子九分滿的咖啡豆究竟有多少。結果得到了六十五克的數值。我用來測量的是平豆，或許會因為和圓豆形狀不同而出現若干誤差，不過，我想應該不會差太多吧。」

她沒說錯，我當時看到之後，也覺得六十五克的咖啡豆用來沖煮三杯濃縮咖啡是絕對足夠的。

然而，不知道為什麼，美星小姐卻對同樣的數值抱持著截然不同的想法。

「只有六十五克，難道不會太少了嗎？」

「妳在說什麼啊？就算一杯咖啡必須使用十克的咖啡豆好了，六十五克的咖啡豆別說是不夠了，甚至連一半都用不完好嗎？就算把在填壓濾器把手的時候，為了讓表面平整而撥掉的咖啡粉算進去，也絕對夠用。」

石井大聲喊道。結果美星小姐卻把視線從他身上移開，對其他人問道：

「我想問大家一個問題。使用這次設置在舞台上的大型磨豆機研磨咖啡豆的時候，會只放剛好足夠沖煮濃縮咖啡的咖啡豆進去嗎？」

原來她指的是這件事啊。苅田趕在恍然大悟的我之前答道：

「不，會一次放更多的咖啡豆進去。咖啡豆的數量太少的話，咖啡豆會在磨豆機裡亂跳，讓磨出來的顆粒大小不夠均勻。」

正如苅田所言，使用電動磨豆機的時候，一次放入大量的咖啡豆進去會比較好。像ＫＢＣ這種比賽場合，只要味道出現細微變化，就有可能造成無法挽回的後果，所以更應該這麼做。事實上，我記得在第一個項目最先上台的黛就把大量的咖啡豆放進了磨豆機裡。

「妳也看到我比賽的樣子了吧？為了表演拋接道具的特技，我才會特別訂作了方便拋接的容器。所以那個罐子才會稍微小了一點，就只是這樣。」

美星小姐立刻就否定了石井的反駁。

「如果是石井先生的特技可以獲得較高評價的調酒咖啡項目的話，這個藉口還在容許範圍內，不過，我認為這個藉口沒辦法用在只是單純審查香味完成度的濃縮咖啡項目上。更何況，你都已經費盡心思準備了圓豆，怎麼可能會在這麼基本的事情上疏忽了呢？既然裡面放了咖啡豆，就不可能拿容器來拋接，根本沒有理由不去在意咖啡豆的數量不夠，甚至不惜特別訂作容器，也要以表演特技為優先吧？」

接著美星小姐用右手的食指和拇指夾起罐子，像說書人用扇子敲打講台似地用罐子的底部「叩、叩」地敲了桌面兩下。

「那麼，為什麼石井先生會特地訂作這個大小的罐子呢？我想大家應該已經知道了吧。這個罐子其實隱藏了一個祕密，能讓乍看之下不可能辦到的自導自演變成可能。」

她的意思就是把瑕疵豆加進容器裡的犯人正是石井春夫本人。

「妳、妳不要胡說八道！罐子哪有什麼祕密！」

石井頓時臉色大變，美星小姐一字一句地慢慢說道：

「既然你這麼說，那就用你自己的手來證明給大家看吧？證明這個容器沒有任何祕密。」

「求之不得，給我！」

石井探出身子，擋住了坐在右側的丸底的半個身體，把罐子從桌上一把奪走，拿了起來。然後把垂直站立的罐子推到桌子中間，用指甲打開了蓋子。

「妳看，這個罐子哪有什麼祕密——」

他說到這裡就再也說不出下一句話了。因為罐子出現了誰都看得出來的異狀。

「開口是封著的……」

坐在罐子正前方的山村以細若蚊鳴的聲音說道，但茹田立刻糾正她：

「不，不對，是罐子上下顛倒了。」

石井驚呼一聲，把罐子倒過來。底下是打開的，可以看到空空如也的內部。我們剛才看到的原來是罐子的底部。

「我事先把蓋子套在底部，再把罐子倒過來放了。不過，為什麼身為擁有者的石井先生會沒有察覺到這件事呢？」

美星小姐說到這裡時停頓了一下，等欣賞夠石井那嘴巴一張一闔的模樣後，才滿足地繼續往下說。

「讓我來說明給大家聽吧。這是因為罐子採用了特殊的設計，就算倒過來，外觀也不會改變。」

「真的耶，太厲害了！」

丸底從石井手中拿過罐子，不斷地上下翻轉。罐子是全黑的，刻在側面的四道溝紋間距相等，中央的「ＩＳＩ」標誌則呈現點對稱。

「這樣子的確沒辦法分辨上下呢。不過，這又和自導自演有什麼關係呢？」

千家一邊冷冷地看著想拿回罐子的石井與丸底起了小爭執，一邊問道。美星小姐板起臉回望他。

「石井先生利用了這個設計，在兩天前的準備室內近距離對著我們使出魔術，欺騙了大家。」

「魔術？」

「千家先生應該也知道，罐子內側底部的地方黏著一顆圓豆吧？這件事很明顯地代表著罐子的底部塗了黏著劑。」

聽到這句話，莉田的嘴角勾起一抹笑容。

「哦，我知道了。先用黏著劑把底部黏上去，再把整個罐子倒過來對吧？」

「完全正確。」

美星小姐微笑著回答他，並朝停止動作的丸底等人伸出手。丸底就像是被施了催眠術般乖乖把罐子交給了她。

「如果要詳細說明順序的話，首先，石井先生用可以從側面把刀片刺入的開罐器把這個特別訂作的罐子的底部割下來。雖然也可以直接請人訂作底部分離的罐子，不過考慮到他曾告訴大家有疑問可以去問製造商，我想他應該是自己把它切開的吧。」

罐子的底部形狀像是覆蓋了一個平坦的圓盤，一般的罐頭多半是這樣。只要從側面把利刃刺進去，在切開底部的時候就可以保持完整的圓盤形狀了。

「這樣一來，這個罐子就分為底部、圓筒狀的本體，以及蓋子這三個部分了。接著，他把蓋子蓋上本體之後倒轉過來，在裡面倒入由瑕疵豆和圓豆所混合的咖啡豆。」

美星小姐一邊說明，一邊把用蓋子蓋住底部的罐子放在手心上，以沒有拿東西那隻手的食指沿著內側七分滿的地方劃過。這麼說來，前天在準備室的時候，石井也是這樣拿著罐子的。

我原本以為他只是把蓋子套在罐子底部而已，沒想到那時蓋子其實是用來代替底部的。

「加入適量混合過的咖啡豆之後，必須在上面再放一層只有圓豆的咖啡豆。這樣一來，往罐子裡看的時候就只會看到裡面裝了圓豆。這時那一層圓豆不能太厚也不能太薄，要是太厚的話，很可能會被看出瑕疵豆並未平均分散在罐子內，但若是太薄，拿著罐子走動時，圓豆就會不小心散開。」

我們之前已經在準備室裡討論過在罐子裡放入一層圓豆的方法了。不過，當時因為考慮到那一層圓豆厚到連走路時都不會散開的話，就沒辦法把它搖散，所以暫時放棄了這個想法。不過，可以把罐子整個倒過來的話，就沒有必要刻意把那一層圓豆弄散了。

如果石井在炫耀的時候用手指把圓豆撥開，我們或許就會發現底下有瑕疵豆，不過，如果是已經發生添加異物事件也就算了，一般來說是不會有人想在接下來就要比賽的情況下，去碰會在比賽時使用的咖啡豆的。石井光明正大地把放了瑕疵豆的罐子拿給我們看，是因為他根本不擔心會被發現。

「接下來只要一邊假裝整理東西，一邊在包包裡把黏著劑塗在罐子的底部，然後一隻手拿著罐子，另一隻手拿著底部並用手掌遮住避免被人發現，再找機會把底部貼到罐子的開口上，最後把罐子反轉過來就完成了。魔術的基本技巧裡有一種名叫『掌中藏牌』，就是把撲克牌等東西藏在手掌的的手法，石井先生就是使用了這種『掌中藏牌』的手法完成自導自演的。他需要一個底部大小可以藏在手心裡的容器，才會特別訂作了這個容量不算大也不算小的罐子。」

雖然缺少了被割下來的底部，美星小姐還是照著自己的說明用手掌蓋住罐子的開口，然後把罐子上下反轉過來。雖然這麼做很難把裡面的東西搖晃均勻，不過如果只是反轉一次的話，是很有可能逃過任何人的目光的。

「只要仔細地檢查罐子的底部，就能夠發現他曾經使用過這個手法的證據，也就是以黏著劑黏住的痕跡。這個罐子原本是要立刻扔掉的，可能是因為我們開始注意會不會發生第二起事件，所以找不到機會扔掉，也有可能是覺得不會被看穿而大意了，無論如何，沒有把罐子處理掉算是一大敗筆吧。要是咖啡豆一直放在裡面的話，大概不會那麼容易被人發現，不過我們不小心把裡面的咖啡豆撒出來了，只能說是石井先生運氣不好。」

石井低下頭，憤恨地緊咬牙關。看他什麼話也沒說的樣子，應該是已經放棄反駁了吧。既然對方已經提出明確物證，他的反應可以說是理所當然。

「我現在已經明白石井咖啡師是自導自演了，不過，為什麼他要做出這種等於是放棄比賽的事情呢？」

上岡問道。美星小姐也早已想好該如何回答她了。

「只要想想石井先生這麼做害到了誰，答案應該就呼之欲出了。」

我看向山村。她好像也察覺到對方是在說自己。

「在石井先生巧妙的自導自演之下，第一起事件只有明日香小姐一個人有嫌疑。因為有機會使用虛掩準備室的門的方法，又曾經暫時離開過等候室的人就只有明日香小姐。

但是，根據明日香小姐所言，她昨天早上之所以離開等候室，是因為有人在她的托特包裡放了信，把她叫出去的關係。那封信的署名是千家先生，但是當事人卻表示自己根本沒寫過那種信。」

千家無言地點點頭。

「也就是說，這封信是犯人為了讓明日香小姐離開等候室而偷偷放進去的。之所以假借千家先生的名義，是因為犯人知道明日香小姐和他有私交，當事人目前又下落不明，也沒有辦法確認那封信的真偽吧。另外，雖然明日香小姐隱瞞了信的存在，但就算她把信拿出來當成自己離開等候室的理由，石井先生可能也會以『這是妳為了洗清嫌疑而自己寫的吧？』來反駁她。不管怎麼說，這封信也證明了犯人的目標就是明日香小姐。」

「妳的意思是，石井先生為了讓我被懷疑，精心策畫了這麼複雜的自導自演嗎……只要能擺脫罪名，嫁禍給誰都沒關係吧？」

山村的視線雖然有些游移，還是對美星小姐的推測提出了異議。或許是認為自己沒有做什麼被石井個人記恨在心的事。

「不，明日香小姐在本屆ＫＢＣ是很有可能獲得冠軍的參賽者，對於想贏得冠軍的犯人而言是個眼中釘。石井先生的自導自演就是為了妨礙明日香小姐而策畫的。藉由引起只有明日香小姐可能犯案的添加異物騷動，讓她遭周遭的人懷疑，這樣一來，不僅可以讓她陷入孤立、不安或緊張的情緒，運氣好的話甚至能害她失去比賽資格或永遠不能再參賽。」

「妳的話不太符合邏輯喔。」

這時苅田突然插嘴說道。

「石井在自己使用的咖啡豆裡添加異物，等於是放棄了第一個比賽項目。根據比賽進行的方式，就算自己的東西被添加異物，也沒辦法再重新比賽。這樣一來，就算成功讓明日香失去資格，少了一項比賽成績的石井還是會陷入相當不利的情況。這麼做只會讓其他人抱走冠軍寶座而已。」

「我想，石井先生在預謀自導自演的時候，已經放棄冠軍了。雖然這麼說很失禮，但從石井先生在歷年比賽裡所獲得的成績來看，他的表現沒有好到讓人覺得他有冠軍相，所以本來就對冠軍不是很執著吧。」

雖然表情不是很高興，但石井一句話也沒有說。反而是苅田看起來一副非常不悅的樣子。

「妳在說什麼啊？妳之前不是才說石井想獲得冠軍嗎？」

「不對，我說的是犯人喔。」

「我愈來愈聽不懂妳在說什麼了。石井不就是犯人——」

這時，苅田突然驚呼一聲，閉上了嘴巴。美星小姐環顧眾人，說出了她想表達的真正意思。

「石井先生並非獨自犯案。」

現場頓時一陣譁然。難道共犯就在我們之中嗎？

「我們用剛才提過的方式再思考一次吧。只要想想明日香小姐被陷害的話是誰能獲得好處，犯人的身分就呼之欲出了。」

只要沒有山村明日香，就能夠在第五屆KBC中獲得冠軍的人——所有人的視線都集中到坐在山村身旁座位的女性上。

「黛冴子小姐，是妳教唆石井先生製造添加異物騷動的吧？」

「……哼，妳有證據嗎？那是石井自己決定這麼做的吧？」

黛伸手撩起頭髮，這麼說道，石井立刻激動地反駁她。

「冴子！妳這傢伙，是想和我撇清關係嗎！」

「我不知道你在說什麼！為什麼我一定要和你合作啊？」

「沒用的，冴子小姐。因為妳已經在我們眼前幫助過石井先生好幾次了。」

美星小姐一說出這句話，兩人便像是被迫屈服似地陷入了沉默。

「首先，是石井先生把罐子倒過來時的情況。雖然那是一個很簡單的動作，但若是在那一瞬間被發現的話就完了。為了避免那種情況發生，順利達成目的，必須確定我們聚集在罐子上的視線全都能暫時移開才行。」

「所以那個時候黛咖啡師才會突然叫我嗎？」

上岡恍然大悟地用拳頭敲了一下手掌。我也記得黛曾經突然大喊了一聲「上岡小姐」。

「沒錯。如果某處突然發出巨響，其他人一定會反射性地往那個方向看。所以身為共犯的冴子小姐就算準時間大喊一聲，讓石井先生趁我們移開視線的時候迅速地把底部黏上去，並把罐子反轉過來。」

「這只不過是偶然罷了，不算證據。」

「那我就再說一個吧。昨天早上，為了製造出只有明日香小姐有嫌疑的情況，你們兩人必須設法安排好一切。於是石井先生便跟著打算前往準備室的莿田先生，證明莿田先生的清白。冴子小姐則為了不讓我離開等候室而一直積極地和我說話，阻止我離開。」

美星小姐曾說過，她和山村離開準備室時，正好在等候室前遇到黛，然後就一直在等候室裡和黛聊天。如果美星小姐在那之後獨自離開等候室，在使用「離開準備室時先虛掩著門，之後再返回」的情況下，她也會和山村一樣被懷疑。黛察覺到這種情況，才會找美星小姐說話的。

「等一下，不管怎麼說都太牽強了。如果妳一口咬定昨天早上確實關好門的話，那該怎麼辦呢？還有，如果好不容易偷偷把信放進去，結果明日香根本沒發現呢？妳的話簡直是破綻百出。」

「這個計畫確實給人一種不是很完善的印象。不過，那是因為發生了一件妳沒有預料到的事。」

美星小姐的視線移向了一旁的山村。

「我想問明日香小姐一件事。明日香小姐在ＫＢＣ決賽的時候，每年都是第一個進入會場的參賽者對吧？」

「咦？呃……這個嘛，如果問我是不是每一次都這樣的話，其實我不太確定，不過我幾乎都是在一開館的時候就進去了。」

「也是每年都會先進去準備室一趟？」

「是的。因為第一天有材料一定要先拿進去放。」

山村的態度看起來像是正在拚命地搜尋自己的記憶。

「冴子小姐他們把這一點也計算進去，利用前一天的對話讓上岡小姐決定把鑰匙卡交給第一個到場的參賽者。這樣一來就可以輕易地製造出只有明日香小姐能夠在別人的物品裡添加異物的情況。」

原來如此。如果第一個到場的山村拿了鑰匙卡獨自進入準備室的話，她就會自動成為有嫌疑的人。黛和石井只要之後再接連進入會場，注意其他參賽者的行動就好。這麼說來，彩排當天在準備室提議「第一個進入會場的人可以向上岡小姐借用鑰匙卡」這項規則的人正好就是石井。

「但是緊接著明日香小姐之後進入會場的冴子小姐，卻在等候室前看到了出乎她意料之外的人——那就是我。我昨天也是一開館就進入會場了。

冴子小姐當時一定很慌張吧。這樣一來，不僅有嫌疑的人會變成兩人，如果我們互相證明彼此清白的話，還有可能演變成最糟糕的情況，也就是兩個人都洗清了嫌疑。所以冴子小姐就在此時急忙想出了另一個策略。那就是先寫信讓明日香小姐離開等候室，等到大家在討論添加異物騷動的時候，再提及可以事先虛掩著準備室的門這件事。」

黛為了應付突發狀況，竟然想到了這麼高明的策略嗎？我忍不住佩服起她來。

「昨天早上，冴子小姐一邊和我聊天一邊玩著手機。我想她應該是趁那個時候傳訊息請石井先生準備信的吧。既然她必須負責阻止我離開房間，就代表她自己也沒辦法自由走動。而且，明日香小姐使用的是托特包。因為包包的開口是敞開的，要把信藏在裡面很容易，明日香小姐發現信件而拿起來看的機率也比較高。

所以，雖然沒有當初設想得那麼完善，但兩位還是順利地讓事情照著計畫走了。後來又加上幸運之神的幾次幫忙，才終於成功地讓所有的人都只懷疑明日香小姐一個人。」

「別再胡說八道了，妳現在所說的全部都只是妳的推測。如果妳這麼堅持是我教唆石井的話，就拿出證據來啊？」

黛還不肯承認自己的失敗。但對我來說，她逞強的樣子反而是她寧願妨礙對手也要獲得冠軍的個性的鐵證。不過，美星小姐當然是以只講究邏輯且誰都能認同的證據來說服她。

「最重要的是，你們昨天為了處理突發狀況應該已經忙得不可開交，所以即使事情最後照著計畫走，在善後工作的部分卻不一定萬無一失。你們的手機裡會不會還留有指示石井先生準備信件的訊息呢？」

這時，黛突然狠狠地瞪了石井一眼，石井則勾起了嘴角。黛說不定已經謹慎地刪除訊息了。不過，石井好像沒有徹底湮滅證據。因為黛曾經試圖和石井撇清關係，他應該很樂於協助提供證據吧。

「妳願意承認自己和石井先生是共犯嗎？」

美星小姐如此詢問後，黛才終於斜眼看向旁邊，噘著嘴坦白了。

「沒錯，只有容器的機關是拜託熟悉魔術的石井先生構思，其餘全是我想的。」

「也就是說，石井氏為了讓黛氏獲得冠軍，甚至不惜犧牲自己來陷害山村氏對吧？你們兩個人該不會是在交往吧？」

丸底的態度簡直就像是在戲弄同學的小學生。不過，就連曾經好幾次目睹石井和黛爭吵的我，也有點好奇兩人究竟是什麼關係。

「是因為獎金啦。他要求我把冠軍獎金分他一半，就這麼單純。不要做這種無聊的想像好嗎？」

黛一邊交疊雙腿一邊說道，丸底疑惑地歪著頭。

「雖說可以分到一半，但獎金其實也不算多……呃，雖然我非常想要就是了。」

「我反而是有沒有拿到獎金都無所謂。兩年前我好不容易贏得冠軍，卻因為最後那起騷動的關係，主辦單位對外界下了封口令，害我可以說是根本沒享受到冠軍所帶來的好處。你們能明白我的不甘心嗎？」

丸底又歪起頭來了。他大概還不知道兩年前發生騷動的經過吧。

「我比任何人都希望ＫＢＣ能重新舉辦，更渴望能在第五屆比賽中獲得冠軍。為了達成目的，我甚至可以不擇手段。」

「所以妳才會想到可以妨礙明日香小姐比賽，但卻不是直接把異物混入她的材料裡，而是採用較拐彎抹角的方法，讓別人誤以為她在其他人的物品裡添加異物對吧？」

「要是能在明日香的材料裡添加異物的話，或許可以對她造成更致命的傷害吧，但是我想不到能夠在不被揭穿的情況下實行的辦法。明日香的確是很難纏的對手，但是上一屆比賽我最後還是贏了，我的實力絕對不比她差，我這麼做只是想確定自己可以拿到冠軍而已。就算沒有害她因此失去比賽資格，只要個性本來就很膽小的明日香因為被大家懷疑而沒辦法冷靜地比賽，對我來說就算是達成目的了。」

「但是，明日香小姐應該會否認犯案吧？難道妳沒想過可能會有人像我這樣自願負責調查嗎？」

「只要身為受害者的石井先生接受明日香是犯人的結論，其他人又能說什麼呢？之後只要再讓石井先生說一句『不要再提起已經拍板定論的事』就不會有問題了。」

黛和美星小姐說話的時候態度相當冷淡。直到昨天都還相當融洽親密的氣氛已經連影子都看不到了，我頓時對女性平常所戴的假面具之厚感到不寒而慄。

下一句話同樣是女性說的。

「對不起，我還是聽不太懂。」

上岡好像在忍耐頭痛似地以指尖抵著太陽穴。

「這次的一連串添加異物事件，全都是石井咖啡師和黛咖啡師的自導自演，對吧？換句話說，第二和第三起事件也是你們兩個人自己做的……不過，這樣一來，黛咖啡師不就沒辦法贏得冠軍了嗎？」

「——我怎麼可能做那種事啊！」

黛以尖銳的聲音叫道。

「除了我們之外，還有人也策畫了添加異物事件。因為那傢伙的關係，我們的計畫全都泡湯了！」

室內陷入一片死寂。已經不知道出現幾次的困惑又席捲了我們。

「……美星小姐，妳相信她所說的話嗎？」

我勉強擠出聲音問道。美星小姐毫不猶豫地點了點頭。

「依照情況來看，第一起事件只有石井先生可能犯案，而關於冴子小姐是共犯這件事也毋庸置疑。不過，接下來發生的兩起事件，對於冴子小姐想獲得冠軍的目標來說顯然是反效果。

不僅導致冴子小姐放棄她最擅長的拿鐵拉花項目，連石井先生拿手的調酒咖啡項目也因此得到不太好的評價，而且這些事件，一看就知道不可能是明日香小姐所犯下的。如果有嫌疑的人變多了，自然就會有人開始推測第一起事件並不是明日香小姐所為。這樣的發展會正好抵銷掉兩位想在第一起事件中引起的效果，即便他們想讓明日香小姐失去冷靜的目的已經算是達成了。」

這是怎麼一回事？我開始害怕繼續聽下去了。如果她所說的是正確的，結論就只有一個。

「從這些事情來看，冴子小姐剛才的話是沒有任何可疑之處的。」

所以黛說的是實話——美星小姐彷彿要在她所說的事實上畫一條粗線似地以嚴肅的口氣說道：

「換句話說，除了石井先生和冴子小姐之外，還有另一個以他們為目標而犯下第二和第三起事件的犯人，就在我們之中。」

3

美星小姐今天中午曾在準備室說過。說自己或許早就被某個非常愚蠢、先入為主的觀念影響了。

現在我也明白那個先入為主的觀念是什麼了。我們在不知不覺間認定這一連串事件都是同一個犯人所為的。

「為什麼你們不在受到妨礙的時候就把真相告訴大家呢！」

上岡嚴厲地斥責石井和黛。她出乎意料的魄力讓我也忍不住縮起脖子。

不過，美星小姐卻說這也是無可奈何的。

「如果承認妨礙他人比賽的話，別說會失去這次比賽的資格了，還有可能以後都無法再參加比賽不是嗎？看到過去的參賽經驗似乎會大大影響KBC的預賽結果，我不認為這兩個刻意引起混亂的人以後還能參加決賽。」

「應、應該是沒那回事啦……」

上岡一臉為難地支吾其詞。看到參賽資格幾乎由一部分咖啡師獨占的現況，美星小姐或者石井和黛會這麼想是很正常的。實際上，這次比賽上岡就主動召集了熟知過去比賽情況的咖啡師，所以無法否定能通過預賽靠的不只是單純的實力，主辦單位的好惡也有很大的影響吧。

「好了，各位，雖然我已經在這裡說明了第一起事件的真相，不過，實際上這兩個人的計畫有個很重大的缺陷。」

聽到回歸正題的美星小姐所說的話，石井和黛相當驚訝。

「妳這是什麼意思？我們確實創造出讓人以為只有明日香才是犯人的情況了喔。」

石井慌張地大聲說道，明明已經知道那是對方想嫁禍自己，但山村還是很可憐地縮著身子。

「直到幾個小時前有人告訴我這件事之前，我也完全沒想到這個缺陷。不過，其實在場的所有人都可以很輕易地犯下第一起事件。」

美星小姐說完後便從椅子上站了起來。

「我現在就向大家說明這件事，我們去準備室吧。」

我穿過Art-ery廣場的大門，到達準備室的窗戶外後，美星小姐便從室內打開窗戶，對我說道：

「那麼就麻煩你了。」

我照著她的指示把苅田剛才所說的窗戶鎖扣的開鎖方法實際表演給所有人看。先把窗戶關上，隔著玻璃確認鎖扣已經放下來，然後就用雙手握住窗戶邊緣，開始上下搖晃。雖然只是模仿自己看到的動作，但最後還是成功地把鎖扣往上推，從外面打開了窗戶。

「就像這樣子，隨時可以從外面闖入準備室內。」

我在窗框中看到除了負責解說的美星小姐和苅田外，幾乎所有人都露出了啞口無言的表情。

「這麼說來，還發生過那種事呢。我完全忘記了。」

千家露出苦笑，山村也輕輕地點了點頭。她好像也不記得四年前與這扇窗戶有關的事了。

「這是怎麼回事？千家，你難道也知道？」

上岡追問道。千家聳聳肩，不太情願地回答：

「我記得是第二屆ＫＢＣ時的事吧。那邊那位丸底的哥哥，丸底泰人咖啡師遲到了，想從窗戶進來，結果不小心弄壞了鎖扣。那一年的參賽者都目睹了那一幕。」

「咦？我大哥？」

丸底驚訝地瞪大雙眼。看來他哥哥也沒有告訴他。

「一旦知道這件事，就會明白石井先生的自導自演完全是白費工夫了吧。因為只要在昨天開幕典禮之前，石井先生還沒有把罐子拿出去的時候，從這個窗戶進入準備室，無論誰都能在罐子裡添加異物。當然了，如果一樣從窗戶離開的話，鎖扣就會維持往上推的狀態，只要能證明鎖扣無論何時都是放下的，那麼明日香小姐就仍然是唯一有嫌疑的人，不過，我想在發現被添加異物之前，應該沒有人會去注意鎖扣有沒有放下吧。」

聽到美星小姐的話，黛皺起了眉頭。

「我和石井先生都沒有通過第二次比賽的預賽……不過，為什麼沒有人告訴我們這件事啊？如果昨天中午的時候把窗戶牢牢鎖上的話，我們的東西或許就不會被人添加異物了。」

如果這麼做的話，黛他們的計畫還是會變成徒勞無功。不過，這樣子石井的自導自演就不會被揭穿，至少比自己擅長的比賽項目被人妨礙來得好。雖然這都是結果論了。

總而言之，黛的這番話是刻意忽視了自己妨礙他人比賽的行為。苅田雖然相當傻眼，但還是向大家解釋自己為何隱瞞鎖扣的事情。

「事到如今，不管那兩個人會變得多慘，我都不會同情他們，不過，雖然我沒有把窗戶的事告訴任何人，但我一直都在注意窗戶的樣子。我只要進入準備室就會先確認窗戶有沒有鎖上，每次檢查窗戶都是牢牢關上的。」

「關於這一點，我也可以替他保證。而且，不用我說大家應該也知道，即使可以從外面打開窗戶，卻無法從外面鎖上。再加上第二起事件只有可能在昨天中午休息的時候犯案，但這段時間內青山先生一直守在準備室的門前面。換句話說，如果只看可能犯下第二起事件的時間帶的話，雖然能夠入侵準備室，但是不可能以同樣方式離開的，也就是呈現所謂的『半密室』狀態。」

聽到美星小姐的補充說明，石井先生態度隨便地以低沉的聲音說道：

「既然如此，不就代表是那傢伙幹的嗎？」

他口中的那傢伙指的是站在窗外的我。美星小姐搖了搖頭，隨即繼續往下說。

「犯人之所以把鎖扣放下，大概是為了讓大家在比賽開始之前不會察覺到出事了吧。如果犯人一直沒有鎖上窗戶，結果被第二個比賽項目開始前進入準備室的參賽者發現的話，大家說不定會把可能被添加異物的材料全都檢查一遍。如果在比賽前就發現異物的話，無論是鹽還是牛奶，都能夠輕易取得代替品，這樣子犯人精心策畫的犯行幾乎是前功盡棄了。」

事實上，犯人的判斷是正確的。如果他沒有鎖上窗戶，美星小姐、苅田或我一定會發現的。

「基於以上理由，犯人非得鎖上窗戶不可，但是，這也會讓準備室陷入對犯人不利的半密室狀態。因為如果讓大家知道可以從窗戶自由進出的話，就等於誰都能添加異物，沒辦法讓大家只懷疑特定人物。

然後，當我正在思考如何離開這個半密室的方法時，青山先生在窗外發現了某個東西。那個東西現在還在他的腳邊。」

較靠近窗戶的幾個人便伸長了脖子往下看。只見窗戶外的地面堆了一小堆鹽。

「我確認過了，那是鹽。因為彩排當天曾下過雨，所以至少可以確定那是在彩排之後才出現的。」

「這個粉鹽根本就是我的嘛！犯人為了把胃藥加進小瓶子裡，就稍微倒掉了一些吧！」

石井和我有同樣的想法。但是美星小姐卻否定了這點。

「如果只是想減少瓶子裡的鹽，沒有必要特地丟在可能會被看到的窗外，只要倒進水槽沖掉就行了。犯人之所以沒有這麼做，唯一的理由就是他為了某個目的必須在窗外堆出一堆鹽。為了尋找這個目的，我們現在暫時先從犯人的角度來審視他的行動吧。

犯人得知發生了第一起添加異物事件後，便決定自己也要犯案。大概早就看出第一起事件是石井先生和汐子小姐所策畫的妨礙行為了吧。所以犯人就先趁站在Art-ery廣場入口的警衛為了換班而離開時從窗戶進入了準備室。然後在調查了他打算犯案的對象，也就是石井先生的材料後，發現了兩個裝有白色粉末的小瓶子。」

美星小姐從冰箱裡拿出了石井的兩個小瓶子。其中一個瓶子上有老鷹圖案的金屬獎章，裡面裝了被加入胃藥的粉鹽。另外一個瓶子的金屬獎章則是西方人側臉的圖案，裡面裝的大概是砂糖吧。

「外表看起來是非常相似的白色粉末，但只要考慮到特別分為兩個小瓶子這一點，就可以立刻推測出一個是鹽一個是砂糖。而且犯人也知道石井先生過去曾在調酒咖啡項目使用鹽製造出Snow style的效果。因為Snow style的鹽會直接接觸嘴唇或舌頭，所以應該很容易被發現添加了異物。而且調酒咖啡項目是石井先生最擅長的，其他項目也不太會使用到鹽。換句話說，這個加了鹽的小瓶子最適合當成添加異物的對象。

不過，我們也不能忘了犯人其實本來並不打算犯案。他只是湊巧得知了第一起事件，才會突然起意策畫第二和第三起事件。所以當他入侵準備室時，身上帶的東西並不多。犯人想了想這些東西裡有什麼是可以用來犯案的之後，就決定把平常隨身攜帶的胃藥加進裝了鹽的小瓶子裡。

不過，犯人在此時遇到了一個大困難。雖然可以藉由金屬獎章的圖案來分辨兩個小瓶子，但上面並未標示哪個是鹽，哪個是砂糖，沒辦法以外表來分辨。」

美星小姐說的沒錯，可是，我完全不知道為什麼要說這是個「大困難」。鹽和砂糖不是立刻就能分辨出來了嗎？但是美星小姐沒有給我插嘴提問的機會，又接著說道：

「如果能在兩個小瓶子裡都加入足夠的胃藥的話，犯人或許會這麼做。不過犯人是臨時起意打算犯案的，所以大概只帶了兩包胃藥吧。如果兩個小瓶子各放一包的話，可能會因為分量太少，而導致沒有任何人發現自己在裡面添加了異物。無論如何都必須把兩包胃藥都加進放了鹽的小瓶子裡——當犯人這麼想的時候，他腦中突然浮現了在入侵準備室時看到的某個東西。那個東西正好可以讓他分辨哪種粉末才是鹽。」

「那個東西究竟是什麼呢？」

我不記得自己曾看過類似的東西，便一邊環顧四周一邊問道。美星小姐所說的答案讓我大感意外。

「是螞蟻。窗外的地面有很多螞蟻正排成隊伍前進。」

我再次看向那堆鹽的附近。就如我剛才看到的，一大群螞蟻正在到處爬行。

「把小瓶子裡的東西放在螞蟻前進的路線上，被螞蟻扛走的是砂糖，沒有被扛走的就是鹽……雖然沒辦法百分之百確定，不過準確率會變得非常高。所以犯人就打開窗戶——那時警衛說不定已經回到崗位了，不過我聽警衛說，如果只是打開窗戶的話，他們根本不會特別留意——然後瞄準那些螞蟻，把小瓶子裡面的東西倒了一些出來。就算現在在那裡的那堆鹽旁邊曾經有一堆大小一樣的砂糖，到了今天應該也已經被螞蟻搬光光了吧。犯人仔細地觀察螞蟻的行為之後，分辨出哪個才是裝了鹽的小瓶子，成功地只在那個瓶子裡加了胃藥。」

「我默默地聽了一陣子，發現妳說的話實在是很莫名其妙。」

石井發出的抗議聲替我闡述了心中的疑惑。

「什麼叫『大困難』啊？只是要分辨砂糖和鹽，為什麼會用到螞蟻？不是只要舔一下就知道了嗎？」

「——如果犯人沒辦法這麼做呢？」

美星小姐的話，讓我受到了彷彿被痛毆般的衝擊。因為我在那一瞬間完全明白她想說的究竟是什麼事了。

「沒辦法做到？怎麼可能……難不成……」

石井也在此時沉默了。美星小姐毫不猶豫地說出了大家在此時想起的某個難以置信的單字。

「犯下第二和第三起事件的犯人，沒辦法靠味覺分辨鹽和砂糖——也就是擁有味覺障礙。」

「所以妳才會讓我們參加那個有夠蠢的杯測嗎？」

黛一臉厭煩地說道。美星小姐笑了笑，從口袋裡拿出一疊白紙。

「現在在我手上的是剛才杯測的時候請大家寫下答案的作答紙。順便一提，最上面的這一張是第一個參加杯測的青山先生寫的，之後則沒有特別分順序。」

美星小姐把我寫了答案的紙翻過來，讓大家都能看見。紙上的左側和右側分別寫了大大的「A」和「2」。

「左側的正確答案是A，右側則是2，不愧是青山先生。」

「謝謝……呃，我一點也不覺得高興好嗎？」

仍舊站在窗外的我靠在窗框上抱怨道。

「因為，只有正確答案的紙杯，是**咖啡裡加了鹽**對吧？我喝下去的時候還以為妳在捉弄我呢。」

「真的很對不起。不過你現在應該知道我為什麼這麼做了吧？」

那是當然的。我再次因為自己答對了而覺得鬆了一口氣，並終於了解為什麼美星小姐在開始實驗之前說會揭露相當殘酷的事實了。

「所謂的味覺障礙，其實可以分為很多種症狀，例如味覺變得遲鈍的味覺減退、完全失去味覺的味覺喪失，還有嘗到的味道和原本的味道不一樣的味覺異常，或是只有特定味道嘗不出來的解離性味覺障礙等等，我們目前可以確定的，是犯人沒辦法分辨鹹味這件事，所以剛才的實驗也是以分辨鹹味的方法來執行。而且為了防止犯人碰巧猜對，我特別準備了兩個問題。那我們現在就實際來看看大家回答得怎麼樣吧。」

美星小姐翻開一張張作答紙，把它們放在旁邊的桌上。

「黛冴子小姐，『A、2』，正確答案。石井春夫先生，『A、2』，也是正確答案。苅田俊行先生，『A、2』。丸底芳人先生，『A、2』。兩個人都答對了。上岡和美小姐，『A、2』，正確答案……山村明日香，『A、2』。正確答案。」

現在，她的手上只剩下一張作答紙了。當我看到上面寫的字時，巨大的驚愕感頓時席捲我全身，我覺得腳下的大地好像突然扭曲了一下。

「『B、2』。很可惜地，沒有答對。雖然有一題是對的，但是在這次比賽期間數次幫助你度過危機的好運，似乎已經用盡了。我現在真的很慶幸自己為了以防萬一而準備了兩個問題。」

美星小姐大步走到作答紙上寫的名字所代表的人面前，然後以明顯帶著怒火和悲傷的眼神看向那對低頭望著她的雙眸。

「犯下第二和第三起事件的犯人——就是你，**千家諒先生**。」

4

「……真傷腦筋，明明是妳叫我來的，沒想到竟然會被當成犯人。」

千家臉上露出諷刺的笑容，也注視著美星小姐。他看起來相當沉著，一點也不慌張。反而是我們聽到美星小姐的話之後，都嚇了一大跳。直到昨天以前，千家甚至不是本屆比賽的相關人士，而且大家都以為他失蹤了。沒想到他昨天就已經在會場裡，而且還引發了添加異物事件。大家當然沒辦法立刻接受這個事實。

「當我推論出這個結論的時候，我也不敢置信。不過，我愈想愈認為所有的情況都指出了你就是犯人。」

美星小姐也目不轉睛地看著千家。我想起她曾經說過「正因為是憧憬，所以才美好」這句話。她對ＫＢＣ的憧憬，同時也是對於天才咖啡師千家諒的憧憬。必須以這種形式和他對峙，一定讓她沉浸在難以忍受的無奈感之中吧。

「好吧，我的確有味覺障礙。就算我否認這件事，只要稍微調查一下就會明白真相，所以只好承認了。我兩年前之所以把店收起來，真正的原因也不是因為在ＫＢＣ遇到了那麼悲慘的事，而是既然得了味覺障礙，那也沒辦法再繼續當咖啡師了。」

雖然千家說話的口氣很平淡，不過，即使對象是一般人，我也可以想像失去味覺會帶給人多大的打擊。更別說味覺對咖啡師而言等於是足球選手的腳或音樂家的耳朵。他應該是迫於無奈才選擇引退，但本人所承受的苦惱一定是筆墨難以形容的。

「不過，就算是這樣，把我當成添加異物事件的犯人也未免太過分了。竟然只因為鹽這個理由就說有味覺障礙的人是犯人，實在是太牽強附會。也有可能是知道我得了味覺障礙的犯人想把罪名嫁禍給昨天不在會場的我，才會刻意留下假證據的不是嗎？」

「是啊，而且，如果真的是千家做的，他昨天應該是偷偷跑來會場，就算他能夠看到舞台上的比賽情況好了，也不可能聽到我們在等候室的交談內容啊。這樣子他要怎麼掌握情況呢？」

上岡雖然開口替千家說話，但在美星小姐面前也是無謂的抵抗。

「千家先生昨天當然也在會場附近，而且還一字不漏地聽到了我們在等候室交談的內容。因為他使用了這個竊聽器。」

美星小姐的其中一隻手裡拿著她所說的竊聽器。

「竊聽器？」上岡愣住了。

「是的，順便一提，這個竊聽器的最大收訊範圍應該是半徑三百公尺內。換句話說，因為某種目的而在等候室設置竊聽器的犯人，在距離等候室三百公尺內的地方聽到了我們的對話，所以才會知道第一起事件的詳細情況，還有中午休息時準備室前面有人看守的事。」

「妳有證據可以證明設置竊聽器的人就是犯案的犯人嗎？還是妳現在要對我搜身，檢查我身上是不是裝了接收器？」

千家語帶挑釁地說道。既然是他主動提議的，接收器可能在竊聽器被發現的時候就被他處理掉了吧。不過，美星小姐仍舊不為所動。

「正如千家先生也知道的，把竊聽器貼在鏡台內側的雙面膠帶，和第三起事件時用來封住紙盒開口的東西似乎是一樣的。犯人應該是把設置竊聽器時用到的東西一直放在包包裡，所以就算是臨時起意闖進準備室，身上也正好有雙面膠帶可用吧。」

既然如此，千家設置竊聽器的時間，不就是昨天的開幕典禮或正在進行第一個項目時，又或者是更早之前的彩排當天了嗎？想在那些時間掩人耳目地進入等候室應該不難。

「不管怎麼說，能證明千家先生是犯人的也不是只有這個竊聽器。而且千家先生只能靠竊聽器掌握情況，所以我認為把竊聽器假設成犯人的東西應該沒問題。

不過，當初在發現竊聽器的時候，千家先生向舉出有哪些人就算戴上接了接收器的耳機也不會被發現的丸底先生說了一句話──『你自己不也是正大光明地戴著耳機嗎？』」

「那又怎麼了嗎？」

千家的態度仍舊相當冷靜，但丸底卻驚愕地說道：

「千家先生。我今天沒有戴耳機耶。我的耳機昨天被石井氏弄壞了。」

我總覺得千家好像瞬間瞪大了雙眼。不過，他立刻就又露出了諷刺的笑容，速度快到讓人懷疑是不是自己看錯了。

「耳機的事我正好是聽切間小姐說的。妳忘記了嗎？拿鐵拉花項目結束後，妳告訴我原本丟在垃圾桶的耳機不見了。」

「沒錯，我的確說了這件事。不過，我記得我沒有提到那個耳機究竟是誰的。」

美星小姐立刻反駁他。這麼說來，或許真是如此。不過千家並沒有因此而承認自己說錯話。

「那大概是我正好聽到有人提起這件事吧。我也想不起來自己是在哪裡知道的，這種事不是很常見嗎？」

「不，錯了。你是因為看到丸底先生開始舉出可能使用接收器的人的名字，覺得被懷疑的人愈多愈好，才會說溜嘴的。你一定很擔心他會不會想到你才是最能夠光明正大地使用接收器的人吧？」

「我不肯承認，妳卻一口咬定是我，這樣子根本沒完沒了。妳該不會以為只靠那句話就能夠證明我是犯人吧？」

美星小姐呼吸了一口氣。與其說她是在調適心情，更像是對於繼續這個話題而感到厭煩。

「這只不過是一個小線索而已。不過，我在聽到那句話時第一次對千家先生產生了懷疑。

如果你看到了丸底先生戴著耳機的樣子的話，就代表你昨天肯定是在會場附近。你設置竊聽器的動機之所以比任何人都明確，是因為你無法進入等候室，既然如此，會因為接收範圍的問題而待在會場裡也很合理……大概就是這樣吧。

接下來，各位，我之前說明過，在第二起事件中，這間準備室變成了只能進無法出的半密室狀態對吧？其實，如果千家先生是犯人的話，就有可能從這個半密室逃脫。請看那裡。」

她的左手所指的房間內側有六個置物櫃。

「請大家回想一下剛才我說的話。千家先生靠著螞蟻分辨放了鹽的小瓶子，並完成犯行之後，就躲到了置物櫃裡。接下來，他等到我們把東西從準備室拿出去，沒有人看守時，把胃藥的藥包留在房間裡，然後就不慌不忙地從門出去了。之後只要把門的自動鎖鎖上，半密室就完成了。」

聽到這個非常簡單的逃脫方法，我難掩驚訝的神情。這個方法確實是所有人一起前往準備室的參賽者或待在舞台上的上岡都絕對不可能辦到的。

「另外，雖然青山先生和冴子小姐曾在中午休息時間進入準備室，但千家先生應該也是靠躲在置物櫃裡逃過了一劫。還有，因為我們這些參賽者離開準備室後，就全都乖乖待在被屏風圍起來的準備區，要在沒有人發現的情況下從準備區後的門出來應該不難吧。」

調酒咖啡項目開始之後，觀眾、工作人員和參賽者應該都只顧著注意舞台。正如美星小姐所言，要趁機穿過準備區後的門，離開大展覽場，感覺是一件輕而易舉的事。

我覺得形勢已經逐漸底定了。我可以感覺得到，得知千家是犯人時，因為過於震驚而表現出難以接受的態度的人，現在也因為美星小姐縝密無破綻的論述而逐漸開始相信她了。

「……還有問題尚未解決呢。」

這時，千家以變得有些低沉的聲音說道：

「好吧，既然我能夠犯下第二起事件，也有設置竊聽器的理由，我就暫時承認是我做的好了。不過，第三起事件又該怎麼說明呢？第二起事件的方法無法再用了。畢竟從犯人入侵準備室之後到閉館之前，警衛都站在窗外，閉館之後準備室前方防盜系統的感應器又一直是啟動的。而且今天早上一開館，上岡小姐好像就拜託工作人員幫忙看守準備區後面的門了。」

換句話說，從警衛完成交接，回到崗位的瞬間到今天早上的這段期間，完全沒有能夠再次從窗戶入侵準備室，並穿過有自動鎖的門逃脫的機會。但是我們確實看到了千家今天早上從會場的大門走進來的樣子。

既然如此，結論就只有一個——我早已從美星小姐口中得知答案了。

「如果犯人是分別找機會犯下第二和第三起事件的話，千家先生就不可能犯下第三起事件。換言之，這代表千家先生是同時犯下第二和第三起事件，也就是趁著昨天中午入侵準備室的時候把該做的事情做完了。」

第三起事件是發生在黛準備的牛奶紙盒上。黛以這是她買來的全新的牛奶，以及一旦開封後犯人就有可能從紙盒的開口添加異物，還有想讓贊助商看到參賽者使用其他牌子的牛奶來抗議他們提供的牛奶品質不良等理由，在拿鐵拉花項目的時候直接把未開封的牛奶紙盒帶到了舞台上。黛買來牛奶的時候，千家應該已經躲在準備室裡了，所以他聽到了我和黛的對話，知道她打算直接帶著紙盒參加拿鐵拉花項目。所以在犯下第二起事件的時候，千家很有可能興起了乾脆連第三起事件也一起解決掉的想法。應該說，如果他原本就打算分別在石井和黛的東西裡添加異物的話，和刻意製造兩次犯案的機會相比，反而是一次把該做的事情做完比較自然。

不過，前一刻還明顯居於劣勢的千家，現在卻露出了獲勝般的笑容。

「哈哈哈，這還真是奇怪啊。妳的想法實在是太武斷又可笑了。」

我開始懷疑千家是不是終於瘋了。他接下來說的話就是美星小姐之前一直想不透的問題。

「聽好了，假設我知道發生了第一起事件後，就臨時起意想犯下第二和第三起事件。濃縮咖啡項目是在昨天下午一點結束，那從我藉由偷聽你們在等候室的對話得知第一起事件的狀況，也聽到你們要找人看守準備室的事，到我趁著警衛換班時潛入準備室，中間應該只有大約十分鐘的空檔。為什麼我能在這麼短的時間內拿到食用紅色色素這種東西呢？難道妳想說我昨天來到這裡的時候，明明還沒有打算要犯案，卻正好攜帶了食用紅色色素嗎？」

他的反駁不無道理。我記得昨天我開始看守準備室和比賽相關人士開始午休的時間確實都是下午一點十分。因為警衛說自己在一點二十分之後會離開崗位大約五分鐘，所以要在那之前準備好食用紅色色素是不太可能的。

而且，我也聽美星小姐解釋過，拿著食用紅色色素潛入準備室其實沒什麼好處。順便一提，數小時前她在準備室的窗外說到這件事時，曾提起還有另一個「能解釋為什麼犯人不太可能事先準備了食用紅色色素的重要理由」。現在我終於知道那個理由了。千家是因為第一起事件才打算犯案，根本沒有經過事先預謀，所以不可能預先準備好食用紅色色素。

這時，茹田對千家的說法提出了質疑。

「犯人入侵準備室之後，因為窗外有警衛，所以沒辦法暫時從窗戶離開，跑去買食用紅色色素。但是，如果是從門出去呢？如果不想讓門自動上鎖的話，只要把門開著就行了吧？你只要直接從門出去，穿過大展覽場去買食用紅色色素，再回來把它加進冴子的牛奶裡，然後關上有自動鎖的門，離開準備室就行了。調酒咖啡項目會花費差不多三個小時，絕對來得及。」

他的理論對我來說是個盲點，但千家好像早就考慮到了。

「你們應該知道那些在大展覽場的入口負責接待的女性吧？我和她們熟到只要看見對方一定會互相打招呼。我買食用紅色色素回來的時候，是不可能躲過她們的視線進入大展覽場的。她們必須檢查所有人的名牌，所以會一直盯著入場的人看，茹田先生也很清楚這一點不是嗎？」

「那你就是沒有離開過大展覽場。這麼多攤位裡一定有可以拿到食用紅色色素的地方。」

「我昨天和今天都沒有拿任何攤位的東西。你如果不相信的話可以去向所有的攤位確認。」

聽到他毫不猶豫地反駁，茹田只好乖乖地認輸。我想起了在接待處遇到那些崇拜千家的女性。千家說的話和美星小姐從她們那裡聽來的證詞是一致的。

駁倒茹田似乎讓千家更站得住腳了，他轉身面對美星小姐，以挑戰般的口吻說道：

「怎麼樣，切間小姐？這樣妳還要說我能夠使用食用紅色色素──」

「別再說了，千家先生。我已經什麼都知道了。」

但是美星小姐拒絕了千家先生的挑戰。就像是在給予他最後的慈悲一樣。

「既然妳都這麼說了，我就洗耳恭聽吧。」

都到了這個節骨眼了，他還是不肯承認自己的罪行。

美星小姐像是在細細咀嚼每一句話似地，開始緩緩說出她被逼至絕境後才終於找到的真相。在彷彿能刺傷皮膚的緊張感中，現場的所有人都相當認真地聆聽著她說的話。

「現在，請大家把焦點再次轉回昨天中午。千家先生躲在置物櫃裡，聽到了青山先生和冴子小姐的對話之後，就打算在牛奶裡添加異物，妨礙她比賽。因為如果想在冴子小姐最擅長的拿鐵拉花項目妨礙她的話，就只能從咖啡豆和牛奶下手了。他應該也是在這時想到可以利用雙面膠帶的吧。

不過，為了讓你添加的異物發揮效果，根據冴子小姐打算直接拿著紙盒上台這件事，必須想辦法改變牛奶的外觀或味道才行。但是你又不能使用像是透明的毒物這種可能在沒有看出異狀的情況下就不小心喝下去的東西。如果驚動警察的話，千家先生的行動馬上就會被發現，而且你原本的用意應該也不是想傷害誰吧？

千家先生開始思考在工具有限的情況下該把什麼東西加進牛奶裡，結果他突然察覺到了某個東西的存在。而且他大概是這麼想的——只要把這個東西加進牛奶裡，再讓人以為是加入了食用紅色色素，那就算真的被懷疑了，也能夠強調自己的清白。正好就是千家先生現在正在做的事。」

換句話說，食用紅色色素的瓶子只是障眼法，千家加入牛奶裡的東西其實並不是食用紅色色素？這麼說來，我聽說食用紅色色素的瓶子是千家在等候室的垃圾桶裡找到的。實際上，他應該只是假裝那個東西曾被丟在垃圾桶裡，然後就直接從懷裡把瓶子拿出來而已吧。

不過，關於可以用什麼東西代替食用紅色色素這一點，美星小姐也思考了很久。結果她當時很肯定地說沒有那種能代替食用紅色色素又正好隨身攜帶的物品。

「不過，如果我是犯人的話，會覺得在那時擔心被懷疑實在是一件很奇怪的事。」

千家這句話其實也有幾分道理，但他自己選擇暫且擱置這個問題。

「我身上究竟帶了什麼東西呢？顏料？油漆？雖然聽起來好像比食用紅色色素更有可能帶在身上，但是真要這麼說的話根本就沒完沒了。」

「我不認為用『你身上也可能帶著這些東西』當理由就可以駁倒你。我可以百分之百確定你加入牛奶裡的就是那個東西。」

美星小姐稍微轉動身體，面向山村。

「今天中午我詢問明日香小姐的時候，我拜託千家先生和明日香小姐兩人單獨交談，好問出她所知道的情報。實際上，當時我已經開始懷疑千家先生了是為了讓他不參與接下來的調查才會這麼做的……明日香小姐，妳還記得當時千家先生那個讓人嚇了一跳的舉動吧？」

山村思索了一下，不是很有自信地回答：

「我伸手想從背後拉住他……結果被他用力地甩開了。」

美星小姐滿意地點點頭。

「我原本以為千家先生是因為兩年前的事情而對明日香小姐產生了不信任感，所以才會表現出那種態度。不過，看來是我弄錯了。那其實應該是他自己也來不及阻止的反射動作吧。」

千家沒有吭聲。美星小姐並未理會他，又轉身面對石井。

「然後，在中午休息時間結束時，石井先生同樣甩開青山先生的手，害他摔倒在地上。」

「啊，嗯，是啊。」石井有些尷尬地說道。

「石井先生的模樣和千家先生甩開明日香小姐的手的模樣，在我眼裡重合了。緊接著，我跑到摔倒在地的青山先生旁邊蹲下來的時候，所有的片段就連成一條線了。」

她目不轉睛地看著我。但是，到了現在我還是不懂她究竟在想什麼。她究竟從我狼狽的模樣中領悟了什麼呢？

「我還是聽不懂。千家先生到底把什麼東西——」

「所有的人身上不是都一定會有一種東西，是呈現能把牛奶染紅的鮮艷紅色嗎？」

當美星小姐這麼說的時候，那些看著我的人的表情瞬間寫滿了驚愕。

我之所以比他們晚察覺是有原因的。我摸了摸自己的臉之後才終於明白。

當石井把我推開的時候，我的臉頰擦過了地面。很諷刺的是，第一個告訴我我的臉頰怎麼了的人並非美星小姐，而是在最後一個比賽項目開始前坐在我身旁的千家諒。

「大家應該都已經知道了吧。」

美星小姐走向愣在原地的千家，抬起了他毫無反抗之意的左手臂，然後用力地拉起了襯衫的袖口。他的手腕以繃帶包得密不透風，繃帶的表面滲出了怵目驚心的血色。

「千家先生割破了自己的手腕，**用從傷口滴下來的血染紅了冴子小姐的牛奶。**」

所以千家才會甩開山村的手嗎？

所以美星小姐看到我臉頰上的傷口之後，才會聯想到真相的嗎？

我感覺自己全身的寒毛都豎了起來。究竟是什麼動力讓他不惜做到這種地步，就只是為了想利用添加異物來妨礙一個人？

他瘋了——除了這句老掉牙的話之外，我找不到更適合的句子來形容他的行為。

千家低下頭，一句話也沒有說。他的側臉蒼白如紙，甚至讓人以為他全身的血液都沿著手腕的傷口流盡了。除了他之外，身為受害者的黛或感覺一直擔心千家的山村等人也全都露出了毫無生氣的表情。

「上岡小姐，冴子小姐不小心灑在舞台上的牛奶，你們是怎麼處理的呢？」

美星小姐轉頭問道，上岡轉了轉眼睛，答道：

「那個啊，呃……我請人用抹布擦乾淨後，收集在水桶裡了。清潔人員要早上才會來，我想那個水桶應該還放在舞台附近吧。」

「這代表裡面的東西還混有千家先生的血液，對吧。怎麼樣，千家先生？如果你還打算繼續否認的話，也可以找人來鑑定一下。雖然我不是專家，不太了解相關的事情，但是應該可以得到證實那是你的血的結果——」

「沒有那個必要。」

千家輕輕地拉開美星小姐的手臂，讓自己的左手重獲自由。

「切間小姐說的全是對的。」

在屈服的瞬間重回他臉上的諷刺笑容——那應該是附在他身上的東西消失的證明吧。

「是我做的。無論是在石井先生的鹽裡加入胃藥，還是在冴子的牛奶裡混入鮮血，全都是我一個人做的。」

5

「為什麼你要做這種事呢？」

聽到這句話，我們嚇了一跳，回頭一看。之前一直不安地默默看著事情發展的山村，在說出這句話時，聲音聽起來簡直就跟慘叫沒兩樣。

千家彷彿嘲笑她似地雙手一攤，說道：

「聽到妳的指責真是讓我大感意外。我可是制裁了那兩個想陷害妳的人喔。」

「你應該不是會做這種事的人吧？竟然把要加進咖啡裡的東西變成了制裁人的道具……那個比誰都熱愛咖啡的千家先生究竟到哪去了呢？」

「到哪去了？一定要我告訴妳，妳才會知道嗎？」

千家逼問山村。那冷酷無情的語氣讓山村忍不住抖了抖肩膀。

「是啊，沒錯，我確實很喜歡咖啡。但是我已經無法再品嘗它的味道了。妳能夠明白我的心情嗎？妳敢說就算妳今天眼睛看不見了、耳朵聽不到了，明天還是能繼續熱愛繪畫、熱愛歌曲嗎？曾經熱愛咖啡的千家諒已經和他的味覺一起消失在世界上了。」

山村一句話都說不出來。美星小姐便代替她開口了。

「千家先生，能請你再一次詳細地告訴我兩年前比賽時所發生的事嗎？你喝下的濃縮咖啡並沒有添加奇怪的東西。不過，那一定不只是單純的自導自演吧？」

「哼，就算我現在解釋了，又有誰會相信我呢？」

「我相信。如果你願意說實話的話，我會相信你。」

千家頓時像是被戳中痛處似地看著美星小姐。停頓了整整十秒後，他突然冷哼一聲，說道：

「我不會把切間小姐說的話當真。不過，好吧，我說。把我的脆弱、醜陋、憤怒和痛苦全都說出來好了。畢竟再繼續沉默下去我也不甘心。」

千家說完這段話時朝在房間角落緊靠著彼此的石井和黛瞪了一眼。我看見他們兩人就像被箭射穿似地僵直身體。

「呃，該從哪裡說起才好呢。喔，對，在第三屆ＫＢＣ達成三連霸之後，我立刻就向上岡小姐表達不再參賽的意思了。上岡小姐雖然沒有立即答應我，不過對我來說已經無所謂了。因為只要我一直堅持不參賽，她也拿我沒輒。我本來已經鐵了心，絕對不會再改變主意了。

話雖如此，為什麼我又參加了第四屆ＫＢＣ呢？因為距離決賽大約一個半月的時候發生了一件事——我騎機車出了車禍。」

千家騎機車代步這件事，負責接待的大姊姊也曾經說過。

「我在結束工作要從店裡回家的路上不小心摔車了。頭部遭受劇烈撞擊，失去意識，被救護車送到醫院急救。我住院的綜合醫院離我開的店很近，院長也是店裡的常客。可能因為是熟人，所以不需要客套什麼，院長就直接向我說明了症狀和治療方式。根據他的說明，我並沒有生命危險，也只受到了輕傷，過一兩週應該就可以出院了。總而言之，我聽完後也鬆了一口氣，決定先暫停營業，專心治療身上的傷。

過了幾天之後，我才察覺到身體的異狀。我吃不出住院時所吃的食物是什麼味道。其實我早就發現自己吃的東西沒有味道，但我只以為是醫院提供的食物味道本來就比較淡，又因為車禍失去意識，所以舌頭變得比較遲鈍的關係。直到這種情況持續好幾天之後，我才發現好像不太對勁。我跟院長說了這件事之後，他立刻臉色大變，替我安排了味覺和嗅覺的檢查。結果才知道我幾乎失去了所有的味覺和嗅覺。好像是在車禍時撞到頭，傷到了腦部的中樞神經。」

「我也曾經聽說過有人頭部受到外傷之後引發了味覺障礙的後遺症。」

上岡一臉嚴肅地說道。

「不過，我記得那在味覺障礙的病例中算是非常罕見的案例。如果受到的外傷足以影響腦部中樞神經的話，應該會出現其他影響範圍更廣的症狀才對……」

「關於這一點，院長好像也是百思不解。總而言之，只能想成我受傷的時候非常準確地只在中樞神經的特定部位引發了障礙。」

千家如此回答後，上岡針對自己打斷他說話的事向他道歉，然後就再次陷入了沉默。

「……總而言之，我聽完院長的診斷後，頓時覺得眼前發黑。如果失去了味覺和嗅覺，今後基本上就無法再繼續當咖啡師了。我一直追問院長有沒有什麼辦法，但他的態度並不是很樂觀。雖然還是可以進行一些治療，但是中樞神經導致的味覺障礙很難治療，完全無法保證是否能痊癒。我不斷拜託院長，說這樣子我很困擾，希望他一定要治好我，結果院長不是很情願地告訴了我——在美國有一種日本還沒有實例的先進醫療機構，可以進行腦部復健。聽說在那裡接受治療的話，各種中樞神經所導致機能障礙的治癒率比既有的治療法高。

我毫不猶豫地表示希望他可以介紹那個醫療機構給我。但是院長說，光是初期治療費就超過十萬美金，所以他才不推薦我去那裡。因為我曾經跟他說過，我開咖啡店的創業資金很少，手頭上幾乎沒有什麼多餘的錢。

從那天開始，我就過起了為籌錢而四處奔走的日子。話雖如此，我既沒有可以依靠的親戚，也沒有願意借我大筆金錢的熟人。雖然咖啡店的經營情況比開業當時好很多了，但是根本找不到願意慷慨貸款給我這種個人經營的小咖啡店的機構。因為日本不承認這種治療方法，所以也不可能透過醫療保險取得補助。走投無路的我也試著拜託過院長，但他卻說『雖然我很同情你，但我沒辦法借你這麼多錢，不過，如果你有能力還錢的話，那就另當別論了』，拒絕了我。

總而言之，我當時非常需要錢。我想到一定沒有人敢喝失去味覺和嗅覺的咖啡師所煮的咖啡，所以拜託院長不要告訴其他人我得了味覺障礙，同時急急忙忙重新開店營業。除此之外，我也試著算過把店面和設備全賣掉之後可以拿到多少錢。我用盡了各種手段，瘋狂地籌措金錢——就在這個時候，我收到了第四屆ＫＢＣ的宣傳手冊。」

千家在昨天的電話裡說他是在決賽的一個月前收到宣傳手冊的。這麼說來，美星小姐收到第五屆ＫＢＣ的宣傳手冊時，也正好是距離現在一個月之前。

「我看到自己被刊在介紹參賽者頁面的個人簡介，知道上岡小姐還沒有放棄邀我參賽這件事。雖然失去味覺和嗅覺對我來說確實很不利，可是我有經驗。只要照著之前的感覺去比賽，就能獲得冠軍，可以拿到獎金。區區五十萬圓或許只是杯水車薪，但是當時的我卻連這筆錢都想要得不得了。我馬上聯絡上岡小姐，表示我想參賽，結果她聽到之後非常高興，完全不知道背後還有這段隱情。

就這樣，我在很突然的狀態下決定參加第四屆ＫＢＣ。但是味覺障礙所造成的影響比我想的還要嚴重。當然也有可能是我太在乎這次比賽了，我在比賽的時候一直沒辦法忽略異樣感，還犯下以前絕對不會犯的失誤。我愈來愈焦慮和心急，終於忍不住在第三個項目時對給了我嚴厲批評的評審亂發脾氣，說這樣的評分是不恰當的。」

這一幕我們也聽上岡說過了，評審其實應該是做出了公正的評價，但是對千家而言，每一個評價感覺都可以左右他的人生吧。會失去冷靜和評審爭辯也是無可奈何的。

「不過，在第三個項目結束時，我還是排名第一。最後一個項目是濃縮咖啡項目，我帶了自己長年固定使用的咖啡豆，所以對這個項目有絕對的信心。在比賽開始前的中午休息時間，我為了讓亢奮的心情冷靜下來，便一個人去了準備室。高爾夫選手在正式揮桿之前會先空揮幾下，音樂家在開始表演之前也會稍微彈奏一下樂器不是嗎？大概就是那種感覺，不再一次確認材料和器具的狀態，我就沒辦法冷靜下來。

經過等候室，想彎過走道轉角時，卻看到一對男女從打開的準備室的門走了出來——那兩個人就是石井春夫和黛冴子。」

聽到這句話，其他人全都看向了被他指出名字的兩人。石井滿臉通紅地瞪著千家，黛則臉色鐵青，肩膀微微顫抖著。

「他們和我擦身而過時對我打了招呼，但是我總覺得他們的動作有些僵硬，我進入準備室之後，馬上就知道原因了。

我原本放在冰箱裡的儲豆罐，全都被拿出來放到桌子上了。而且旁邊還像是刻意要讓我看見似地擺了一個裝洗水槽的清潔粉的罐子。你們現在看得到水槽底下的東西吧？就是那罐清潔劑。

我慌慌張張地拿起儲豆罐，把蓋子打開。所有的咖啡豆都被灑滿了清潔粉，連其他項目用剩的也不例外。一看就知道他們是想妨礙我比賽。咖啡豆沒辦法在短時間內找到替用品。在那個瞬間，我領悟到自己獲得冠軍的路已經被封閉了。」

有人倒抽了一口氣，不知道是苅田、上岡還是山村。千家在兩年前果然也受到了添加異物的妨礙，並不是他自導自演——不過，既然如此，為什麼這件事會被埋葬在黑暗裡呢？

「我其實沒有證據，不過，考慮到在當時的情況下她還有機會獲得冠軍，那犯人應該就是冴子沒錯。冴子知道如果用平常的方式準備濃縮咖啡項目是無法贏過我的。她看到自己和排名第一的我差距那麼小，無法忍受冠軍就這樣從自己眼前溜走，終於使用了禁忌的手段，也就是妨礙我比賽。

石井先生大概是在她的教唆下負責把風吧。只因為想在舞台上表演特技這種膚淺的理由就參加ＫＢＣ的他，要用獎金或其他東西買通，讓他聽從自己的指示應該不難。不管怎麼說，這兩個人感覺是臨時起意想妨礙我比賽，如果他們也沒有比我剛才說的考慮得更多的話，應該是很樂觀地以為不會被人發現是自己做的吧。這是我的分析。

知道自己被人妨礙之後，我被迫面臨了接下來該怎麼做的抉擇。向主辦單位申訴？可是，就算兩人因此失去比賽資格，為了顧及贊助商的面子，比賽還是會進行到最後吧。這樣一來幾乎可以確定冠軍會是明日香。如果我沒辦法拿到獎金的話，不管讓誰失去比賽資格都無濟於事。」

是這樣嗎？雖然不知道兩人究竟有多熟，但是不能拜託與自己有親交的山村暫時將獎金讓給他嗎？他在沒有親戚也沒有熟人的環境中培養出來的觀念，讓他沒辦法接受依靠別人這件事嗎？我腦中忍不住浮現了這些想法。

「我也考慮到請其他參賽者把咖啡豆分給我。不過，就算請明日香分給我，我想贏過熟知自己使用的咖啡豆特性的她還是很難吧。這麼做無法讓我得到冠軍。

對現在的自己而言，最好的選擇是什麼？當我正拚命地思索的時候，可能是他們使用清潔劑犯案這件事成了誘因吧，我突然想起自己曾經看過某篇報導。那是一篇刊載在我買來放在店裡雜誌架上的週刊雜誌裡的文章。」

週刊雜誌、報導、添加異物——聽到這些熟悉的單字，我腦中閃過了一個令人不敢置信的想法。

「那是追蹤幾年前殺人未遂事件的後續報導，事件的內容是紅茶被添加了毒物，因為工作與這類休閒飲品有關，我才好奇地看了一下。根據那篇報導，被害者對加害者提出民事訴訟，最後好像獲得了四百萬圓的慰問金。」

昨天我在等待美星小姐的時候，也坐在長椅上看了那一篇文章。那篇報導刊登的日期好像是兩年前的十一月，所以千家參加第四屆ＫＢＣ時會對它記憶猶新並不意外。不過，我根本沒想到那篇報導和這次的事件有關係。

「老實說，我也覺得自己瘋了。這也代表我已經被逼進絕境了。」

千家一步步地在我們的注視下搖搖晃晃地往前走，當他站到房間中央的桌子前時，突然伸出雙手，用力地拍了一下桌面。

「我決定假裝沒有發現異狀，喝下加了清潔劑的濃縮咖啡，向那兩人索取巨額賠償——這就是我的抉擇。」

現場頓時陷入一片死寂。

我忍不住搖了搖頭。當時千家的瘋狂程度已經無可救藥了。

上岡、苅田和丸底完全嚇呆了，石井和黛也面色如土。不過我對山村的反應有點在意，她全身僵硬的樣子和那兩個沉浸在罪惡感中的人有過之而無不及。

「……你想藉由打官司來獲得四百萬圓的賠償金？」

上岡戰戰兢兢地開口問道。

「這實在太亂來了！為了妨礙比賽而添加異物，和殺人未遂是不同的——」

「我知道！」

千家大吼的聲音在準備室裡迴盪。

「不用妳提醒，我也知道真的打官司的話不可能順利拿到那麼多錢。不過，只有正常的人才會這麼想。總而言之，既然確實發生了添加異物事件，只要我喝下去，讓它變成刑事案件，警察應該就會替我揭露他們的罪行吧。不管是要調停還是和解都好，只要能夠多拿到一些錢，要我做什麼都可以——我已經沒辦法深思熟慮，甚至認真地考慮起這麼做的可能性。」

「不過，就算把事情鬧上法庭，也沒辦法立刻就拿到賠償金吧？」

美星小姐冷靜地提出質疑，千家自嘲地笑著回答：

「我沒辦法借你這麼多錢，不過，如果你有能力還錢的話，那就另當別論——這是院長所說的話。既然這兩個人總有一天會賠我錢，我就可以拿這件事去拜託院長先借我一些。」

仔細想想，院長說的應該只是客套話而已吧？而且，用和解金或賠償金這種不確定的事項當作擔保，也不太可能借得到錢。不過，當時的千家可能連這些問題都無暇考慮了吧。

「我馬上就展開了行動。先把裝清潔劑的容器和儲豆罐放回原處，假裝沒有注意到那兩人的暗示。而且，為了不讓人發現我看過儲豆罐裡面的東西，從急忙離開準備室，到我走上舞台之前，我都沒有打開過儲豆罐的蓋子。等到濃縮咖啡比賽開始後，我就面對著觀眾席把儲豆罐的蓋子打開，把裡面的咖啡豆全倒進了磨豆機裡。我在午休時間打開儲豆罐時，發現雖然連最裡面的咖啡豆也沾到了清潔劑，不過上面的咖啡豆還是沾得比較多，所以我只要在倒入咖啡豆時把罐子整個倒過來，磨豆機磨好的咖啡粉裡應該會混有清潔劑才對。

因為必須填壓裝進濾器把手的咖啡粉，所以沒辦法不去看它。我稍微看了一眼，咖啡粉感覺和平常差不多，讓當時的我慶幸了一下。我把濾器把手裝在機器上，開始萃取咖啡。咖啡杯裡的濃縮咖啡也沒有什麼異狀。不過，當然了，這也是因為我以前沒煮過加了清潔劑的濃縮咖啡的關係。看到自己沒辦法區別Crema和清潔劑泡沫，我甚至覺得有些感動。

好了，終於要進入實踐階段了。我假裝看出異狀，喝下了濃縮咖啡。我當然嘗不出來那是什麼味道和氣味，不過，我還是裝出痛苦的表情，故意讓自己的頭撞到吧台桌，直接在舞台上倒了下來，然後就一直假裝自己失去了意識。我覺得自己演得還挺逼真的。不過，結果卻是大家所知道的那樣。」

千家相信咖啡豆裡混有清潔劑，把濃縮咖啡喝了下去。但是根據上岡所言，她好像沒有發現任何可疑之處。是犯案的黛他們銷毀了所有證據嗎？總而言之，千家打的如意算盤一下子就失敗了。

「我想從他們身上獲得大筆金錢的計畫就此失敗了。不僅如此，我還被冠上了黑心咖啡師的惡名，說我因為第一次遇到冠軍可能被搶走的危機，才會自導自演地引起添加異物騷動。我直到最後一個項目都是排名第一，根本沒必要引起這種騷動。

雖然之前已經說過好幾次了，我很確定我的咖啡豆被加入了清潔劑。但是我沒有明確的證據，自己也策畫了奸計想謀取賠償金，所以當時已經連質問石井先生和冴子的力氣都沒有了。因為沒辦法再繼續營業，我把店面和設備全部賣掉，結果也沒拿到多少錢。我一邊接受最基本的治療，一邊和周遭的人斷絕聯繫，過了一段無所事事的日子。」

千家在電話裡曾坦言自己之所以把店收起來，是因為身體沒辦法再喝濃縮咖啡。但是他上個月卻來到塔列蘭，並點了濃縮咖啡。除了味覺障礙之外，還必須背負在ＫＢＣ引起騷動的惡名，讓他覺得與其繼續營業，不如把店賣掉，至少還能拿回一些錢，這應該才是他把店收起來的真正原因。

「不過，隨著時間經過，我改變了想法，覺得不能就這樣讓毀了自己人生的石井先生和冴子繼續逍遙下去。我的味覺障礙當然不是他們的責任。但是，如果那時他們沒有妨礙我比賽，讓我拿到獎金的話，情況或許就會有所改變。我現在會變成這樣，他們也有一部分的責任吧？所以我開始思考有什麼辦法能證明他們添加了異物，並再次要求他們賠償。

我先研究了讓兩人自白的辦法，但是我不認為直接質問他們，他們就會承認，就算想趁兩人談論這件事時偷偷錄音，也因為我平常和他們沒什麼私交，可行性不大。而且我知道隔年的ＫＢＣ因為發生騷動的關係而停辦了。

雖然因為無計可施而苦惱不已，但我在那一年內並未放棄希望。到了今年，我聽說ＫＢＣ睽違兩年之後又要舉辦，也得知石井先生和冴子都通過了預賽，心想千載難逢的機會終於到來了。

話雖如此，如果第一天就出現在會場，他們兩個人說不定會提高警覺，這樣就沒辦法讓他們露出馬腳了。於是我想到可以利用竊聽器錄下他們的談話，或是掌握他們的行動。我推測比賽流程應該和往年差不多，就在前天早上潛入等候室，設置了竊聽器。當時負責接待的那些女性都不在，可以毫無顧慮地進入會場。我之所以選擇等候室，是因為覺得石井先生和冴子兩人獨處的時候，或許會聊起兩年前的事情。除此之外，如果我聽到他們好像要一起出去外面的話，也可以跟在他們後面，偷聽他們的談話。除了等候室之外，竊聽器可以派上用場的大概就是準備室了吧，不過我認為只要直接躲在窗戶旁邊錄音就行了。」

除此之外，千家也表示如果第一天沒有什麼顯著的成果，他打算第二天直接光明正大地前往會場，目的是讓兩人失去冷靜，不小心說出不該說的話。後來在犯下添加異物事件的時候，他使用讓大家把血液當成食用紅色色素的手段，除了避免被懷疑之外，好像也是考量到這一點。的確，如果他出現在會場裡，會有人猜測他昨天是不是也來到會場並不奇怪。

「結果，昨天我透過竊聽器，知道比賽時又發生了添加異物事件。雖然沒有任何根據，不過我立刻直覺認為這是石井先生和冴子想陷害明日香這個最難應付的對手。因為他們兩人說的話很明顯地就是想誘導大家懷疑明日香。之所以選擇自導自演這種拐彎抹腳的方法，大概是因為想避免上次他們一添加完異物就被我看到的情況吧。」

「所以，你為了破壞他們的計畫，自己也跟著犯案了嗎？這樣一來你和他們都一樣有罪，沒辦法再向他們要求賠償了吧？」

上岡提出質疑後，千家的回答卻是突然狠狠地瞪了黛一眼。

「冴子，妳還記得明日香被冠上莫須有的罪名，衝出等候室之後，自己說了什麼話嗎？」

——她是不是變得有點奇怪啊？因為那個人做出了那種事。

黛沒有回答。但是她所說的那句話很自然地在我的耳中重現了。

「妳在執行自己策畫的妨礙行為時，一邊犯下新的罪行，一邊不著痕跡地對其他人強調妳過去的清白，還用『因為那個人做出了那種事』來揶揄我——多麼狡猾、多麼工於心計，多麼惡毒的女人啊！」

千家伸出手想抓住一臉害怕的黛，但苅田即時擋在兩人之間，千家表情扭曲地嘖了一聲，轉過了身體。

「就在那個時候，我想到可以用同樣的方法，也就是明明計畫了一切、卻裝出毫不知情的樣子，來報復這兩個人。而我想從他們身上獲取金錢的目的，也在那時消失無蹤了。」

「不過，千家先生，如果你使用同樣的方法，選擇在咖啡豆上動手腳的話，至少對石井先生而言，可以非常有效率且確實妨礙他們比賽不是嗎？」

聽到美星小姐的質疑，讓我有種被說中了盲點的感覺。的確，如果要在咖啡豆上動手腳的話，只要轉動水槽的水龍頭用水浸濕就好了。要是及早能發現，或許還能先買市面上販售的咖啡豆來代替，卻無法避免咖啡豆的香味和原本的相差很多，所以只要對石井保管在冰箱的所有咖啡豆這麼做，也能夠成功地影響他在第二項目調酒咖啡的表現。如果想在拿鐵拉花項目妨礙黛的話，因為犯案時間是在昨天中午，中間隔了一晚的空檔，所以無法使用相同的辦法。但是，以石井的情況來說，使用這個方法不僅比還要利用螞蟻來把胃藥混進鹽裡方便，造成的損失也比較大吧。

當千家解釋自己為什麼不那麼做的時候，臉上露出了有些落寞的表情。

「我也有考慮過這個方法，但是，我實在是下不了手。是因為我的自尊直到最後都不允許自己變得和他們一樣嗎……不，或許就像明日香所說的，是曾經喜愛咖啡的自己無法容忍這種事也說不定。」

他沉浸在感傷裡的時間只有一瞬間，當臉上再次浮現諷刺的笑容時，他突然開始解開左手手腕的繃帶。

「告訴你們一件事吧。切間小姐說我把血混進牛奶裡的時候，大家好像都很震驚呢。你們大概是覺得為什麼要為了添加異物做到這種地步吧。不過，對我來說，這根本不算什麼。」

繃帶從他的手上滑落地面，露出了底下的傷口。但是我之所以覺得背脊一陣發涼，並不是因為他的傷口看起來很怵目驚心的關係。

在他手腕上的新傷口旁邊，圍繞著數也數不清的割腕所留下的疤痕。

「因為失去了味覺和嗅覺，我的精神狀態也變得很不好，拿刀子割過自己的手腕好幾次。所以我可以藉由經驗來判斷多深的傷口能流出多少血。因為已經習慣了，也不會覺得反感。我走到水槽旁，把用來剪雙面膠帶的剪刀從包包拿出來，抵住自己的手腕，把流出來的血用冴子的奶泡壺收集起來，再倒進紙盒裡。當然，我沒有忘記把奶泡壺和水槽上的血洗乾淨。」

聽到這段話，黛露出了覺得噁心想吐的表情。她現在應該很想立刻丟掉那個奶泡壺吧。

「因為準備室的門很堅固，我想自己在做這些事的時候，走道上的人應該不會察覺才對。不過，我也很慶幸那扇門沒有厚到讓我聽不見有人站在門口說話的聲音。多虧了這一點，我才能在冴子他們進來之前即時躲進置物櫃。雖然這麼說有點奇怪，不過，相較之下，我今天並未成功地把食用紅色色素從等候室裡拿出來。沒想到因為這樣，反而證明了那邊那個人的清白。」

千家看著我說道。對他來說，只要自己不會被懷疑，不管怎麼樣都好，不過，證明唯一能夠犯下第二起事件的我和第三起事件無關，也等於是幫助了美星小姐，讓其他人很容易地就接受了犯人另有其人的說法。

「我可以再問你最後一個問題嗎？」

美星小姐好像還有想不通的地方。千家以眼神催促她繼續說。

「為什麼你今天會來這裡呢？只要你拒絕我的要求，就絕對不會有人懷疑你。」

「那還用說嗎？當然是因為我要親眼確認冴子會露出什麼樣的表情啊。」

千家說話時的態度好像打從心底覺得很滿意的樣子。

「而且，不管會不會在大家面前露面，我也早就決定今天要到會場來了。如果我拒絕了切間小姐的請求，卻又不小心被人看到我出現在會場附近的話，你們肯定會開始懷疑我是不是犯人吧？所以我決定乾脆光明正大地走進去。切間小姐打電話給我的時候，我除了答應之外，也沒有其他選擇了。」

千家漫長的自白到此終於結束了。

沒有人移動腳步，沒有人說得出半句話。當這段好像永遠不會結束的時間過去時，最先掙脫這個詛咒的是負責人上岡。她走向千家，站在他面前，以母親在教導孩子般的口氣說道：

「我個人其實是很同情你的。而且，兩年前我們主辦單位不僅沒有防止妨礙行為，還把那起騷動當成你的自導自演來處理，我真的覺得很對不起你，真的很抱歉。」

千家大概沒想到她會這麼說吧，看起來有些震驚。

「不過，你做的事情還是我們無法饒恕的。正因為你是專業的咖啡師……不，正因為你現在仍是全關西咖啡師所崇拜的對象，才更加無法原諒。」

美星小姐輕輕地點了點頭。正是因為崇拜他，美星小姐才會花了好幾年的時間不斷地挑戰ＫＢＣ。

「我們絕對不會忘記你愚弄了ＫＢＣ的事實。ＫＢＣ一定會要求你付出代價。如果你還有那麼一點點想彌補的意願的話，請你認真地思考自己現在應該做什麼。就算失去了味覺和嗅覺，也一定有你可以做到——而且是只有你才能做到的事。」

痛打自己臉頰的手，或許有時候也是能拯救自己的手。

千家沒有回答。他不知道該怎麼面對從眼睛、鼻子和嘴裡擠出來的這些一直被關在諷刺笑容下的情感，只好一直凝視著上岡。雖然他沒有哭、沒有笑，也沒有板起臉來，我卻覺得自己好像一清二楚地看到了他的這些表情。

「還有——你們兩個。」

上岡轉過身體，以嚴厲的目光看著石井和黛。

「若不是你們一而再再而三地做出妨礙行為，千家也不會採取這種行動。關於這一點，我想是毋庸置疑的。我認為你們兩個人的罪行比千家還要重大。請你們做好以後可能無法再參加ＫＢＣ的心理準備。」

「等、等一下！」

結果石井還不肯死心地說道：

「我承認這一次的確是我自導自演，不過，我也只是把異物加進自己的咖啡豆裡而已，沒有妳說的這麼惡劣吧？而且，妳要怎麼解釋兩年前發生的事呢？當時我們直到最後都沒有發現任何添加異物的證據喔。說不定連千家先生剛才說的話也全都是捏造的——」

「太難看了，石井先生。」

打斷令人目不忍睹的氣氛的人是黛。

「兩年前的添加異物事件也是我們做的。我以獎金說服從很久以前就看千家先生不順眼的石井先生，要他負責在走道上把風，之後再互相替對方提出不在場證明。因為我只要想到自己只差一點就能贏過千家先生，怎麼樣都無法冷靜下來。而且千家先生每年都在濃縮咖啡項目表現得非常好，如果不妨礙他比賽的話，根本不可能反敗為勝。」

除此之外，黛也強調當時他們沒有做出任何妨礙排名第二的山村的事情。因為如果連山村的東西也被添加異物的話，一看就知道是誰做的了。而且黛在拿鐵拉花項目占有優勢，對拿鐵拉花的基礎，也就是濃縮咖啡也有一定的自信，所以覺得自己可以靠實力贏過山村。

「結果，我雖然用盡心思獲得了冠軍，卻幾乎沒有得到什麼好處，這一點我也說過了。這次我使用自導自演這種複雜的手法，其實主要理由之一就是怕又造成像上次那麼大的騷動。我想，只要身為受害者的石井先生改變一下態度，就能夠調整騷動的大小了。」

「……我原本拒絕了她，說我不想再做那種事了。」

石井說出這句話，代表他終於承認兩年前犯下的過錯了。

「但是冴子卻威脅我，說如果不幫忙的話就要把兩年前的事情說出去，我也只能答應她了。不過，我也覺得那個容器的機關做得有點太過火了。該說是身為魔術師的血讓我一時鬼迷心竅嗎……其實根本不用搞得那麼複雜的。」

「雖然千家先生好像沒有察覺到，但我們在這兩年間還是斷斷續續地保持著聯絡，所以才會決定執行這次的計畫。總而言之，事情就是這樣，上岡小姐，隨你們處置吧，就算無法再參賽也沒關係。這就是所謂的『害了別人也害到自己』吧。兩年前決定妨礙千家先生比賽時，我就已經知道被發現的話會是這種下場，所以早就有心理準備了。」

她的態度甚至讓我覺得有些厚臉皮。大概是看不下去了吧，唯一從第一屆就持續參加比賽，對KBC相當熟悉的苅田忍不住代替上岡斥責黛。

「妳就不能反省一下嗎？要不是兩年前你們鑄下大錯，或許千家先生的人生就不會變得這麼悲慘了——」

「這有什麼辦法！我又不知道！」

黛的怒吼聲讓我聯想到玻璃撞到石頭後碎裂的情景。

「如果我知道千家先生變成那樣的話，我也會把冠軍讓給他啊！為什麼不說出來呢？為什麼不把事情好好說清楚，要求大家體諒呢？我的確是個不惜妨礙別人也要取勝的差勁女人，沒有資格當咖啡師。但是，我做的事情一看就知道是在惡作劇吧？誰會想到他真的把那個東西喝下去啊？就算千家先生是有苦衷的，也不用說得好像我是把他人生的一切希望都奪走的殘忍女人吧！」

當我聽到這段話的時候，實在是沒辦法再繼續苛責她。

摧毀對咖啡師來說和生命一樣重要的咖啡豆，確實是應該遭受嚴厲的譴責。但是，妨礙就是妨礙，沒有必要擴大解釋。她做這些事情的時候，應該根本沒有想要毀了千家的人生吧。我覺得在當時所能採取的所有應對方法中，正是千家自己選擇了讓事情往最壞的方向發展的那一種。

不過，也有可能只是我曾經短暫地和她擁有共同的祕密，所以對黛產生了某種感情吧。苅田似乎根本不想聽黛解釋，毫不留情地說道：

「妳現在是想把自己的行為正當化嗎？事情之所以會變得出乎大家預料，是因為妳當時沒有深思熟慮，沒辦法讓妳的過錯一筆勾銷。而且，千家先生喝下濃縮咖啡而昏倒的時候，妳不是馬上就說咖啡裡被加了東西，還急著照顧千家先生，做出了一些莫名其妙的事情嗎？妳不僅只想著要處理掉混進咖啡裡的清潔劑，湮滅證據，還和其他比賽相關人士一起主張這是千家先生的自導自演，現在還敢推卸責任？」

「湮滅證據？我才沒有那麼做！」

——沒有那麼做？

大概是沒想到黛到了現在還在狡辯吧，苅田頓時啞口無言。

「妳沒有做……所以千家先生在舞台上昏倒之後，不是妳或石井先生把清潔劑弄掉的嗎？」

我忍不住問道。黛像是在拜託大家相信她似地哀求道：

「那種事情我根本辦不到好嗎？要在眾人環視的舞台上把千家先生留下來的濃縮咖啡、仍裝設在機器上的濾器把手，還有磨豆機內部所有的清潔劑清除是絕對不可能的。我也完全搞不懂究竟是發生了什麼事。千家先生昏倒的時候，我還以為他真的喝下了清潔劑，連我都嚇得快昏倒了。不過，後來上岡小姐仔細地檢查了吧台桌附近的所有東西，卻從頭到尾都沒有說出清潔劑這個字。我也和石井先生討論過了，但是直到最後還是想不透為什麼沒有檢查出清潔劑來。」

聽到這段話，石井也拚命地點著頭。

究竟是怎麼一回事？我們陷入了新的恐慌之中，面面相覷。但是我立刻就發現有兩個人的反應和其他人截然不同。

其中一個人是好像已經看穿一切的美星小姐，至於另一個人則是——

「都是我害的。」

如果沒有豎起耳朵的話，我可能會以為自己聽錯了。雖然山村明日香的聲音夾雜著喘息聲，聽起來有些模糊，但我確實聽到她說了「都是我害的」。

「……所以第四屆KBC的冠軍才會是冴子小姐，而不是妳，對吧？」

和我一樣聽到了聲音，開口詢問她的人是美星小姐。但是山村並未回答，而是一直看著空中的某一點。

「這是什麼意思？明日香，妳做了什麼嗎？」

千家質問道，黛也露出了訝異的表情。

「今天中午，青山先生問明日香小姐為什麼會在兩年前KBC的最終項目輸給冴子小姐時，她是這麼回答的——我那個時候因為千家先生的關係，情緒不是很穩定。」

那是我和山村的對話內容。美星小姐雖然背對著我們，還是不忘偷聽我們說話嗎？

「這不是很奇怪嗎？千家先生在兩年前的濃縮咖啡項目中是最後一個上台的。比他還要早結束比賽的明日香小姐，究竟是因為千家先生的什麼事而情緒不穩定呢？」

我忍不住「啊」了一聲。我和她聊天時根本沒想那麼多，完全沒發現這句話的奇怪之處。

「我一開始也以為只是明日香小姐記錯了。不過，事實上並非如此。」

這時，千家突然以彷彿要捉住山村的氣勢逼問起她：

「明日香，妳知道我的咖啡豆被加了清潔劑嗎？」

「…………」

「快回答！」

結果，原本兩眼呆滯的山村便像是突然下起雨一樣，開始一字一句地說了起來。

「……兩年前的午休時間，我在打開的準備室的門外面，看到了千家先生把自己的儲豆罐和放清潔劑的罐子擺在桌上，好像在做什麼事情。」

就像雨勢愈來愈大一樣，她說話的速度也逐漸加快，也像是許多雨聲互相重疊似地，變得不是很清晰。

「我看到千家先生自己把清潔劑的罐子放回水槽下。我覺得很奇怪，就先返回等候室，等到確認千家先生離開準備室之後，就又去了一趟準備室。然後，我看了看千家先生的儲豆罐裡的東西，發現咖啡豆上面被灑了一些粉末，很像是剛才提到的清潔劑。我當時是這麼想的：千家先生想要報復評審。因為在上一個項目的時候，我看到了千家先生向評審抗議的樣子。」

這樣的評分是不恰當的——剛才千家本人也承認了，這句話指的是第三個比賽項目的評分結果。因為所有的比賽項目都是同一群評審評分，所以如果把這解釋成是藉由讓評審喝下加了清潔劑的濃縮咖啡來報復，的確是說得通。

「我當時非常害怕……我根本不敢問千家先生為什麼要這麼做。但是我覺得自己必須做些什麼，所以——」

如傾盆大雨般不斷落下的言語猝然而止。不過，就在這個時候，有一粒腳步慢了一些的雨滴落在地面上，「啪」地彈了起來。

「我丟掉了千家先生的咖啡豆，把我的咖啡豆放進了儲豆罐裡。」

我聽到千家所在的方向傳來了吞嚥口水的聲音。

「我看到儲豆罐裡面的咖啡豆數量，馬上就知道這是打算用在濃縮咖啡項目的咖啡豆。所以我倒掉裡面的咖啡豆，把儲豆罐洗乾淨之後，就把我原本要用在濃縮咖啡項目的咖啡豆放了進去，而我自己則使用其他項目剩下的咖啡豆。因為味道不適合用來煮濃縮咖啡，我覺得自己應該沒辦法得到冠軍，但是只要能阻止千家先生的行為，我根本不在乎。

接下來，正式上台比賽之前，我一直注意千家先生和他的儲豆罐，可是千家先生都沒有打開過儲豆罐的蓋子。雖然千家先生在舞台上比賽的時候突然喝了自己煮的濃縮咖啡，讓我覺得有點訝異，可是我已經換掉了咖啡豆，應該不會發生任何事才對……但是，千家先生卻昏倒了。我當時根本不敢相信自己眼前的情景。」

原來是這麼一回事啊。我忍不住低下了頭。

山村會相當驚愕也是很正常的。因為千家先生明明喝的是沒有任何異狀的濃縮咖啡，卻還是昏倒了。千家根本沒有去看尚未磨成粉的咖啡豆，也感覺不到味道和氣味，所以連自己煮的濃縮咖啡裡沒有清潔劑這件事也沒察覺到。

「為什麼……妳不告訴我呢？」

千家痛苦地呻吟道。山村現在完全是一副驚慌失措的樣子。

「我怎麼可能說呢？我一直以為千家先生是想做出無法挽回的事情……想做出犯罪行為啊。當時我太害怕了，根本搞不清楚狀況，也來不及和千家先生說任何話……等我終於冷靜下來的時候，就已經聯絡不上千家先生。」

都是我害的。山村又說了一次責備自己的話。

「都是我擅自換了咖啡豆害的……都是我在兩年前的比賽中下定決心一定要贏過千家先生，所以不小心使出了全部實力害的。我根本不知道千家先生是抱著什麼決心在比賽，還像小孩子一樣認真得要命……我真的做了很過分的事。如果我沒有在比賽的時候一直緊追著千家先生──如果在第三個項目的時候，千家先生和第二名的差距大到讓他覺得自己可以輕鬆獲勝的話，就算有人妨礙他比賽，他也不會想要做出這麼恐怖的事情來。」

不是這樣的。我想開口對她說些什麼，卻沒辦法安慰她。

雖然千家遭受妨礙而失去冷靜並不全是他的錯，但他還有許多更好的選擇可以讓他避免事情演變成如此悲慘的局面。不過，山村卻挺身阻止了千家所選擇的這個過於瘋狂的行動。因為除了山村之外，其他比賽項目也有很出色的咖啡師，所以就算她不使出全力，可能也無法改變結果。

不過，山村一定會一直責備自己吧。因為能夠真正讓自己獲得寬恕的，始終只有自己。

「明日香……明日香……」

千家不斷地低喊著她的名字，身體像負傷的士兵般搖搖晃晃，並伸出手試圖碰觸山村。但是在他的指尖碰到山村之前，她就猛然癱坐在地上，嚎啕大哭了起來。那悲痛的聲音一定深深地刺進千家心裡，將會一直折磨著他的後半生。

還站在窗外的我沒有發出任何聲音地悄悄把窗戶關上了。窗戶另一側那個充滿混亂的世界，我想我是一輩子也無法了解的。不惜妨礙他人也要獲得冠軍的黛、為了錢而乾脆地放棄冠軍的石井、曾經是天才咖啡師，卻陷入瘋狂的千家、一心想阻止他，進而犧牲了自己的山村。以及為了讓比賽繼續舉辦而努力解開真相的美星小姐。KBC是個一直拒絕讓我這樣的局外人踏進去的神聖領域。

我抬頭一看，已經接近黃昏的晚秋天空混雜著各式各樣的色彩。我聽到遠處傳來呼喚我的聲音，便回頭一看，只見站在大門旁的藻川先生正用力地對我揮著手，跟我說頒獎典禮快開始了。

十分鐘後，比預定的時間稍晚一些的頒獎典禮開始了。

加上濾沖項目的比賽結果之後，山村明日香領先了棄權一個項目的美星小姐和其他人，獲得了第五屆KBC的冠軍。不清楚詳情的贊助商高層、工作人員以及觀眾紛紛給予她溫暖的掌聲，祝福新的天才咖啡師誕生。

不過，她今天獲得的勝利，究竟會為她帶來什麼呢？

在擁有這份榮譽之後，她的心中又會混入什麼樣的感情呢？

接過獎盃的山村臉上沒有任何笑容，連主持人要求她發表得獎感言時也一句話都不肯說，而我們心目中的ＫＢＣ，就在這種難以忍受的氣氛下落幕了。

六　後話

「——所以，到頭來，把鹽混進糖罐裡的人其實就是藻川先生嗎？」

我把雙手手臂靠在吧台上說道，美星小姐一邊磨著咖啡豆一邊露出苦笑。

「是的，因為千家先生失去了味覺，沒有察覺到這件事。」

「這樣啊。雖然這樣子形容有點奇怪，不過也算是一件有趣的事呢。沒想到千家先生那天竟然會剛好坐在那個桌子旁。」

之前她曾經跟我說過一個因為把鹽加進糖罐裡而惹怒客人的「不有趣的事情」。知道更新後的真相，我忍不住發表了以上感想。

很快地，把我們耍得團團轉的ＫＢＣ已經結束一個月了。因為我把舉辦比賽的三連休完全拿來處理私事，所以現在受到報應，忙得不可開交，今天也是我在比賽結束以後第一次來找美星小姐。

時序已經進入十二月，現在的季節如果不穿大衣就無法抵禦寒風。像這樣在平日的下午懶洋洋地趴在開著暖氣的塔列蘭吧台上，就會覺得那三天的記憶距離自己好遙遠，就像是一場夢。如果真的是夢的話，心情不知道會有多輕鬆。我或許又體會到一種在不知不覺間冒出來的感情了。

「真的是很對不起那位告訴我糖罐裡放了鹽的男客人。」

美星小姐顯得有些沮喪。

「除了讓他不小心吃到鹽之外，雖然不是當面告訴他，卻還是擅自認定他是在自導自演。我已經嚴厲地警告過叔叔，叫他以後不准再犯這種錯誤了。」

我看向店內的角落，藻川先生正在和查爾斯玩耍。雖然店裡只有我一個客人，所以沒什麼關係，但他的態度實在太散漫了。希望美星小姐的警告不會被他當成耳邊風——我突然這麼想著。

「KBC的那些人後來都沒有任何消息了嗎？」

我趁著聊天的時候順便問道。美星小姐停下磨咖啡豆的手，突然微笑了一下。

「上岡小姐前陣子曾約我出去吃飯，說是要感謝我解決了添加異物的騷動。我跟她說不用這麼客氣，婉拒了她，但她的態度相當堅持，我只好答應了。結果她帶我去的地方是我以前根本沒機會踏進去的高級義大利餐廳……我根本沒想過那種場合該穿什麼衣服比較好。餐點應該是滿好吃的，可是我太緊張了，幾乎不記得自己吃下去的東西的味道。」

她敘述的樣子很逗趣，我忍不住笑了出來。或許是我也和她一樣吧，看到美星小姐這種平民的一面，讓我很安心。

「多虧美星小姐解決了這次的騷動，ＫＢＣ才重獲新生嘛。」

第五屆ＫＢＣ雖然也發生了一些意外，但和兩年前不同，這次圓滿地解決了問題，不用擔心情況會繼續惡化，所以也不需要對外封鎖消息——當然了，關於一連串的添加異物騷動和真相還是選擇不公開——各個媒體機構便自由地報導了比賽的情況和結果。諷刺的是，山村那張一臉憂鬱地拿著獎盃的照片好像引起了許多臆測，反而在業界出名了，她工作的那間位於伏見咖啡店在這個月內搖身一變，成了無人能比的人氣店家。睽違兩年再次舉辦的ＫＢＣ又塑造了一名新的天才咖啡師，十分受到大家關注，程度僅次於第一屆，很快地就決定明年也會繼續舉辦，在旁人眼裡看來算是相當成功。

「那麼，上岡小姐和妳說了什麼呢？」

我自己也覺得這個問題滿抽象的，但我還是很好奇兩人在那間高級義大利餐廳裡談了什麼。美星小姐感覺有些高興地說道：

「上岡小姐說，好像會以上岡咖啡的名義提供資金，讓千家先生治療他的味覺障礙。上岡咖啡原本就有資助咖啡相關優秀人才的制度，好像是因為上岡小姐的個人意見，才會決定活用這個制度的。」

我嚇了一跳。上岡咖啡可以說是業界規模最大的公司，她一個人的意見竟然就可以改變公司的決定。看來我推測她與公司經營者有親戚關係的想法是正確的。

「這樣啊，真是太好了。」

我還是沒辦法表現得非常高興。我打從心底樂見這樣的結果，但是，就算接受了完善的治療，中樞神經受到損傷的千家也不一定能夠痊癒吧。不過我目前還是衷心地祈禱在咖啡師領域擁有天賦才能的千家能夠恢復味覺和嗅覺。等到我的祈禱成真的那一天，我會盡情地替他感到高興，並且拜託他讓我品嘗他煮的咖啡。

「千家先生雖然給最近這兩屆的ＫＢＣ添了不少麻煩，不過從第一屆比賽開始，他的存在總是能讓比賽受到更多人關注，也算是對比賽有貢獻吧。上岡小姐說，公司是看在這一點的份上才決定幫助他的。她很有幹勁地表示，不想讓千家先生繼續墮落下去，想藉由幫助他復出，讓他對業界有所貢獻。」

「上岡小姐最後是怎麼處置黛小姐和石井先生呢？」

「如果他們兩位願意提供某些形式的補償，好像就不會禁止他們再參賽。不過，他們兩個似乎都沒有正式向主辦單位道歉的樣子。」

我想也是，雖然不認為那兩個人完全沒有反省之意，卻可以想像他們覺得沒有臉再面對主辦單位的心情。不管怎麼說，他們今後應該是絕對不會再參賽了吧。

美星小姐磨好咖啡豆之後，便開始以絨布濾沖式沖煮咖啡，並在途中以像是哼歌的口氣說了一件出乎我意料的事情。

「這麼說來，丸底先生後來也曾經到我們店裡來拜訪喔。還帶著他哥哥泰人先生一起來。」

「什麼？」

我覺得有些意外。我沒想到丸底芳人是個會在事後主動和人保持聯絡的人。在比賽的時候他不是對其他參賽者一點興趣也沒有，只顧著戴耳機聽音樂嗎？

「他來找妳有什麼事嗎？」

「他好像把這次發生的事情和兩年前的真相告訴哥哥了。結果他哥哥就主動表示想見我一面。」

這麼說來，兩年前說千家應該是自導自演的人就是丸底泰人。泰人說不定也一直很介意兩年前發生的事，會對解決了事件的美星小姐感興趣也很合理。

「千家先生也曾經說過，泰人先生和他弟弟的確長得很像。不過說話方式和弟弟比起來稍微穩重了一些……然後啊，聽說芳人之所以會戴耳機，也是出自哥哥的建議。」

「哦？為什麼會建議他戴著耳機呢？」

「其實呢，雖然是兩年前那一屆才第一次發生添加異物這種明顯的妨礙行為，但KBC好像一直以來都會在比賽時有很多小糾紛的樣子。可能是因為大家都很認真地想拿到冠軍的關係，像互相辱罵對方或挑撥離間這種事也一點都不稀奇。我原本以為這次石井先生和冴子小姐會一副感情很差的樣子，是為了不讓人看出他們是共犯。不過，真要說的話，那應該才是他們最自然的一面吧。」

——他一定是不想再跟KBC扯上關係了吧。就連我也對這次的比賽有同樣的想法。

我想起在準備室窗外聽到的苅田的話。那是只有參加了每一屆比賽、一路見證了KBC醜陋的一面的他才能說出的話嗎？

「只要戴著耳機就不會聽到那些沒有意義的謾罵了。這就是泰人先生之所以如此建議的理由，對吧？這麼說來，千家先生在電話裡說他造訪塔列蘭的真正理由是想提醒美星小姐要小心，也是同樣的意思嗎？」

「我到現在還是不太明白千家先生到我們店裡的理由。如果說是要提醒我的話，他當時又一句話也沒說……不過，如果沒有發生糖罐的事情，我應該不會想到千家先生可能得了味覺障礙吧。這樣一來，雖然我知道這只是偶然導致的結果，還是不由得這麼想：他或許是希望我察覺到這件事。」

失去味覺之後，千家就和周遭的人斷絕了來往。不過，或許他其實是希望察覺到他得了味覺障礙的人可以幫助他。這樣的解釋可以說是展現了美星小姐溫柔的一面吧。她是那種會想著如果自己察覺到異狀，或許就能防止千家犯案的人。其實就現況來說，也是因為美星小姐察覺到一切，才給了千家一線生機。

不過，我的想法和她有些不一樣。那時美星小姐根本不知道兩年前發生了什麼事。千家會不會是希望這樣的她，能以和他還被當成天才咖啡師時一樣的目光看待他呢？會不會是想藉由這麼做來恢復自己的自尊，克服至今仍被過去所束縛的自己呢——

我當然沒辦法說出這個想法。我覺得要是說了，美星小姐大概會很後悔那天對千家擺出的態度吧。

「不管怎麼說，充滿了爭吵的比賽是無法讓任何人幸福的。」

「沒錯。憧憬這種東西，果然還是在外面遠遠地看著最好，不應該試著踏入其中。」

美星小姐半開玩笑地笑著說道，但是這句話聽起來也太哀傷了吧？妳一定很快就能找到踏進去之後仍舊很美好的憧憬的——我想這麼安慰她，但咖啡正好在此時送上，我最終還是沒有說出口。

我拿起杯子，馥郁的香氣頓時充滿鼻腔。喝了一口，她的咖啡還是和平常一樣無可挑剔。這就是美星小姐從過世的太太那裡繼承下來的味道，也是我心目中的理想味道。

這麼說來，美星小姐曾說過，ＫＢＣ是「讓她學到一項對咖啡師而言很重要的事的契機」。我突然有些在意，便向她問道：

「美星小姐妳究竟是怎麼認識千家先生的呢？」

美星小姐先是瞥了我一眼，然後像是為了不讓手閒下來似地，開始進行某種作業。

「……五年前，千家先生在第一屆ＫＢＣ中獲得冠軍時，我曾經因為好奇而前往他的咖啡店。」

現在已經不存在的咖啡店。其實還滿想去看看的。

「當時的我才剛開始在塔列蘭工作，幾乎是什麼也不怕，個性又充滿了好奇心。還沒有什麼技巧和知識的我跑去見他之後，竟厚臉皮地這麼拜託他——請你告訴我如何煮出好喝咖啡的祕訣。」

她說到這裡就輕聲笑了起來，我也跟著笑了，但心裡並不覺得有趣。會覺得以前的她相當可愛，是因為已經無法在現在的她身上看到這一幕了。

「雖然我的態度很沒禮貌，但千家先生還是非常溫柔地招待了我。而且把他的某項心得——如何煮出好喝咖啡的祕訣告訴了我。」

「某項心得？究竟是什麼啊？」

聽到這個問題，美星小姐抬起頭，微笑著回答。

「對不起，這是祕密。」

我也有幾個不想讓任何人知道的寶物。那對她來說大概就是個如此重要、而且一照到光就會褪色般的心得吧。我沒有再繼續追問她。

「因為不久之後，我就進入了有些害怕男性的時期，所以就不再去千家先生的店了。不過，在這五年之間，我從事咖啡師的工作時經常想起千家先生告訴我的心得。就算說是那個心得讓我得以在心中建立身為咖啡師的覺悟也不為過。所以，就算發生了那種事，我對千家先生的感謝之意仍舊沒有任何改變。」

低著頭的美星小姐的手在不知不覺間停了下來。總覺得她的指尖有些顫抖。

「不過，千家先生卻把咖啡變成了復仇的工具。正如明日香小姐所說的，他明明是個比誰都還要熱愛咖啡的人。」

千家在兩年前的比賽中想做的事情，雖然主要的目的是為了金錢，但也有想藉由奪取石井和黛的金錢來報復他們的意思。而且他這次選擇在鹽或牛奶等預計混入咖啡裡的東西添加異物，其目的完全就是為了報復，廣義來說，的確是把咖啡當成了報復的工具。在美星小姐眼裡，那看起來或許就像是讓自己用心栽培的孩子握刀殺人吧。

「他對自己得了味覺障礙一事的絕望之深，讓他不惜做出了這些事。我可以明白他的心情，如果換成是我失去了五種感官中的兩種，也不敢保證自己還能保持理性——然而，我還是會忍不住這麼想：保護人心純潔和自尊的那面牆，原來是那麼不可靠的東西嗎？一旦那面牆被突破，混入了不好的東西，就沒辦法再去除它了嗎？」

美星小姐以不允許我逃避的眼神緊盯著我的雙眼。

我想起的至今在美星小姐身邊觀察到的她。她一路走來也經歷了各種不愉快的事，心中混入了某些她自己不想要的東西。而且那些東西目前確實還停留在她嬌小身體的某處。

千家引起的添加異物事件讓我們的心陷入了很大的混亂。而千家自己也是兩年前惡意添加異物事件的受害者。要去除是那麼困難，弄亂卻只需要一瞬間。如果那是一種像傳染病般擴散的東西，我們在它面前就只能乖乖地俯首就縛嗎？

當我如此詢問自己的內心時，答案就自然地脫口而出了。

「或許就跟沒辦法無視發生過的事情一樣，無法完全去除也不一定。」

美星小姐看起來好像隨時都會落下淚。但我仍舊繼續說道：

「但是，難道沒有辦法讓它逐漸減少嗎？無論是混進圓豆的瑕疵豆還是混進鹽裡的胃藥，甚至連混進牛奶的血液，我都覺得只要我有心想做，就可以把它們都挑出來。而且——」

就算有人嘲笑我，說這只是安慰人的話也沒關係。就算只有一點點也好，我也想去除現在混雜在美星小姐心中的不安或迷惘。

「如果要說無法去除的話，原本就存在的純潔和自尊不也是如此嗎？」

就算這麼做非常愚蠢，人類在陷入絕望時還是無法完全捨棄希望，即使心中已充滿惡意，還是會忍不住浮現善意，並在一瞬間對應該覺得厭惡的自己感到可愛不是嗎？這種信念還留有些許希望，想把自己不要的東西捨去的願望，有誰能斷言它是不切實際的呢？

當我說完時，突然覺得臉頰熱了起來。我慌慌張張地喝起咖啡，假裝是因為其溫度所導致的。看到我的反應，雖然不知道有沒有聽懂，但美星小姐還是溫柔地露出了微笑。

「是啊，我也覺得如果千家先生心裡混雜的東西有一天能去除的話就好了。」

一回過神來才發現咖啡已經被我喝完了。因為連最後一口都相當美味，我忍不住這麼說道：

「哎，不過我還是覺得有點可惜呢。這麼好喝的咖啡，應該能拿到冠軍吧？」

美星小姐在第五屆ＫＢＣ的拿鐵拉花項目奪得第一，卻放棄了濾沖項目。如果她在濾沖項目沒有棄權，並拿下第一的話，就和贏得冠軍的山村一樣有兩個項目是第一名了。雖然還要看其他項目的評分，不過就算由美星小姐獲得冠軍也不奇怪。

我原本是想稱讚她的，美星小姐聽到後卻嘟起了嘴巴。

「反正你一定是想說如果贏了就能拿獎金去義大利了吧？」

「才、才不是呢！」我急忙揮手否認。「我想說的和錢無關啦。我的意思是，那是個讓世人得知美星小姐的咖啡有多好喝的難得機會。而且妳決定參賽之後，還那麼努力地練習。」

結果，美星小姐就露出了感覺心懷不軌的表情，對著我伸出雙手。

「妳那雙手是在幹嘛？」

「在青山先生心中，我其實算是贏得了冠軍對吧？」

「呃，這個嘛，算是吧。」

「那你要給我副獎才行。快點、快點。」

……就算妳一直對我彎手指也是沒用的。

不過，她這麼努力卻什麼也沒得到，還失去了自己的憧憬，感覺也有點可憐。我一邊抓著脖子後方，一邊說道：

「真拿妳沒辦法。如果是在我能負擔的範圍，我可以答應妳的要求就是了。」

「那就告訴我你對我有什麼感覺好了。」

「——請想一個金錢可以解決的東西！這可是副獎喔！」

嚇死我了，這個人到底在說些什麼啊？

一開始說的話終究只是開玩笑的樣子，美星小姐沉吟了起來，猶豫著該選什麼東西當副獎才好。甚至連參加ＫＢＣ的那三天，她的表情都沒有現在這麼認真。我總覺得她好像不時會說出車子或公寓等恐怖的單字，是我的錯覺嗎？

「嗯，我決定好了。」

看到她爽朗的笑臉，我一邊壓下不好的預感，一邊問道：

「是什麼呢？不能是價值超過比賽獎金五十萬圓的東西喔。」

美星小姐歪了歪頭，以食指抵著臉頰說道：

「還是去義大利吧。我想應該不會超過五十萬吧。」

「五、五十——」

你那是什麼像揉成一團的報紙一樣的表情啊——看到我啞口無言的臉，美星小姐忍不住說出了這樣的譬喻。

終章

五年前

「——我是切間美星。切斷的切、房間的間，美麗星星的美星。」

少女報上姓名後，便咧嘴笑了起來。看到那無憂無慮的表情，千家突然想起一件事。

幾天前來到這裡的女性也和這位少女說了類似的話。因為開始在咖啡店工作，所以想知道怎麼煮出好喝的咖啡。若要說哪裡不同，大概就是那位女性不僅表示想當他的徒弟，甚至還為了向他學習而打算固定前來這間店吧。一旦察覺到她們兩個人長得有點像，就發現她們不僅是髮型和身材，連氣質都一模一樣。那位女性好像是叫山村明日香吧。

看樣子，咖啡師這個職業或許已經逐漸成為年輕人嚮往的目標了，而且遠遠超過自己的想像。若真是如此，那將是件非常幸福的事。用心地栽培這些幼苗也正成為第一屆ＫＢＣ冠軍的自己的使命。

「那麼，切間小姐。」

他呼喚對方剛才告訴自己的名字後，少女立刻端正姿勢。

「如果要教妳技術方面的東西，怎麼教也教不完，不過，如果妳真心想學習，那就算不是我親自指導妳，還是有許多能獲得知識的方法。所以我今天要特別傳授給妳的不是那些東西，而是我從累積至今的經驗中體會到的一項煮出好喝咖啡的祕訣。」

「哇！好棒喔！我一定會牢牢記下來的！」

少女興奮地拍了一下手。她歡呼的樣子看起來很像期待聖誕節的小孩子，但是千家可以從她的眼裡看出認真的態度。

千家點了點頭，把雙手放在吧台內側，正面迎向少女的眼神，開口說道：

「煮出好喝咖啡的祕訣就是——要以沒有雜念的心去煮咖啡。」

「沒有雜念的心？」少女愣住了。

「很神奇地，如果在煮咖啡的時候心中有某種不安或迷惘的話，煮出來的咖啡就會像加了什麼雜質一樣，香味變得混濁，味道也沒有那麼明顯突出。」

千家刻意把挑出來的瑕疵豆，又混進了放在吧台上的托盤裡那些經過手工挑揀的咖啡豆中，表現出內心有雜念的樣子。

「很難以置信吧？這種差異怎麼可能感覺得出來，對吧？不過，我回想起客人喝下咖啡之後，明確地向我表達自己喜悅的情況，發現那一天我的心一定都是清澈沒有雜念的。自從察覺到這件事，我在沖煮咖啡的時候，總是會讓自己心裡只想著要讓這杯咖啡變得很好喝，以及要讓客人品嘗到最完美的咖啡。」

他再次仔細地挑除瑕疵豆。沒有混雜不必要的東西的上等咖啡豆，美麗得讓人光是在一旁觀看就陶醉不已。

少女又愣住了。這名少女才剛開始對咖啡感興趣，對她來說大概是太過抽象了吧。當千家正想反省自己的時候……

「……好棒……」

少女微微張開的嘴裡吐出了這句話。千家聽得不是很清楚，下意識地反問她：「什麼？」

「好棒——咖啡師這個職業真的好棒喔！」

少女臉頰泛紅，開心地表達了自己的感動，讓聽到這句話的千家覺得有些不好意思。雖然相信自己告訴她的事情很重要，但他認為只要她能慢慢明白就好了。根本沒想到會獲得這麼誇張的反應。

「我決定了，我將來要成為咖啡師。雖然我現在工作的咖啡店是一間沒什麼咖啡師感覺的店，但是我總有一天一定會成為一個能帶著驕傲說自己是咖啡師的人。」

看到她因為一時的感動就決定了自己的將來，千家露出苦笑，肯定地告訴她：

「加油，妳會成為好咖啡師的。」

這不是謊言也不是客套話。她的純樸比任何高級的器具或咖啡豆更能幫助她煮出好喝的咖啡。千家對照了自己的經驗之後，發自內心如此相信著。

千家看著很有幹勁地說自己會加油的少女，突然想起了那位硬是要他收自己當徒弟的山村明日香。她也是一位個性直率的女性，與眼前的少女不分上下。如果這些擁有不會被任何事擾亂、沒有雜念的孩子，能好好地磨練咖啡師應有的技巧——或許自己很快地就無法再穩坐冠軍寶座了。

「您今天告訴我的事情讓我收穫良多，真的非常謝謝您。」

少女結完帳，從座位上站起來，朝千家深深地鞠躬道謝，然後就離開了咖啡店。從她打開的門照進來的陽光十分耀眼，千家目送著彷彿被吸進光裡的少女背影，在心中祝福這位新誕生的咖啡師。

——祝福她有個美好光明的前途。

而如此祈禱的他也以咖啡師的身分獲得了輝煌成就，無限的未來正在等待著他。他想要探索在前方等待著他的世界、追求接下來自己所能做到的事。當千家沉浸在激昂的感情之中，他覺得在沒有絲毫不安和迷惘的清澈的心領導下，自己好像可以在夢想的道路上不斷地前進下去。

謝辭

本書是以我參觀「日本拉花大賽／日本調酒咖啡比賽二〇一三」的感想為動機所創作的。採訪的時候受到了日本精品咖啡協會八木美和子女士的許多協助，在此表達我誠摯的謝意。和本書中的「關西咖啡師大賽」不同，我在真實的比賽中深切地感受到咖啡師的熱情，真的是非常精采的比賽。單純地以客人的身分欣賞比賽的同時，也大大地激發了我的創作欲望。

另外，本書執筆時也曾向友人奏吉醫師和調律師徵詢過意見。謝謝兩位。雖然兩位的建議幫了我很大的忙，但是在故事的發展上，絕大部分都必須改寫成作者虛構的產物，因此文責全由作者自負。

日本暢銷小說 75

咖啡館推理事件簿3

——令人心慌的咖啡香

作者｜岡崎琢磨
譯者｜林玟伶
封面設計｜莊謹銘
責任編輯｜謝濱安

總編輯｜巫維珍
編輯總監｜劉麗真
總經理｜陳逸瑛
發行人｜凃玉雲
出版｜麥田出版
10483台北市中山區民生東路二段141號5樓
電話：(02) 2500-7696
傳真：(02) 2500-1967
發行｜英屬蓋曼群島商家庭傳媒股份有限公司
城邦分公司
地址：10483台北市中山區民生東路二段141號11樓
網址：www.cite.com.tw
客服專線：(02) 2500-7718｜2500-7719
24小時傳真專線：(02) 2500-1990｜2500-1991
服務時間：週一至週五09:30-12:00｜13:30-17:00
劃撥帳號：19863813　戶名：書虫股份有限公司
讀者服務信箱：service@readingclub.com.tw
香港發行所｜城邦（香港）出版集團有限公司
地址：香港灣仔駱克道193號東超商業中心1樓
電話：+852-2508-6231
傳真：+852-2578-9337
馬新發行所｜城邦（馬新）出版集團【Cite (M) Sdn Bhd】
地址：41-3, Jalan Radin Anum, Bandar Baru Sri Petaling, 57000 Kuala Lumpur, Malaysia.
電話：(603) 90563833
傳真：(603) 90576622
電郵：service@cite.com.my
麥田部落格｜http://ryefield.pixnet.net

印刷｜中原造像股份有限公司
初版一刷｜2014年10月
初版十三刷｜2022年2月
定價｜250元

國家圖書館出版品預行編目資料

咖啡館推理事件簿3：令人心慌的咖啡香／岡崎琢磨著；林玟伶譯. -- 初版. -- 臺北市：麥田出版：家庭傳媒城邦分公司發行, 2014.10
面；　公分. --（日本暢銷小說；75）
ISBN 978-986-344-156-4（平裝）

861.57　　103016469

ISBN 978-986-344-156-4
Printed in Taiwan.